文化名片丛书

港西游记文化

本卷主编 滕雯

南京大学出版社

图书在版编目(CIP)数据

连云港西游记文化/滕雯主编. —南京：
南京大学出版社,2015.12
(江苏地方文化名片丛书/刘德海主编)
ISBN 978 - 7 - 305 - 13730 - 3

Ⅰ.①连… Ⅱ.①滕… Ⅲ.①《西游记》-小说研究
②文化史-连云港市 Ⅳ.①I207.419 ②K295.33

中国版本图书馆 CIP 数据核字(2015)第 309033 号

出版发行 南京大学出版社
社 址 南京市汉口路 22 号 邮 编 210093
出 版 人 金鑫荣
丛 书 名 江苏地方文化名片丛书
丛书主编 刘德海
书 名 连云港西游记文化
主 编 滕 雯
责任编辑 荣卫红 编辑热线 025 - 83593963

照 排 南京紫藤制版印务中心
印 刷 南京理工大学资产经营有限公司
开 本 787×960 1/16 印张 11.75 字数 175 千
版 次 2015 年 12 月第 1 版 2015 年 12 月第 1 次印刷
ISBN 978 - 7 - 305 - 13730 - 3
定 价 28.00 元

网址:http://www.njupco.com
官方微博:http://weibo.com/njupco
官方微信号:njupress
销售咨询热线:(025)83594756

《江苏地方文化名片丛书》

《西游记》文化

主　　编　滕　雯

副 主 编　周一云　张建民

编写人员　张建民

连云港花果山山名石刻

连云港花果山"禅"字石刻

山西省娄烦县大圣阁中的孙大圣像

花果山山门

央视 86 版《西游记》剧照

年画《悟空大战二郎神》

/　总　序

赓续江苏人文精神之脉

王燕文

文化自觉支撑国家民族的兴盛,文化自信激发社会进步的活力。习近平总书记深刻指出,中华优秀传统文化是中华民族的精神命脉,是涵养社会主义核心价值观的重要源泉,也是我们在世界文化激荡中站稳脚跟的坚实根基。高度重视文化建设,大力弘扬优秀传统文化,是历史和时代赋予的责任担当。

一方水土养育一方人。江苏地处中国东部美丽富饶的长江三角洲,山水秀美,人杰地灵,文教昌明,有着六千多年有文字记载的文明史。在漫长的历史演进中,这片文化沃土不仅产生了众多的闪耀星空的名家巨匠和流芳千古的鸿篇巨制,而且孕育了江苏南北结合、兼容并蓄、博采众长、和谐共融的多元文化生态,形成了吴文化、金陵文化、维扬文化、楚汉文化和苏东海洋文化五大特色区域文化。绅绎这一颗颗文化明珠,光彩夺目,各具特质:以苏、锡、常为中心区域的吴文化,聪颖灵慧,细腻柔和,饱蘸着创新意识;以南京为中心区域的金陵文化,南北贯通,包容开放,充盈着进取意识;以扬州为中心区域的维扬文化,清新优雅,睿智俊秀,体现着精致之美;以徐州为中心区域的楚汉文化,气势恢宏,尚武崇文,彰显着阳刚之美;以南通、盐城、连云港为中心区域的苏东海洋文化,胸襟宽广,豪迈勇毅,富有开拓精神。可以说,不同地域文化在江苏大地交融交汇,相互激荡,共筑起江苏厚德向善、勇于进取、敏于创新的人文精神底蕴。

多元文化,共生一地;千年文脉,系于一心。地方文化是区域发展的文化

"身份证"，更是整个中华民族的文化基因，展现了我们优秀传统文化生生不息的创造力。在构筑思想文化建设高地和道德风尚建设高地的新征程上，我们要以科学的态度对待传统文化，坚持古为今用、推陈出新，有鉴别地加以对待，有扬弃地予以继承，进行创造性转化、创新性发展，将其中积极的、进步的、精华的元素予以诠释、转化和改铸，赋予其新的时代内涵。只有以文化人、以文励志，力塑人文精神，标高价值追求，提升文明素养，才能涵育出地域发展令人称羡和向往的独特气质。只有以敬畏历史、服膺文化之心，精心保护地方文化遗产，充分挖掘地方文化资源，切实加强地方文化研究，才能传承赓续好人文精神之脉，增强人们对家国本土的文化认同、文化皈依，与时俱进地释放出应有的价值引导力、文化凝聚力和精神推动力。

令人欣慰的是，省社科联和各市社科联以强烈的责任感使命感，组织省内有关专家学者协同编撰了 13 卷《江苏地方文化名片》丛书。丛书按 13 个省辖市的行政区划，一地一卷，提纲挈领，博观约取，独出机杼，既总体上为每个市打造一张具有典型性、代表性的文化名片，又个性化呈示各市文化最具特色的亮点；既综合运用历史学、社会学、经济学和文化学等多学科视角，对富有地方特色的文化资源进行了系统梳理、深度挖掘和科学凝练，又以古鉴今，古为今用，面向未来，做到历史与现实、理论与实践的交集，融学术性与普及性为一体，深入浅出，兼具思想性与可读性。丛书的推出，有裨于读者陶冶心灵，体味地方文化历久弥新的价值，也将对江苏传统文化的传承与研究起到积极示范作用。

不忘本来，开辟未来。植根文化厚土，汲取文化滋养，提升人文精神，促进人的全面发展和人的现代化，这是江苏文化建设迈上新台阶、实现"三强两高"目标的责任所在。我们要进一步加大力度推动江苏优秀传统文化、地方文化在保护中传承，在传承中转化，在转化中创新，让丰沛的江苏历史文化资源留下来、活起来、响起来，着力打造更多走向全国乃至国际的江苏文化名片，为"强富美高"新江苏建设提供生动的文化诠释和有力的文化支撑！

（作者为中共江苏省委常委、宣传部部长）

目录

序

滕　雯

　　在中华文化的发展历程中,神话文化占有十分重要的地位。如女娲补天、后羿射日、精卫填海、嫦娥奔月等,《西游记》文化则是神话文化中的一枝艺术奇葩。作为中国神魔小说的巅峰之作,它在吸取中华传统文化的基础上,经历了漫长的历史演变过程,其中包括从玄奘取经演变为文学名著《西游记》,又从文学名著演变到琳琅满目的《西游记》文化现象,具有顽强的生命力和广泛的适应性,在演变的过程中产生了文化意义上的"流变"。这种"流变"在社会生活中造成了方方面面的影响,至今仍然有着强大的生命力。为了梳理这种种文化现象,分析它们对社会经济、政治与文化生活的影响,笔者尽可能从中总结归纳出一些带有规律性的认识。

　　第一,《西游记》文化具有丰富的文化内涵。《西游记》文化的形成过程与鲜明特征决定了它具有丰富的文化内涵,总体上来说,《西游记》文化包括:一是内涵深厚的中华文化。具体表现为,佛道儒三教合一是中华文化的重要特征,它们在《西游记》中得到了有机的统一,成为其深厚的文化底蕴。二是神奇浪漫的神话文化。鲁迅曾经精辟地概括了《西游记》的神话特征:"神魔皆有人情,精魅亦通世故",这是西游记文化长盛不衰、得到人们喜爱的重要原因。三是丰富多彩的大众文化。《西游记》文化不仅包括历史遗留下来的传统、艺术、文字,更体现在现代人的生活、生产、生存之中;既包括固化的部分,也具有鲜活的载体。它在民俗风情、民间信仰、民间传说以及民俗语言方面也有丰富的表达。四是返朴归真的生态文化。《西游记》作者对自然界的山水有毫不掩饰的热爱,突出的表达方式就是安排美猴王为天地日月之精华的产物。《西游记》中的花果山,更是一派自然生态的景象。

　　第二,西游人物具有鲜明的艺术形象和广泛的社会影响。在《西游记》所拥有的众多独特的艺术魅力之中,人物形象的鲜活塑造可以说占据着相当重要的地位。不仅作为主要人物的孙悟空、猪八戒的形象令人忍俊不禁、捧腹大笑,就连大大小小的神佛魔怪的形象,也大多具有自己独特的个性色彩,鲜明而又丰富,生动而又传神。这些鲜活的艺术形象在今天仍然具有很强的生命力,不仅表现它们形象的艺术产品大量存在,这些形象的社会影响的触角在社会的方方面面仍能感受它的存在。作为视觉文化传播重要内容的《西游记》文化也以多种形式呈现在观众面前,包括小说、戏曲、民间故事、电影、电视等多种传播媒介,西游记文化现象最引人注目的还是影视业。影视剧舞台的"西游热"至今热度不减。

第三,《西游记》文化具有独特的精神内涵。首先,这种精神层面体现在《西游记》文化的各种出版物中,如《煮酒论西游》(吴闲云)、《六小龄童品西游》、《孙悟空是个好员工》(中信出版社作者成君忆)等等,不下于上百种,令人目不暇接。从这些读物中我们可以领略到西游精神,包括唐僧精神、孙悟空精神、团队精神以及龙马精神。其次,这种精神层面体现在西游智慧中。也就是大家经常说的,军事家从《西游记》中得到了谋略,企业家从《西游记》中看到了企业文化,文学家从《西游记》中找到了灵感,孩童们从《西游记》中看到了幻想,成人们从《西游记》中找到了童年,年轻人从《西游记》中得到了活力,大家均不约而同地从《西游记》中感受到了乐趣。

第四,《西游记》文化对区域文化产生了深远影响。当前围绕着西游记文化,全国各地有多座城市在打西游记文化牌。在中国的所有城市中,最能与古典文学名著《西游记》保持紧密关系的,当数连云港了。迄今,在连云港的市民中,毛泽东三谈花果山的故事一直成为他们津津乐道的美谈,这无疑提高了连云港的知名度。20世纪初,甲骨文研究专家董作宾先生给胡适先生提供的研究《西游记》的资料中,就把连云港的云台山与《西游记》中的花果山、水帘洞联系在一起了。再次,20世纪80年代以来,国内外研究《西游记》的多数专家学者均认为连云港的花果山就是古典文学名著《西游记》中的花果山的原型。连云港这座城市是全国各地《西游记》文化最集中的城市,西游记文化已经成为连云港市民的心理积淀,成为连云港市最靓丽的文化品牌。

(作者为中共连云港市委常委、宣传部部长)

第
一
章

说
破
源
流
万
法
通
——
《
西
游
记
》
文
化
的
源
流
及
其
演
变

在中华文化的发展历程中,神话文化一直在其中占有十分重要的地位,而《西游记》文化则是神话文化中的一枝奇葩。作为中国神魔小说的巅峰之作,它在吸取中华传统文化的基础上,经历了漫长的历史演变过程,其中包括从玄奘取经演变为文学名著《西游记》,又从文学名著演变到琳琅满目的《西游记》文化现象,具有顽强的生命力和广泛的适应性,在演变的过程中也产生了文化意义上的流变。

第一节　从玄奘取经到《西游记》问世

佛教是自西汉末年开始逐步传入中国的。在佛教东传的历史上,一个有趣的现象是,从佛教的发源地印度到中国传法的佛教祖师们,如达摩和慧可等,在中国老百姓的心目中他们的名声并不怎么大,反而是到印度留学求法的中国佛教徒玄奘其名声却如雷贯耳。这不仅是因为玄奘取经从时间上来说最久,从佛学研究方面来说最精,从带回的佛经来说最为丰富,而且因为玄奘的取经故事逐步影响到了文学创作领域。特别是吴承恩《西游记》问世之后,就几乎无人不知晓唐僧取经的故事了。那么,从历史上的玄奘取经到《西游记》中唐僧取经的演变过程是一种什么样的情形呢?

图1-1　国画《不灭的东方明灯》,作者:彭蠡(李建华提供)

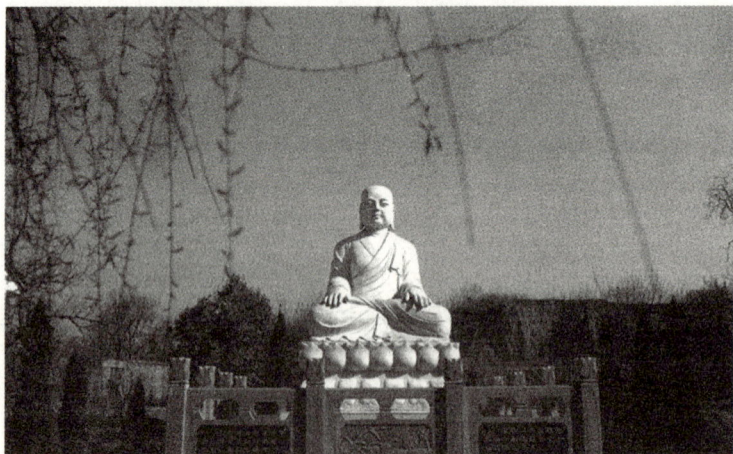

图1-2　洛阳偃师市玄奘故里

一、历史上的玄奘取经

玄奘(602—664)是唐朝著名的三藏法师,汉传佛教历史上最伟大的译师,也是古典文学名著《西游记》中唐僧的原型。根据《旧唐书》和其他史料的记载,玄奘,俗姓陈,名纬,玄奘是他出家后的法名,出生于河南洛州缑氏(今属河南省偃师市)。他的家庭是个读书人家,玄奘在家排行第四,是家里最小的儿子。玄奘幼年受父亲教导,对佛学知识也略知一二,加上他的哥哥在寺院当和尚,他13岁也随哥哥一起当了和尚,并经常和哥哥一起诵读佛经。他天资聪慧,出家之后曾遍访佛教名师,刻苦学习佛教经典,造诣日深。然而,真正促使玄奘取经的原因是:在中国历史上,早在玄奘之前就有很多人西行取经,其中东晋高僧法显的西行经历及其所著《佛国记》,激发了玄奘求取佛教经典的决心。另外一个重要原因是,玄奘在学佛过程中发现,当时佛教界对同一经典的诠释竟然存在巨大差异,甚至出现自相矛盾的情况,严重影响了佛教的传播。为了解决这些旷世疑难,玄奘决心前往天竺(今印度)取经。

玄奘取经的过程是扣人心弦的。唐朝初年,由于西北边境常遭到游牧民族的袭扰,出境必须通过官府的批准,取得类似于今天的"签证"方可放行。但在当时,由于种种原因,想办个去天竺国的签证相当困难。为此玄奘曾多次上书,但等了三年都批不下来,无奈之下,他毅然决然地决定跟随商人偷渡出境。玄奘当年取经的路线是从长安出发,穿越河西走廊,过星星峡进入哈密,然后穿越吐鲁番盆地、塔里木盆地,登上帕米尔高原进入中亚,翻越兴都库什山达坂,行程五万余里,最终到达目的地天竺。真可谓踏遍千山万水,吃尽千辛万苦,克服千难万险。在玄奘西行的路途上,有时白天黄沙飞扬,如同下雨;有时晚上看见人兽骨骸发出的磷火,闪闪烁烁,阴森可怕。最严重的是有一次走了五个白天、四个夜晚,还没有见到水,干渴难以忍受。到第五个夜间,体力耗尽终于倒在了沙漠中。半夜忽然刮起风来,稍稍清醒,他立即爬起来又上路了。匆匆中马忽然不愿行走,拉也拉不动,原来它发现了水草,饮饱吃足,又上路了,终于走出了流沙。玄奘一路上遇到的各种困难,只有身临其境才有可能体会到。

玄奘在印度期间展示了极高的天赋与辩才。玄奘曾在印度学习研修13年。这期间,他寻访印度各大佛教寺院,虚心向各门派大师学习,掌握了丰富的佛教理论。玄奘很有天赋,他的辩才极高,常常为了佛学与各宗各派大师进行辩论。"外道"这个称谓是印度佛教徒对佛教以外其他宗教派别的泛称。当时,在许多著名的场合,玄奘以惊人的辩才、精湛的学问、与"外道"激烈辩论的精彩表现,最终折服了"外道"。与此同时,玄奘虽然声名大振,播誉满天竺,但他的内心却一直牵挂着不远万里的大唐。以至于当玄奘要求回国时,国王和许多高僧虽都曾极力挽留,但他信念已定,毅然踏上返程的路途。

玄奘以惊人的毅力完成了取经这一伟大壮举。玄奘取经前后经历了漫长岁月,从629年(贞观三年,另一种说法是627年,贞观元年)由长安出发,至645年(贞观十九年)回到长安,前后经历了17个年头。我们可以回顾一下,玄奘13岁出家,去印度取经时27岁,回国时44岁。取经时满头青丝,风华正茂;回国时已经两鬓苍苍,饱经风霜了。这17年,不仅对于玄奘本人的人生有着重大的意义,而且对于佛教的东方传播更有着划时代的意义。玄奘于贞观十九年三月回到长安。玄奘回国的消息早已不胫而走,轰动了整个京城,长安百姓都想争睹这位誉满中外的法师的风仪。当玄奘行至长安西郊的一段路上,百姓倾城而出,这足以说明玄奘回国时的盛况。

因取经有功,唐太宗、唐高宗两代皇帝对玄奘尊敬有加。弘福寺为初唐时期京城长安庄严而宏伟的佛寺。唐太宗李世民让玄奘在京城弘福寺翻译佛经,并为他配备了很多助手,还应玄奘之请写过《大唐三藏圣教序》,表彰玄奘法师去印度取经,往返经历17年,回长安后翻译佛教三藏要籍的情况。大慈恩寺是世界闻名的佛教寺院,唐代长安的四大译经场之一。太子李治(后为唐高宗)为玄奘专门在慈恩寺建造了译经院,玄奘为首任上座住持,并在此翻译佛经十余年。玄奘还应唐太宗要求,口述西行各地的经历见闻由门徒辩机笔录,用了一年多时间,写成了《大唐西域记》,记述了西行各地政治、经济、风俗人情等风貌。玄奘的徒弟慧立、彦悰等还据此撰写了《大唐慈恩寺三藏法师传》,该书详细记载了玄奘取经的经历。

唐高宗麟德元年(664年)农历二月初五日夜,疾病缠身多年的玄奘走完了他不平凡的一生,与世长辞,终年65岁。玄奘圆寂,埋葬在西安东郊浐河东岸的白鹿原上,唐高宗总章二年(669年)迁葬在兴教寺内,寺名为"大唐护国兴教寺",并修建墓塔。玄奘去世时方圆500里以内各地僧俗送葬者达百余万人，出殡当天，唐高宗为之举哀，三万多人为其守灵三天三夜，真正是其生荣死哀，前无古人。收藏玄奘法师顶骨的石函，现今仍保存在南京历史博物馆中，供人们凭吊瞻仰。

玄奘是世界历史上杰出的佛学家、翻译家。玄奘主持翻译佛经75部，1335卷，1300多万字。玄奘是中国古代著名的佛学家。是法相宗（唯识宗）创始人。佛教自东汉开始传入中国，到唐代达到鼎盛，并形成许多派别，主要有八宗，其中唯识宗（法相宗）的奠基人即为玄奘。玄奘取经，远征五万余里，称得上是中外著名的旅行家。在1300多年前，交通不发达，向中国以西的荒凉又未知的陌生境地出发，从古都长安出发，经天山山脉，进入中亚古国，过哈萨克、乌兹别克、塔吉克、阿富汗、巴基斯坦、尼泊尔，途经大小二十多国，最终到达印度。加上语言、文字、习俗、国情各有差异，而且一上路，行程将近17年，有时乘马，很多时候用双脚步行。这样的壮举，古今中外是极为罕见的。

玄奘也是中印文化交流的伟大使者。他不仅将657部佛经带回祖国，而且将我国古代哲学著作《老子》（又称《道德经》）译成梵文介绍到印度，同时将印度已经失传的佛经《大乘起信论》依中文译成梵文，填补了印度佛经中的空白。玄奘对沟通中印文化作出了巨大贡献，受到中印人民的极大崇敬。印度人对于玄奘大师极其重视，玄奘这个名字在印度几乎家喻户晓，中学课本有取经故事，只要是上过中学的印度人大都知道这位中国高僧。在印度学者眼中，玄奘与印度历史更是紧紧捆绑在了一起，是玄奘帮助他们发现了曾经拥有的辉煌，没有玄奘的精确描述，印度的部分历史到底是个什么样子，恐怕无人能说得很清楚。因为玄奘，今天的印度人才知道过去是什么样子。

今天玄奘的故事在继续延伸。据有关媒体报道，2006年12月，玄奘纪念堂在印度比哈尔邦的那烂陀修缮竣工。这座纪念堂是20世纪50年代由中印两国老一代领导人周恩来与尼赫鲁共同商定修建的，但后来由于种种原因，玄奘纪念堂并没有完全竣工。从2000年开始，中印两国政府将玄奘纪念堂的完善修复纳入两国文化合作执行计划，其中玄奘纪念碑是中国政府捐建的工程项目中很有意义的礼物之一。按照中国人的传统，重达10吨的纪念碑的底座下要埋藏镇碑之物，但当时只找到了一枚孙悟空京剧脸谱和两元六角的硬币放在碑座下，象征着孙悟空在取经的路上永远辅佐师傅，也象征着中国工程组一行 26 人于 2006 年在此施工。

　　玄奘取经故事的逐渐神化。玄奘是一位名震中外，古今赞誉的人物。他的许多著作和译文，被现代学者推崇甚高。他对唯识哲学的精微理解，和对印度佛教的丰富知识，到现在还可以说是前无古人，后无来者。他的孤影西征，舍命求法的精神，更令后世敬佩。人们把玄奘西行取经的壮举，视为一种奇迹加以赞颂。同时，在传诵这些取经故事时，又添加了很多理想的色彩，而且越传越奇，越播越远。一些神奇的故事随即出现，并逐步进入文学创作领域。

二、文学艺术领域里的玄奘取经

　　现实生活是文学创作的灵魂，文学是现实生活的艺术再现。而现实生活经过文学的再认识、再表现，就开始有了一定的艺术魅力。

图 1-3　历史上的玄奘形象

（截自《图解西游记》，南海出版公司 2008 年版）

　　佛教的传播与佛教艺术的发展有着很大的联系。唐代以后,由于社会环境的变化,佛教传播的一个新的途径是通过民间文化的传播,其中与中国民间文化的高度融合成为其传播的一个重要特点,西天取经故事成为佛教艺术传播一大题材就是鲜明的见证。事实上,神话小说《西游记》虽取材于玄奘取经的故事,然而书中描述的那位玄奘已经被明显神化了。西天取经虽然符合民间追求真理与光明的大众向往,但求法取经情节几乎都是通过作者丰富的想象力设计出来的;玄奘三位弟子的性格特征虽然在现实社会生活中极易找到,但他们的艺术形象也是作者在借鉴源远流长的民间神话基础上虚构的。真实的唐僧一路上虽然没有遇到什么妖魔鬼怪,但其历程也绝非寻常。由此产生的最明显的是两个变化:原本属于史学角度上的玄奘形象逐渐转变为文学艺术角度上的玄奘形象;原本属于佛学大师形象的玄奘逐渐转变为佛教艺术传播的工具。一批描写玄奘取经故事的文学作品相继问世,一些离奇的虚构夸张的文学氛围掩盖了玄奘取经的真实事迹。唐人传奇小说《独异志》是志怪小说的代表作之一,大约从这部小说开始,玄奘取经的故事开始出现了演化的现象。到了宋代、元代及明代,出现了宋刊本《大唐三藏取经诗话》、金代院本《唐三藏》、元代杂剧《大唐三藏西天取经》,乃至到明代小说《西游记》,出现了玄奘由人到神的演绎,并同时设计出孙悟空、猪八戒、沙僧和许多神魔妖怪的形象,从而使玄奘取经由历史故事逐渐演变为老少咸宜的文学故事。

　　笔记小说是一种笔记式的短篇故事,特点是篇幅短小、内容繁杂。笔记小说起始于魏晋时期,到唐朝末年出现了像《独异志》之类敷衍玄奘取经神奇故事的笔记小说作品。唐代李亢的《独异志》不仅记载了唐以前的各种各样的传说,还记述唐代流传的奇闻异事,其中就有玄奘取经与一棵松树有灵的故事:"唐初有僧玄奘往西域取经,一去十七年。始去之日,于齐州灵严寺院,有松一本立于庭,奘以手摩其枝曰:'吾西去求佛教,汝可西长;若归,即此枝东向,使吾门人弟子知之。'及去,年年西指,约长数丈。一年,忽东向指,门人弟子曰:'教主归矣。'乃西迎之。奘果还归,得佛经六百部。至今众谓之摩顶松。"①这就开始使玄奘取经有了神奇的意义。

宋元话本是宋元时期在民间流行的一种文学形式,它是当时说话人演讲故事所用的底本,其中主要包括"小说、讲史、说经"三个部分。"说经"顾名思义是演说佛书,这个时期的"说经"把取经故事作为重要题材。《大唐三藏取经诗话》《西游记平话》就是两部"说话"人的底本。宋代有刊本《大唐三藏取经诗话》,又名《大唐三藏法师取经记》。小说叙述唐玄奘取经故事,其中猴行者为主要人物,描述他为扶助三藏法师大显神通。但情节比较简单,无猪八戒形象,有降伏深沙神的描写,略具明代小说《西游记》的雏形。取经诗话虽然已经具有西游记的雏形,却还谈不上什么文学价值。但取经诗话的每一章中,都有故事中人物作的诗,近于佛经中的偈赞。它其实是佛寺中的俗讲到小说之间的过渡形式,在当初演述时应该也是连讲带唱的。直到元末明初,《西游记平话》的出现,取经故事才算接近完成。不幸的是,《西游记平话》这一典籍早已遗失,但《永乐大典》里《玉帝差魏徵斩龙》和韩国典籍《朴通事谚解》中引用了其中的一些情节,总算是保存了这一典籍的部分内容。再到后来取经故事又被搬到戏剧舞台上,《唐三藏西天取经》《西游记杂剧》就是流传下来的两个重要剧本;此外,还有敦煌榆林窟中玄奘与胡人往西天取经的形象,以及扬州孝先寺已经失传的玄奘取经的壁画等。

《西游记》里的唐僧取经虽然是吴承恩笔下虚构的故事,但可以说是家喻户晓,历史上的唐僧取经故事,虽是真人真事,却也一样的惊险出奇,动人心魄。尽管一个是真实经历,一个是神话故事,但两者所表现的艰难程度却是一致的,只不过《西游记》把自然社会的艰险幻化成了妖魔的阻拦。但是,历史上真实人物的玄奘取经故事,经过近千年历史的演变,特别是经过富有想象力的明代作家吴承恩集大成式的改造,已经与其历史大相径庭、判若两人了。归纳起来,这些变化至少有以下几个方面:第一,玄奘出身与身份的变化。历史上的玄奘出身和文学名著《西游记》中唐僧的出身不是一回事。历史上的玄奘是一个真实的人物,是河南偃师县人,其父亲曾做过县令。而《西

---

① 《唐五代笔记小说大观》,上海古籍出版社2000年版。

游记》中的唐僧完全是个传说中的人物,父亲是新科状元陈光蕊,外祖父是当朝丞相殷开山。从取经的身份来说,玄奘虽然精通了佛教的主要典籍,但他并不满足,为了求法取经理想,主动去天竺;而《西游记》中的唐僧已变成唐太宗的御弟、钦差,奉旨取经,又是如来佛祖派观音到东土选择的理想取经人。第二,取经人员与历程的变化。历史上的玄奘是万里孤征,独身西行;《西游记》中的唐僧取经,已变成一支取经队伍。历史上的玄奘沿途经历了千难万险,最终到达天竺国,玄奘是一个英雄式的人物。《西游记》中的唐僧则是到西天取经,一路上在徒弟们的帮助下,降妖伏魔,最终到达西天。唐僧越来越成为取经的精神领袖和象征者,有其尊而无其能成为这个形象的个性特征。第三,取经目的的变化。历史上的玄奘取经,是为了探研佛学,翻译和研究佛经;《西游记》中的唐僧,取经的目的,不仅为启迪蒙昧,教化众生,而且为使大唐江山"国泰民安"、"皇图永固"。

文学艺术作品对历史事件作重大的改编是有其社会背景的。其主要背景是:玄奘的出身与他的身份要一致。出身与身份的一致是中国传统文化的一贯做法。中国历史上名人的出世总是要有点神奇的故事。有的是其母亲踩了一个巨人的脚印而怀孕生子的,有的是吃了一个鸟蛋而怀孕生子的。比如汉高祖刘邦,他的出生就十分奇特。在《史记·高祖本纪》、《汉书·高帝纪》里都说,刘邦不是他父母的亲生骨肉,而是其母(刘媪)当年在一个大湖旁休息时,不知不觉睡了过去,做起了春梦,梦里和一位神仙哥哥醉舞流云。当时天空雷电交加、天昏地暗,刘邦的父亲太公见刘媪还未归来,便前去寻找,竟看见一条蛟龙伏在刘媪身上盘桓。回家后,刘媪就怀上了孩子,这孩子便是刘邦。这当然是具有神话色彩的故事,但告诉我们一个潜规则,这也是中国传统文化中的理念,叫作"门当户对"。中国古代的圣人或名人们出身是一定要与其身份相般配的。他们叱咤风云的背后是一定要有亮丽的背景来与之呼应的。玄奘也是这样,真实历史人物中的玄奘进入中国神话小说《西游记》中,其身份具有了两重性:一重是变成了当朝皇帝的御弟,另一重是佛祖如来身边的二弟子金禅子,因为他一直行善却未能成佛,故如来命其转世结因果、积功德、再成佛。这样的人物如果其家庭背景是贫穷人家的话,就门不当户不对了。结果在《西游记》中就把他的父亲安排成新科状元,外公是当朝宰相的背景,这就与中国传统文化的要求相一致了。

身份高贵后,玄奘身上原来刚强的特征消失了,让位给神话英雄。历史上的玄奘到印度取经,其严酷的经历,其坚毅的性格,其过人的智慧,都让人十分的感动与敬佩,他是一位真正英雄式的人物。但就是这样的一位英雄人物,到了《西游记》中,虽然保持了其性格中心地善良、举止文雅、性情和善、意志坚定、虔诚取经的一面,是中国礼教文化中温良恭俭让的典型代表,但有时又善恶不辨、是非不分,缺少应变能力,是一个集封建儒士迂腐和佛教信徒虔诚为一身的高僧。唐僧这个形象,已经与玄奘形象大大不同了。在人们的心目中,由原来敬佩的虔诚取经形象转变为值得同情的形象,由原来坚忍不拔、能言善辩的形象转变为固执迂腐、是非不分的形象,无怪乎,人们对他的兴趣开始转变了,人们的喜爱转移到《西游记》中的一位不畏困难、战天斗地的神话英雄孙悟空身上。这就是在《西游记》中唐僧已经不占主角,而美猴王逐步成为主角的重要原因。在《西游记》中,唐僧形象与孙悟空相比,确实显得黯然失色了。

三、吴承恩与《西游记》

首先,我们要说一说文学中的人物形象与历史中的人物形象,这也许有利于我们理解吴承恩为何在《西游记》中要将玄奘的形象作如此大的改变。《西游记》作为一部享誉中外的神魔小说,它虽然是依据唐代高僧玄奘的一次伟大西行壮举为基础的,包括《西游记》中的唐僧形象,是以唐代高僧玄奘为原型的。但是历史上的玄奘和《西游记》里的唐僧,一个是历史人物,一个是文学作品特别是神话小说中的艺术形象,这种差别实在是太大了。当然,对这种差别做些比较,还是很有意思的。我们经常谈到,文学是人类感情的最丰富、最生动的表达,是人类历史的最形象的诠释。与历史里头必须有文学相类似的是,文学也需要历史,因为历史有深厚的资源。《西游记》虽为神怪小说,仍以一个历史事实为根据而展开。但文学不是单纯的文本,它应该包括作家的创作活动、作品和读者的阅读活动,所以文学与历史的关系就是这

图 1-4　连云港籍著名画家王宏喜作品

三者与历史的关系。毫无疑问,作家的创作活动要以历史为基础,但既然是文学,它就不可能拘泥于历史,这是一方面。另一方面,作家的作品要取悦于读者,从某种角度来看,也是读者在引导作家的写作方向与写作内容。由于读者的欣赏视角、欣赏程度的不同,作家创作的作品也要作相应的调整。这样一来,历史事件、历史人物在文学作品中的作用与形象都有可能发生重大变化。若拿神话小说里的唐僧来简单地套历史中的玄奘,便容易误解文学与历史的关系。我们可以通过玄奘的出身和唐僧出世的故事,察觉出历史与文学这对关系的奇妙。

　　唐僧与玄奘形象的这种反差不是作者的个人行为。前面交代过,《西游记》是一部世代累积性的作品,作者吴承恩只是这一作品的集大成者。西游故事从唐代玄奘取经开始到明代吴承恩《西游记》出世前后经历了近千年,这近千年中猴行者的神话故事与玄奘取经的故事有机融合在一起,代代相传,演绎出中华民族历史上神话故事最杰出的文学作品——《西游记》,本身就是一件非常神奇的事情。作为作者的吴承恩也应是取其精华,顺势而为,把各种有关的西游故事整合包装,其中猴行者形象的增强与玄奘形象的弱化,都是千百年民间历史文化演绎的结果,也是千百年来历代百姓选择的结果,而绝不会是凭借吴承恩个人的喜好而作的改编。这说明从玄奘形象到唐僧形象的演变是一个历史过程。

《西游记》的作者吴承恩自幼聪颖敏慧,少年时代即以文名冠乡里。喜读野史,爱听神怪传说。中秀才后因不喜科举八股文,故屡试不第,后又因家境变化,不得已屈就,但性格傲岸,放浪诗酒而过余生。世界上的许多传世作品,或许也只有具有这样的背景与性格的人才能创作出来。

图1-5 连云港花果山山门广场上的《西游记》作者吴承恩石雕像

接下来,我们还要说一说玄奘形象与唐僧形象的共同点及区别,让我们进一步了解吴承恩笔下的唐僧形象与历史上玄奘形象为什么会产生这样强烈的反差。

一般来说,《西游记》的题材包括两大部分:大闹天宫与西天取经,但主体部分是表现唐僧师徒西天取经。在这个大背景下,唐僧作为一个什么样的人也就基本定性了。在唐僧的身上,虽然有其懦弱的一面,然而我们更多地看到是一个虔诚的佛教徒、典型的苦行僧的形象。他是严守佛教"五戒"戒律的典范,不杀生、不偷盗、不邪淫、不妄语、不饮酒这"五戒",在他的身上体现得是如此鲜明、如此坚定。他是认真遵守佛教"六度"教义的楷模,布施、持戒、忍辱、精进、禅定、般若这"六度"，在他的身上体现得是如此淋漓尽致。正可谓"富贵不能移其志，美色不能动其心"。放在今天来说，这种信念、毅力仍然是极其难得的。从这个角度看，《西游记》中的唐僧形象与历史上玄奘取经形象相比较，其中又有许多相似之处。

对佛法的虔诚、对众生的慈悲主要表现在以下几方面：一是信念坚定，虔诚取经。说唐僧信念坚定，主要是指他对佛教的信仰极其虔诚，正是这种虔诚的宗教信仰给了他坚定的信念、顽强的毅力。为了取得真经，不畏艰险、不惧生死、不惜生命。这一条与历史中的玄奘是一致的。无论唐僧形象如何变，这一条始终没有变。二是对众生的慈悲。这种慈悲不仅是人性中的善良，也是佛教教义的基本要求。唐僧不愿伤害一切众生，甚至对害人的妖精也不愿伤害，不杀生，有牺牲自己普度一切众生的愿望。三是唐僧属于高僧。因为他具有很高的道行，而这种道行又与中华传统文化中的儒家思想是一致的。他为求取正果，对于权、财和女色的诱惑，丝毫不动心；他举止文雅、心地善良、品行端正，富有同情心。这说明唐僧是一个为人正派的好人，没有坏心眼，对人不设防，从不想着去害谁。

当然，唐僧也有他的缺点和弱点。一是他迂腐与懦弱。《西游记》里的唐僧很懦弱、很无能，远远不同于历史上的玄奘。既然无能，那就听从能者的安排吧。但《西游记》里的唐僧又做不到这一点，这就又显得迂腐。他不能识别妖魔，孙悟空能够识别，但他却不听从孙悟空的安排，他用慈悲的观念主宰自己的行动。这就导致了他不辨真假、颠倒是非的做法，这是大家对唐僧感到最厌烦的。唐僧有许多性格上的弱点，懦弱无能，胆小如鼠，优柔寡断，昏庸糊涂，听信谗言。明明是凡胎肉眼，识不出真假是非，还好歹不分，老是冤枉孙悟空。二是他善恶不分，人妖颠倒。作者想把唐僧写成非常理想的人物，《西游记》里的唐僧也是这样，要突出他佛家的慈悲为怀的性格，反而使这个形象产生了不辨真伪、不分贤愚的负面效果。他的慈悲和儒家的仁爱是有点合流的，所以我们看到唐僧的身上有时有儒僧的色彩。从形象来说，唐僧与历史上玄奘最大的差别，就是他没有处理任何问题的办法，谨慎小心，慈悲为怀，实际上又掺杂着儒家的东西，就变成另一个很无能的形象，这是对历史上玄奘形象的最大改变。

《西游记》中的唐僧是一个十分复杂的形象。作者在肯定他积极一面的同时,又批判了他性格中的消极成分。如果说历史上的玄奘是经得起烈火锻炼的真金的话,那么《西游记》中的唐僧则是一块混合着很多杂质的矿石。他坚持的是毫无原则的"慈悲为怀",而这些无原则的"慈悲"又常常被狡猾的妖精所利用。他是非不分,真假莫辨,甚至把妖精误认为好人,把降妖除怪、忠心耿耿的孙悟空骂作"无心向善之辈,有心作恶之人",并多次利用紧箍咒折磨孙悟空,甚至几次要把孙悟空贬逐。

作者把艰苦虔诚取经与人妖颠倒、是非不清两个方面巧妙地结合在一起,构成了一个形象完整、个性鲜明的唐僧。从玄奘这个历史上伟大的文化巨人,到《西游记》里的唐僧,这个变化是巨大的。但是在这个变化里,我们也可以看到作者对现实的批判与对社会理想的寄托。《西游记》里艺术虚构的唐僧,无疑是脱胎于历史上真实的生活原型玄奘。两者之间是怎样一种关系? 我们该如何评价历史上的这位大德高僧,又该如何认识和分析小说中的唐僧这个人物形象?

第二节　从文学名著《西游记》到《西游记》文化

文学名著与由此生成的文化现象之间,既有联系,也有区别。文学名著是基础,没有文学名著哪来由此产生的文化现象。反过来,文化现象是文学名著的延伸,是文学名著生命力与影响力的延续。从文学名著到文化现象之间既有因果关系,又有客观规律可循。从文学名著《西游记》到《西游记》文化现象同样如此。

一、从文学名著向文化现象的演变

"文化"这个词是一个颇有争议的概念,从古至今,中外的许多文人、思想家、哲学家、历史学家、社会学家都曾对此概念进行分析和阐释。然而，时至今日，仍然没有一个为所有人都能接受的文化概念产生。

首先，文化概念从狭义向广义的演变是当代社会文化发展的一个普遍现象。

当今社会，文化的概念内涵最多，据说达数百种之多。古人曾把"文"比喻为各色交错的纹理。后来，又在此基础上延伸出具有美、善、德行含义的文，把文的含义界定为具有德行的思与行。"化"本义为改易、生成、造化。将文与化放在一起使用，较早见于战国末年儒生编辑的《易·贲卦·彖》："刚柔相错，天文也。文明以止，人文也。观乎天文，以察时变；观乎人文，以化成天下。""刚柔相错"的文治教化的意思就十分明显了。也就是说，通过使天下人知晓人之为人的伦理，达到教化天下之目的。虽然历史上的许多名人对文化这一概念做了许多延伸和深化，但实质仍不脱离以文教化的含义。这说明中国对文化的理解起初便重视人自身的进步，人在社会中的进步。中国哲学重视人与自然、他人、社会和自身的关系，这其中人是核心。

在现今的汉语中，由文化概念内涵与外延的差异性，对其形成了广义概念与狭义概念之分。中国现代哲学家张岱年先生曾经说过："狭义的文化指文学艺术。广义的文化包括哲学、宗教、科学、技术、文学、艺术、社会心理、风俗习惯等。"[①]一般来说，广义的文化概念包括四个层次：一是物态文化层，指的是人的物质生产活动方式及其产品的总和，是可感知的、具有物质实体的文化事物；二是制度文化层，由人类在社会实践中建立的各种行为规范、准则以及各种组织形式所构成，包括政治制度、经济制度、文化制度、教育制度、军事制度、法律制度、婚姻制度等；三是行为文化层，是人类社会实践中，尤其是在人际交往中约定俗成的行为习惯，往往以礼俗、民俗、风俗等形态出现，具有鲜明的民族、地域特色；四是心态文化层，由人类在长期的社会实践和意识活动中形成的价值观念、道德情操、审美情趣、思维方式、宗教感情、民族性格等构成，是文化的核心部分。狭义的文化排除人类社会、历史生活中关于物

---

① 张岱年：《文化与哲学》，教育科学出版社1988年版，第63页。

质创造活动及其结果的部分,侧重于精神创造活动及其结果,主要是心态文化。

广义的文化概念与狭义的文化概念各有各的意义和作用。提出狭义的文化概念有助于我们深入研究精神领域的文化内涵与外延。提出广义的文化概念有助于我们从全局把握文化的内涵与外延。狭义的文化概念向广义的文化概念演变是当代社会文化发展的趋势。文化是一个连续不断的动态过程。文化既是一定社会、一定时代的产物,是一份社会遗产,又是一个连续不断的积累过程。每一代人都出生在一定的文化环境之中,并且自然地从上一代人那里继承了传统文化。同时,每一代人都根据自己的经验和需要对传统文化加以改造,在传统文化中注入新的内容,抛弃那些过时的不合需要的部分。

《西游记》文化为什么是广义的文化概念呢?因为《西游记》文化不仅包括精神上的产品,如名著《西游记》、《西游记》的各种改编剧等,还渗透进了社会生活的方方面面,包括进入了企业文化,融入了城市精神等方面,甚至演绎出了以《西游记》为主题的各类文化产业,如以《西游记》为主题的旅游纪念品、美猴王酒,等等,在人们的精神生活和物质生活中都产生了重要的影响。这就是《西游记》文化的魅力。

在关注文化现象的同时,要特别注意防止出现另一种倾向:时下的社会总有些人爱拿文化说事,办个什么会的,搞个什么活动,都要扯上文化。重视文化当然是件好事,但如果用之不当,把它当作标签乱贴,那就值得引起注意了。对任何一类东西,都不要轻易贴上文化的标签。文化是一个神圣的字眼,就其功能、作用、影响而言,可谓大矣。对于文化,应当以审慎的态度、科学的精神来对待。对其内容要认真研习,对其精华要努力弘扬,并使用得当。要真正发挥文化应有的作用,而决不能把文化像标签似的到处乱用。而更多地关注文化是否对老百姓构成健康的精神影响与物质享受,这才是最为关键的。

其次,文学的价值是文学名著向文化现象演变的根本所在。经典文学作品之所以成为经典,就是它们无论经历何时何代,都会被人们所接受,与人们产生心灵上的共振，并且被人们赋予新的内涵。法国诗人瓦雷里曾说：我宁愿我的诗被一个人读了一千遍，也不愿被一千个人只读了一遍。前者就是经典，后者只能是流行。当今的许多文化现象，有的只是昙花一现，如一些山寨文化、流行文化等现象，其根本原因是它们缺乏真正的价值。而经典就是经典，《西游记》作者以惊人的勇气和卓越的才华，把中国古代特别是明清时代宗教矛盾和精神问题全景式地呈现出来了，当然这也是中国现代思想和问题的原因所在。《西游记》提出的中国人的精神和基本性格问题，就是《西游记》对我们的意义和价值所在。为正义而斗争是中华民族的真正传统。我们在精神世界所做的努力，应当也必须对《西游记》的问题意识做出回应，无论产生什么样的文化现象，我们在精神上和性格上都无法绕开这部经典著作的文化意义。

文学的价值体系催生着文化现象的产生。文学名著是人类文明的宝贵财富，是人类文化和思想的精华。国内著名《西游记》研究专家竺洪波认为，《西游记》展示给我们的是一个丰富的价值体系，包括文学本体价值、文化载体价值、学术价值与创新孵化价值等许多内容。《西游记》文学本体价值，首先表现为浪漫主义的特色，具有太多的浪漫主义元素，浪漫主义内在的涵蕴扩散性的思维，极易为社会芸芸众生所羡慕、所仿效。《西游记》的孵化价值，指的是它具有无限的包容性和开放性，它固有的文化价值不断被挖掘出来；同时，《西游记》强大的文化影响力决定了其文化价值的延伸，在当代社会不断孵化和催生新的文化产品。

二、从文学名著向名著文化的衍生

首先，文学名著文化意义上的流变，存在于其被解读和被改编的过程中。小说这种文学形式在中国古代文学史上是不入流的，远没有诗歌和散文的地位那么高。但今天提起"四大名著"已经是"世界人类文化遗产"，其变化不可谓不大。其中影视改编在"传播中国传统文化"的使命方面功不可没。经典名著改编的影视作品是非常有效的文化传播媒介，人们可以在茶余饭后、轻松之余获取文学知识,提升人文素养,尽管这种获取的途径多数是当作娱乐。央视 86 版《西游记》陪伴了我们几十年,至今各家电视台仍然对此青睐有加、乐此不疲,就足以说明这个问题。文学名著《西游记》在被解读和被改编的过程中产生了文化意义的流变。《大话西游》等作品,对西游记文化的传播作出了重要贡献。不知从何时起,开始了一个全民"大话西游"的时代,《西游记》被赋予了无数在过去几百年间都没出现过的含义。

其次,《西游记》价值体系的广泛影响催生了精神层面的文化现象。在对《西游记》无数种另类解读中,甚至可以归纳出各个流派,例如"职场西游",它对《西游记》文化有着别具一格的解读,把《西游记》从一本神话小说变成了一本现代商战宝典,职场白领从中发现了很多职场规则,受益良多,像《孙悟空是个好员工》、《猪八戒是个好丈夫》、《从职业角度解读〈西游记〉》、《从〈西游记〉看现代企业管理》、《从〈西游记〉看绩效管理》这样的文章,都是职场白领的感悟和体会,他们将这些成果发布在报纸杂志和互联网页面,并且出书立传,在社会上产生了较大的影响。

第三,文化的商品化趋势使名著《西游记》产生了裂变,使它从纯文学转变为带有文学色彩的商品。当然,这还得归功于《西游记》的价值体系,归功于这种价值体系的持久不衰的强大影响力与传播力。除了电影、电视、网络、书籍外,还有《西游记》邮票、商标、剪纸、扑克牌,各类工艺品、旅游产品,等等,这些琳琅满目的《西游记》文化产品就是明证。需要说明的是,这些工艺品、旅游产品都是围绕着《西游记》文化这个主题展开的,是《西游记》文化赋予这些产品以新的生命力,而《西游记》文化又通过这些传播载体获得了新的生机。

第四,"过度解读"与"恶搞"现象的存在是对《西游记》文化的亵渎。恶搞经典文化是商业社会的一个突出现象。无论如何解读,恶搞都是对经典文化的亵渎,是思想道德和文化素养低下的表现,是缺乏民族气节的表现。与此同时,还出现了过度解读的现象。许多人非常气愤地把当前产生的一些所谓的文化现象批评为:不是现象,是乱象。教育成了产业,学生成了产品,教师成了师傅,学校成了工厂。文化本身是文明、高尚的事业,成了一些世俗活动。一群人围坐大快朵颐啖肥吞瘦，成了吃文化；一些人在洗脚房谈红讲绿，成了浴文化；一杯酒在手，便把拳令行成了酒文化。凡事，沾了文化二字，就可以大行其道。文化已经不是一种现象，而是一种乱象了。一些所谓改编的《西游记》中，不仅孙悟空谈起了恋爱，唐僧也谈起了恋爱。

第三节　连云港与《西游记》文化

古典文学名著《西游记》是一部世代累积性的作品，从历史上真实的唐玄奘印度取经，到文学名著《西游记》的问世，经过千年的演绎，西游故事及其文化现象在全国各地琳琅满目，此起彼伏。拿地域文化来说，国内与《西游记》文化相关的地方还真不少，但仔细比较起来，确实没有哪个城市像连云港这样集中。

图1-6　央视86版电视连续剧《西游记》中唐僧师徒西天取经剧照

一、惟妙惟肖的自然资源

图1-7 花果山山门

有人说,走进花果山就走进了《西游记》,这话说得可能有点夸张,但连云港是孙悟空的"老家",这不是空穴来风。明代文学大师吴承恩创作的《西游记》中花果山的原型就在连云港。这是因为,全国不少地方的山都称花果山,但只有连云港这个地方的花果山符合《西游记》这部书中所描述的孙悟空老家——花果山的条件。"东胜神洲。海外有一国土,名曰傲来国。国近大海,海中有一座仙山",这个条件是国内其他地方的花果山无法具备的。东胜神洲为传说佛教中的四大部洲,分别为东胜神洲、南赡部洲、西牛贺洲、北俱芦洲。吴承恩在《西游记》中将孙悟空老家安排在东胜神洲傲来国,国中的花果山就是孙悟空的诞生地。国内确有许多座花果山,但它们多数远离大海,只有连云港的花果山原先就在大海中,在三百多年前因海水东退才与陆地连接。美猴王出世的猴石在连云港的花果山上能找到它的原型。《西游记》中是这样表述的:"那座山正当顶上,有一块仙石……盖自开辟以来,每受天真地秀,日精月华,感之既久,遂有灵通之意,内育仙胞,一日迸裂,产一石卵,似圆球样大。因见风,化作一个石猴。"《西游记》书中描述的这一石卵与现今花果山上的孕猴石的自然景观恰似天造地设,十分相似。其次,古典名著《西游记》中花果山上的标志性景物也在连云港的花果山上找到它的原型。连云港花果山上的水帘洞、娲遗石、七十二洞、唐僧崖、八戒石、九龙桥、三元宫，有的出自大自然的鬼斧神工，有的则出自人的巧夺天工，让你不得不感叹花果山的神奇与美妙。这些名胜古迹，许许多多都成为吴承恩笔下栩栩如生的肖像。如花果山上的水帘洞，是洞口朝南的人字形天然洞穴。相传这里就是《西游记》中孙悟空的住处。洞外崖壁上，有"水帘洞"三个字，洞外绿水纷挂，渗滴不绝，点点附地，如珍珠玉帘。太阳光照射，条条水帘折射出万道霞光，正如《西游记》中所说："一派白虹起，千寻雪浪飞。海风吹不断，江月照还依。"又如花果山上的南天门。它是明代建筑，前有照壁，上有石门，门前有点将台。《西游记》中描述，这里是玉皇大帝灵霄宝殿的外大门，每次孙悟空上天求救兵都是先经过这里，时常在这里遇到值日功曹二十八宿。还有老君堂。位于花果山下的大村水库正东唐王坝北首的一座叫神山的小山上，《西游记》中的孙悟空在老君炼丹炉中大炼火眼金睛的情节，就是以此为典型环境构想的。此外，如定海神针石、沙僧石、唐僧崖、鹰石、七十二洞等在连云港的花果山上都能找到它们的原型。花果山自古就有"东海第一胜境"和"海内四大灵山之一"的美誉，集山石、海景、古迹、神话于一身，具有很高的观赏、游览和历史科学研究价值，它丰富的人文景观和秀美的自然景观令游人赞叹不已。自然景观呈现山海相依、峻峭与开阔呼应对比的壮丽景色。山里古树参天、水流潺潺、花果飘香、猕猴嬉闹、奇峰异洞、怪石云海、景色神奇秀丽，野生植物资源十分丰富，计有植物种类 1700 余种，其中药物资源就有 1190 种，金镶玉竹，古银杏等都是省内罕见、国内少有的树种和古树古木，是江苏省重要的野生植物资源库。

二、底蕴深厚的人文资源

说起连云港与《西游记》的关系，不仅有惟妙惟肖的自然资源，还有底蕴深厚的人文资源。首先，西游记的作者吴承恩与连云港有着十分密切的关系。吴承恩虽然出生在江苏省的淮安市，但连云港与淮安市是近邻，历史上连云港市(古称海州)与淮安市(过去称淮阴)的辖区曾相互调整。据连云港著名学者依据灌南县博物馆收藏的吴承恩给他的朋友刘居士写的墓志铭的最新研究成果,清楚表明吴承恩的祖籍在"涟水上",即今天的灌南县新安镇。《西游记》作者吴承恩有许多亲戚朋友在古海州,甚至还有人曾在古海州做过官。其次,西游人物中两位主人公的"老家"都在连云港。《西游记》第一回"灵根育孕源流出 心性修持大道生"中讲得明明白白,"东胜神洲海东傲来小国之界,有一座花果山",说的就是孙悟空老家连云港的花果山。说起唐僧的老家在海州(即今连云港),这也是吴承恩在《西游记》中表述的,在《西游记》附录中有一段表述:大唐太宗皇帝登基,发榜天下招贤纳士,"此榜行至海州地方,有一人姓陈名萼,表字光蕊(即唐僧的父亲)"。又如《西游记》第十四回中,唐僧与一老者的对话,唐僧说,"我俗家也姓陈,乃是唐朝海州弘农郡聚贤庄人氏"。这里所说的海州就是今天的连云港。说来话长,连云港这个地区在北魏时期(549 年)就已经称海州了,其后一直为历朝府、州、郡、县的行政中心,直到今天,连云港市还设有海州区,连云港市的名称是 1961 年才使用的。吴承恩在《西游记》中设定了两位主人公的老家都在海州(连云港),这不仅是作者对连云港的山水情有独钟,也是当时古海州的地望影响所决定的。其三,《西游记》中描述的许多民间风俗与古海州有着各种联系。民俗是城市历史的活化石,《西游记》中展示的许多民俗与今天连云港地区的民俗是多么的相似。如《西游记》第一回中描述,石猴子带领众猴儿在山中尽情玩耍,你看它,一个个"抛弹子、瓦么儿,跳沙窝"等儿童游戏,在过去的连云港地区是多么普遍。又如地道的家乡方言的使用。据不完全统计,百回本《西游记》中约有 256 处用的是海州方言。如《西游记》第十六回中"他就一骨鲁跳起⋯⋯",这个"一骨鲁"表示一个人做事很利索,是连云港地区的典型方言。再如纯正的连云港家乡民谚的使用。"美不美,乡中水";"亲不亲,故乡人","好事不出门,坏事传千里";"口开神气散,舌动是非生";"怒从心头起,恶向胆边生";"外来和尚好念经"、"吃了饭儿不挺尸(睡觉),肚里没板脂(脂肪)"、"一客不犯二主"、"尿泡虽大无斤两,秤砣虽小压千斤"、"尖担挑柴两头脱"、"大海翻了豆腐船,汤里来水里去",等等。还有惟妙惟肖的民间传说。《西游记》里的许多故事与连云港云台山地区的民间传说是吻合的。云台山地区的民间传说有一个最主要的特点,是其时代背景大都为唐贞观年间,这和西游记里情节的时间背景也是一致的。云台山地区还有关于唐僧家世的传说,《嘉庆海州志》就载入了这些传说:"殷开山祖居小村(位于云台山下),招陈光蕊为婿,妻以女生三子为三元。"吴承恩汇集了云台山的唐代人文传说,创作了唐僧老家海州和唐僧苦难的童年以及团圆的家庭。连云港花果山上的团圆宫里供有唐僧一家:陈光蕊、殷小姐、唐僧和他的三元弟兄的佛像。以上这些都充分说明了连云港拥有与《西游记》相关联的丰富的历史人文资源。

三、弥足珍贵的社会资源

一部名著的诞生与它的社会背景、社会的人脉资源是密切相关的。我们可以从以下几个角度来分析:一是从连云港市民这个角度来看,西游记文化已经成为连云港这个地区广大人民群众的特殊区域自豪感。一座城市的形象问题其实就是它的文化魅力问题,独特的文化底蕴造就了独特的城市形象,孙悟空老家这种独特的城市文化氛围潜移默化地影响连云港人民,使他们形成对连云港特殊的依恋情感,形成一种独特的区域自豪感。这个文化现象就是连云港城市文化中最具代表性的东西,是连云港人的无形资产,是连云港城乡居民文化气质和心理特征中最为鲜明、最为直接的表现形式。如同人的条件反射一样,国内现在一提到《西游记》就会想到连云港。就像一见到长城,就知道是北京;一提到外滩,就知道是上海;一提到西湖,就会想到杭州一样,连云港已经成为西游记文化的代表地。二是《西游记》研究方面的专家学者的一致认同。1982年召开了全国首届《西游记》学术研讨会,那次会议从淮安开到连云港,来自全国各地的127名从事《西游记》研究的专家学者,通过对连云港云台山的考察和大量的文物资料的考证,一致认为古典文学名著《西游记》中花果山的原型就在连云港市,连云港市的花果山就是孙悟空的"老家"。这已经在全国范围内形成了无可争辩的心理定式。总之,连云港市拥有丰富的与《西游记》相关的自然、人文与社会资源,这是连云港市极其宝贵的物质和精神财富,也是连云港市坚持不懈打《西游记》文化牌的基础。三是从领袖人物这个角度看,革命导师毛泽东认为孙悟空老家在连云港。在连云港市民中,毛泽东三谈花果山的故事一直成为他们津津乐道的美谈,他老人家的崇高威望无疑更是提高了连云港的知名度。1955 年 10 月下旬,毛泽东南巡的专列停在镇江西站。他在专列上接见中共镇江地委书记陈西光和镇江专署专员高俊杰,听取关于农业合作化等工作汇报时,问道:"你们知道《西游记》里的花果山在哪里吗?"陈西光和高俊杰没有贸然回答。毛泽东风趣地说:"就在你们江苏嘛,新海连市(1961 年 10 月 1 日,经国务院批准,新海连市更名为连云港)。你们年轻人(陈、高当时均为 38 岁)应该去转转,说不定碰上孙悟空呢。"这是毛泽东第一次谈花果山。1956 年毛泽东乘坐的专列到徐州,在接见徐州地委负责同志时说:"你们知不知道花果山水帘洞在哪里呢? 就在你们管辖的新海连市,有空可以去看看。""孙悟空在花果山占山为王,由水帘洞跳进东海,从东海龙王那里寻得金箍棒而后大闹天宫。"1958 年,当时的团中央第一书记胡耀邦到江苏调查研究,临行前请示毛泽东有何指示,毛泽东说:"孙猴子老家在江苏省新海连市云台山上,你路过江苏,去新海连市看看孙猴子老家到底是个什么样子。"毛泽东是十分喜欢《西游记》这部名著的,在他的著作中曾多次引用《西游记》中的故事,但毛泽东是如何知道孙悟空的老家就在江苏省连云港市,这可能是一个世纪之谜了。毛泽东为何要三谈花果山,这与 20 世纪中期的时代背景有关。20 世纪 50 年代,毛泽东一再要求各级领导干部到"孙猴子老家"去转转、去看看,为的是号召大家学习孙悟空敢想、敢干、敢于拼搏的大无畏精神,迅速改变我国"一穷二白"的面貌。当然,这也是对连云港市人民的最大鼓舞和激励。进入新世纪以来,2009 年 4 月,习近平同志作为中央政治局常委、国家副主席来连云港市视察时指出:"如果孙悟空的故事有现实版的写照,就是连云港在新的时期、新的世纪,后发先至,建设新欧亚大陆桥,完成新时代的西游记。"①这是对连云港人民的巨大鞭策与激励。

---

① 《连云港大笔书写"新时代西游记"》,《新华日报》2009 年 12 月 6 日。

第二章　谈古论今话西游

——《西游记》文化的丰富内涵

　　毫无疑问,《西游记》文化与其他文化具有共同点,就是它们都属于文化的范畴,带有文化的一般特征,符合文化发展的一般规律;同时又具有不同点,它是由文学名著产生的文化现象,它所形成的种种文化现象带有《西游记》的特征,也就是《西游记》文化价值体系的特征。因此,《西游记》文化的这两种属性决定了它具有丰富的文化内涵,既包括历史遗留下来的传统、艺术、文字,更体现在现代人的生活、生产、生存之中;既包括固化的部分,也具有活的载体。

第一节　《西游记》文化的主要内涵

　　文化的定义据说有 500 多种,因而其内涵也是极其丰富的。那么作为大文化概念的分支之一的西游记文化,它的内涵有哪些内容,它有哪些基本特征,至今仍是众说纷纭。笔者以为,可从以下几个层面来认识。

一、内涵丰富的中华文化

中华文明博大精深，源远流长。长期以来，文学名著在传播中华文明方面发挥着不可估量的作用。《西游记》是我国四大名著之一，是一部有着童话和神话特点的白话小说，通俗易懂。然而在通俗的背后，《西游记》这部古典文学名著蕴藏着丰富的中华文化的理念和精髓。《西游记》中对中华文化有着大量描述，如天人合一的自然观。《西游记》描述自然环境，有美景，亦有恶景。作者以饱含感情的笔触，描绘大自然的山清水秀、鸟语花香，充满赞美之情。如《西游记》第一回对花果山的描写就是这样。而美猴王孙悟空就是

图 2-1　年画《孙悟空三打白骨精》，赵宏本绘（李建华提供）

生活在这样的环境中，受天地之真秀，吸日月之精华孕育而生，这是对天人合一境界最完美的阐释。同时，《西游记》对恶境的描述也不遗余力，但在描写恶境的同时凸显了人对自然环境的改造，以达到人与自然的更加自觉的和谐，也就是天与人的合一。唐僧取经途中的火焰山就是这样的典型代表，孙悟空用芭蕉扇灭火，还火焰山以清山的本来面目。又如刚健自强的人生观，表现为积极进取的精神状态，这是《西游记》文化给我们最重要的启示。唐僧师徒为了求取三藏真经，教化东土大唐百姓，在往西天取经的路上，经历千山万水、千难万险，无数次的"逢山遇妖，临水撞怪"的险境，他们没有被西天路上无数的妖魔鬼怪所吓倒，百折不挠地与妖魔鬼怪做斗争，终于取回了真经。我们喜欢孙悟空，不是他宣扬了什么教义，也不是他神通广大，而在于他正直、勇敢、执著、机智，不畏强暴，勇于挑战。即使是唐僧，虽在小说中表现出平庸、糊涂、敌我不分、恪守传统伦理和宗教信条的色彩，但他善良、真诚、执

著于献身取经事业,在形形色色的敌人和困难面前,这种坚定的信念未曾有过丝毫的动摇。唐僧师徒西天取经所反映出来的一种坚韧不拔,不怕千难万险的精神,充分体现了中华民族最为可贵的品格,能够代表当代中国人民的精神面貌。再如,和谐与包容的社会观,体现出贵和尚中的价值观。其中和是最高的理想状态,和为贵一直是中华文化的核心要素之一。唐僧师徒西天取经,看似一路上打打杀杀,而最终都是达到了和谐的目的。当然和谐不是无差别的完全同一,而是不同事物的有机结合。唐僧师徒四人是一个由不同经历、不同性格组合的群体,由此他们之间也就演绎出了各种各样的矛盾,但是为了取经这个共同的目标,他们最终能克服困难和矛盾,达到和谐。以上这些都从某个侧面展示了中华民族崇尚的精神品质。总之,《西游记》文化是中华文化的重要组成部分。它与唐诗宋词、金石书画一样,是一部物化了的中华民族史,蕴含着丰富的传统文化内涵,承载着华夏文明几千年所产生的智慧和情趣。

二、神奇浪漫的神话文化

任何一部经典名著,都有它的文化特质。《西游记》的文化特质是典型的神奇浪漫,这个特质贯穿于《西游记》的各个部分中。人们对《西游记》的喜爱,大多是因为它所刻画的令人崇拜的人物形象和生动而引人入胜的故事情节。在《西游记》中,不仅孙悟空的神通广大,甚至猪八戒的滑稽可笑,不仅天上神仙的法力无边,甚至各个小妖的滑稽行为都会令人捧腹大笑。《西游记》中描写的各色人物都充分显示了神奇浪漫的特征。就神奇来说,孙悟空出世是从一块仙石开始的,这块仙石受日月之精华,内育仙胎,产一石卵,见风化作一个石猴,而且五官具备,四肢皆全,学爬学走,真是神奇。又如孙悟空的金箍棒,可长可短,可大可小,小到可放到耳朵里,大到二丈多长,真是神奇。就浪漫来说,孙悟空的七十二般变化,既神奇,又浪漫。如西游记第六回中,孙悟空与二郎神的大战中,孙悟空一会变成麻雀,一会儿变成一条鱼,一会儿变成水蛇,一会儿又变成一座土地庙,真是十分浪漫。又如西游记第六回中,孙悟空偷仙桃，使个定身法，定住了七仙女，后又变做赤脚大仙去瑶池赴会，也是尽显浪漫。另外猪八戒的滑稽可笑，也尽透出浪漫色彩。如今花果山以古典名著《西游记》所描述的"孙大圣老家"而著称于世，因美猴王的神话故事而家喻户晓，名闻海内外。"一部西游未出此山半步，三藏东传并非小说所言"，这副对联本身就道出了西游记文化的神奇浪漫的特征。

三、丰富多彩的大众文化

大众文化与精英文化不同的是，它的享用不需要具备高深的理论准备，多数具有一般文化水平的人即可享受。同时，它所具有的娱乐性和消遣性，使得一些较高文化层次的人，在暂时脱离自己的社会角色时，可以借此获得身心两方面的放松。总之，大众文化才是民族文化最深厚的基础，是最本真的"文化文本"，是民族文化伟力的根源。就文化现象来说，其实美猴王在国际上的知名度是相当高的。据初步统计，《西游记》已有日、英、德、法、意、西班牙、俄、捷克、罗马尼亚、朝鲜、越南、波兰、匈牙利、世界语等多种文字的译本，日文译本最多约三十多种。海外对《西游记》研究十分注重，多从主题思想、历史背景、成书过程、语言特色、版本源流等方面进行探讨，给作品以很高的评价。1988年5月在新加坡举办的"世界华文书展"上，《西游记》读物就有五十多种，连环画《三打白骨精》、《火焰山》、《大闹天宫》等使少年儿童爱不释手。《西游记》主人公孙悟空形象在日本的书籍、漫画和电视广告中频繁出现。美猴王孙悟空的形象在韩国是家喻户晓的。美国梁挺博士编著的《超时空猴王》更是将科学技术与孙悟空联系起来，让孙悟空在宇宙空间里大显神通。孙悟空作为中西文化交流的使者出现在中、法两国电影工作者合拍的《风筝》中。猪八戒也不甘落后，以《猪八戒背媳妇》为名的木偶剧曾在匈牙利举行的国际木偶节上获得最高奖。大量事实说明，西游文化已超出了作品本身和中国范畴，走向了世界。从国内来说，在现实生活中，我们会大量接触各种西游记文化现象。一个最简单的事实是：在中国不论男女老少，恐怕没有人不知道孙悟空、猪八戒的故事。曾记否，当年中央电视台播放电视连续剧

《西游记》时,大街小巷,行人稀少。回想北京取得 2008 年奥运会主办权,其城市吉祥物的竞争也随之展开,当时美猴王成了最具竞争力的偶像。至于各家出版社各种版本的《西游记》,以及围绕西游记召开的各种理论研讨会精彩纷呈,西游记所带动的中国文化产业正在兴起,包括工艺品、玩具、年画等文艺产品等更是琳琅满目。这些仅仅用《西游记》来说明是远远不够的。西游记文化已经成为一种十分重要的文化现象,成为中国人生活的一个重要组成部分。

四、返朴归真的生态文化

尽管《西游记》里的山水田园诗词数量众多,堪称古典小说之冠,但表现作者核心思想的则是第九回中渔翁张稍与樵子李定的一段对答,有诗又有词,虽为游戏笔墨,却显露出作者热爱山水田园的审美情趣。《西游记》作者对自然界的山水有毫不掩饰的热爱,突出的表达方式就是安排美猴王为天地日月之精华的产物。这集中地说明了美猴王是大自然的产物,《西游记》中的这块石头,它直接孕育出生命,并用这个生命亲自经历人生,告诉我们关于人性的完整画面。作者设计出这样一块石头的时候,让人不禁想到我们常说的一句话:人,本来就是顽石一块,在生命的开始总不会有多少差异,但最终这块顽石会变成什么样子,全在于后天的雕琢。所谓“不雕不成器”大约指的就是这个意思吧。在第一回里,能从几个地方看到孙悟空的谦恭:第一,“学爬学走,拜了四方”。这是对生育自己的天地的感恩。《西游记》在景物描写方面,既有对大自然山水景色的细腻刻画,也有对人文景观的详尽描摹。而无论是对奇山异水、春景秋色的称美,还是对仙洞瑶府、山庄别院的赞叹,都在无言中透露出作者对山水自然景观毫不掩饰的热爱。特别是《西游记》用诗词给我们展现出了许多奇山异水的美妙胜境。孙悟空拜师学艺的灵台方寸山,风光旖旎,十分秀丽。《西游记》中的花果山,“林中有寿鹿仙狐,树上有灵禽玄鹤。瑶草奇花不谢,青松翠柏长春。仙桃常结果,修竹每留云。一条涧壑藤萝密,四面原堤草色新”,一派生态现象。《西游记》中描写花果山的累累硕果,已经让人馋得口水都要流下来了。试看第一回中是这样描述水果或食品的,确实令人垂涎三尺,胃口大开。樱桃是国人喜食的水果,有些地方每年还举办樱桃采摘节。兔头梨子、鸡心枣今天也在许多地方有,梨的品种实在是太多了,拿兔头梨来说,人们也叫它笨梨,皮厚、纤维多,水分少,核子大,猴子喜欢吃。鸡心枣全国各地都有,外形很漂亮,尾巴那里尖尖的像鸡心,很好吃很甜。香桃烂杏,各地实在太多了。"红囊黑子熟西瓜,四瓣黄皮大柿子。"孩子们对这些太熟悉了。"石榴裂破,丹砂粒现火晶珠";石榴今天到处都是,芋头、栗子都是许多地方的地产品,是中秋节餐桌上必不可少的食品。胡桃银杏可传茶,椰子葡萄能做酒。银杏茶:它的保健功能已使国人受益匪浅,各地生产的银杏茶已经大批量地走向市场。葡萄酒:各种品牌的葡萄酒已经香飘全国。"熟煨山药,烂煮黄精。"山药,在连云港这个地区不仅入药,而且是餐桌上的佳肴。"捣碎茯苓并薏苡,石锅微火温炊羹。"连云港就有茯苓酒。"人间纵有珍羞味,怎比山猴乐更宁。"带有总结,甚至是骄傲的语气。这简直就是在为孙悟空老家的生态环境做广告。

　　名著之所以是名著,是因为它们都具有非常丰富复杂的文化内涵。西游记文化在异彩缤纷的多元文化的竞争中,海纳百川,博采群秀,成为中国人民乃至世界人民普遍喜欢的文化艺术。它的内涵就是以古典名著《西游记》为核心,所折射出的各种精神范畴;它的外延是以各种艺术形式为载体,围绕西游记的各个人物和各种情节所派生、演绎出的各种文化现象。

第二节　《西游记》文化的基本特征

　　《西游记》文化具有非常丰富的文化内涵,这些丰富的文化内涵都围绕着它的基本特征展开。神奇浪漫是《西游记》文化总的基本特征,具体表现在三教合一的文化底蕴、博大精深的人生智慧、自强不息的民族精神、诙谐幽默的艺术风格等方面。

一、三教合一的文化底蕴

儒家修身、佛家修心、道家养性，佛道儒三家思想的共同点在于，都包含了对人生哲理的深入探索，并对中国的古典文化以及当今中国人的习俗传统等构成了深刻持久的影响。

首先，佛家思想在《西游记》中的体现。佛家的思想精髓：无缘大慈，通体大悲。既出世，也入世。入世，为了挽救众生；出世则是教一切众生，认识生命宇宙的真谛，脱离苦海，到达彼岸。《西游记》的主要故事脱胎于佛教经典与故事，其主体来自历史上真实存在的《大唐西域记》及《大慈恩寺三藏法师》中玄奘取经的故事。而取经途中降妖伏魔的经历则多由佛经故事演化而来，如孙悟空大战红孩儿等故事。除唐僧以外，悟空、八戒与沙僧等人物形象也大多由佛教传说故事中的形象演变而来。《西游记》故事形成过程中与佛教极其深厚的渊源决定了这部小说的宗教关系是以佛教为主线的。《西游记》中的佛教思想见解主要来源于禅宗，且集中于对"心"的理解上。禅宗思想在当时社会的流行，正是《西游记》中主要佛教思想形成所根植的社会土壤。在书中，主人公孙悟空在回目中多被称为"心猿"，故从孙悟空的角度看，西游的过程其实就是通过修行，实现自我，走向圆满的心路历程。在《西游记》中，佛教既是玄妙的，如西方如来般充满高高在上的崇高感；又是可以被谐谑与打趣的：佛教徒的队伍里贡献了西行路上如九头狮子般的不少妖怪，甚至不乏阿难、伽叶二罗汉要收"好处费"这样充满现实隐喻的情节。大体上看，论世而知书，这体现了佛教在庶民阶层，尤其是知识分子心目中世俗化后的矛盾形象。[①]

其次，道家思想在《西游记》中的体现。道教是中国本土产生的宗教，宗旨是追求长生不老与肉体成仙。与其他宗教不同的是，它关注的是人"如何不死"而非"死后如何"的问题，这也正是美猴王早期关注的问题。所以可以

[①] 本段参见程之又等《〈从西游记〉看明朝世俗中的三教》，转载自颜落新浪博客。

认为美猴王的个人修行觉悟始于道教的修行觉悟。一是《西游记》的回目运用了很多金丹大道的名词术语,例如元神、婴儿、木母、黄婆、道昧、姹女、圆大觉、体天然、见真如等。二是孙悟空的修行历程也几乎完整地体现了道教经典《性命双修万神圭旨》中要求的四个修道层次。《西游记》中出现了诸多道教人物,其中天庭就体现了一个较为完整的道教神仙体系。如玉皇大帝、太上老君等神仙,均为道教真神。而且除了孙悟空之外,猪悟能同沙悟净也均是先修习道教法术,后皈依佛门。通读全书,吴承恩对道教无疑是持消极讽刺态度的。这与明朝中后期至清代道教衰落的社会现实是分不开的。在书中,虽然天庭及诸多道教神仙出现频繁,但是,控制着全局的始终是西天的如来佛祖。妖怪都是以典型的道士形象出现的。作者对"妖道们"狐假虎威、残忍恶毒的行为做了无情的鞭挞,这些披露与鞭挞影射了吴承恩所历武宗、神宗等朝时皇上倚信道士,炼丹采补,妖道误国等现实。①

再次,儒家思想在《西游记》中的体现。儒家的思想精髓:入世、治世。先天下之忧而忧,后天下之乐而乐,是他们的楷模。儒教思想,在《西游记》中的体现也许不如佛道二家那般明显,但实际上儒教思想也是《西游记》宗教思想中的重要组成部分。一是维系取经队伍的伦理道德正是儒家最根本的仁义思想。《西游记》中颂忠扬孝的情节其实还有不少,如江流儿复仇报本、合家团圆,陈家庄百姓感恩建寺等。二是《西游记》中神仙世界的组成,实际上就是按照儒家等级观念形成的。以玉皇大帝为代表的整个天庭其实就是按照儒家思想构建的,他们是儒家现实的代表。三是从许多西游人物来看,唐僧之父陈光蕊在书中为"唐王御笔亲赐状元",后官拜学士;美猴王早期产生的名利思想实际上也是受儒家思想影响的;沙僧是个儒家思想的典型代表。如此等等,不需细述。②

总之,在中国古典小说中,《西游记》的内容是最为庞杂的。它融合了佛、道、儒三家的思想和内容,既让佛、道两教的仙人们同时登场表演,又在神佛

---

① 本段参见程之又等《〈从西游记〉看明朝世俗中的三教》,转载自颜落新浪博客。

② 本段参见程之又等《〈从西游记〉看明朝世俗中的三教》,转载自颜落新浪博客。

的世界里注入了现实社会的人情世态，有时还掉书袋似的插进几句儒家的至理名言，使它显得亦庄亦谐，妙趣横生。三教合一可被认为是《西游记》对宗教关系处理的核心思想。的确，作者在书中对释道儒三家各有褒贬，但这些褒贬都是被统一于"三教合一"这个大前提下的。"三教合一"下，天庭与西天的各路神仙（儒教的"神仙"在小说中似无体现）彼此有商有量，一团和气。从历史上看，三教合一在中国绝不是明清时才出现的文化思潮，而是一个漫长的文化演变过程。佛教从印度传入中国以后，其教义与修行方式更是有了很大的变化。在漫长的演化过程中，不可能不受到儒、道思想的影响。总体看来，又可见三教的互相渗透与彼此相对独立的发展，都是宗教与世俗间相互作用的结果。换言之，中国文化史上最重要的佛、道、儒三教互相影响而发展的过程，正是宗教世俗化的过程。同时，《西游记》中所体现的三教，在吸收中国世俗文化精华后，更与其和谐共存，共同发展。这种状态更说明了中国文化的活力与包容精神，体现了"海纳百川，有容乃大"，"穷则变，变则通，通则久"的道理。①

二、博大精深的人生智慧

学者们认为，一部《孙子兵法》不到六千字，就将战争的规律揭示出来了；一部《道德经》短短五千言，就将万事万物诞生、发展以及长盛不衰的规律揭示得淋漓尽致；一部《论语》也就一万多字，就成为政略的范本，迄今没有超越的；一部《西游记》，虽然讲的是神话故事，但其中蕴涵着深刻的人生智慧。吴金梅在《西游记的人生智慧》（海潮出版社 2006 年版）一书中作了四个方面的剖析。

智慧来自对艰辛的体验。人生不经历磨难是不会知道什么叫人生，只有经过磨难的人才会深刻理解人生的艰辛。艰辛又是打开成功之门的钥匙，把握住艰辛也就拥抱了成功！在《西游记》中，唐僧的徒弟们个个法力高强，为

---

① 本段参见程之又等《〈西游记〉看明朝世俗中的三教》，转载自颜落新浪博客。

何慈悲善良的观音菩萨不让他们直接腾云驾雾到雷音寺取得圣经,早点造福人世呢?不是因观音菩萨铁石心肠,而是美好的果实是经过辛苦耕耘得到的,如果那么轻易地收获那果实,但缺少了耕耘,那么得到的也不会是甜美,而是苦涩。九九八十一难,缺一不可,就如同人生一样。如果想获得成功,必须脚踏实地,缺一步都到达不了成功的殿堂,没有任何捷径。唐僧师徒在寻得圣经的途中,历尽了艰辛、磨难、迷失等困难,这也是我们的人生中不可缺少的一部分,我们也应该像唐僧师徒一样,披荆斩棘,直至成功。《西游记》中唐僧师徒经历艰辛万苦才取得真经,所以人生也一样,要经历苦难才会幸福,这是我们读《西游记》悟出的道理。

智慧来自对事物的珍惜。珍惜应该是及时地诠释,及时做事,及时表达爱意,及时感恩,及时享受生活,珍惜幸福,学会知足,远离后悔和贪婪,在某事物消逝之前用心去保护。一个人所珍惜的必是他认为最美好的,即使是曾经的珍惜,那也是他的曾经中最美好的。《西游记》中"三打白骨精"中唐僧对孙悟空说,出家人要念念不离善心,扫地的时候要防止伤着蝼蚁,点灯的时候要用纱罩灯以防碰到飞蛾。你怎么步步行凶?打死这个无故平人(指白骨精),取经来又有何用?你回花果山去吧。虽然唐僧不分妖邪,但他的心是善良的,珍惜自然界一切的愿望是普通人都拥有的,但并不是所有人都能体会到的,并不是所有人都懂得珍惜。太顺利做到的事反倒不可信,太容易完成的事反倒不珍惜,这样的事例在现实生活中比比皆是,这是《西游记》给我们的提示。

智慧来自对自信的把握。当今社会,掌控不住"自信"的大有人在。尤其在做出成绩之后,往往那些趾高气扬、春风得意的人经常是自负的,而那些一蹶不振、愁云惨淡的人则陷入了自卑的轮回。只有那些真正心平气和、不骄不躁的人才能掌握住自信的尺度,方能取得事业上长足的进步。这是因为过于自负的人往往孤芳自赏,失去了他原本应有的视野。自卑的人却因打击而导致故步自封。相反,自信的人既能正确对待自己的不足,又能及时从别人身上汲取"营养",在各方面都能绽放其耀眼的光芒。这不由让我们联想到烹饪中的食盐,太多或太少都过犹不及,只有盐分适量时,我们才能品味出它的美味。《西游记》中孙悟空的自我介绍总是充满自信，在这方面《西游记》给我们许多有益的启示。一是要有一份执著的自信。不论是身在艰辛的旅途，还是正在从事一项未竟的事业，总是坚定地向着理想努力前行，我们一定会如唐僧师徒一样，可以实现梦想。二是自尊才能赢得自信。自尊，才能获得尊重。自信，成功之本。自爱，珍重自己——珍惜自己的一切。我们从唐僧师徒身上经常可以看到这一点。三是对未来目标不能丧失信心。信心是建立在对未来目标的基础之上的，对未来目标的憧憬，对实现未来目标的毅力，是《西游记》给我们的重要启示。自信也是人生的大智慧。

智慧来自对世事的洞明。许多人在现实生活中都会感叹，社会上的人际关系是最复杂的关系。许多研究过《西游记》的学者都认为，《西游记》是当时社会关系的一种折射，特别是其中神仙与妖怪之间有着千丝万缕的关系，这与我们现实社会中所谓的人际关系网何其相似，简直便是一个人间的真实的写照。在处理这些复杂的人际关系方面，《西游记》中许多故事体现着中国人的智慧。试举一些事例：一是"切莫过度炫耀自己"。用孙悟空的经历告诉我们为人处事要低调。有时候，他人的嫉妒是你成功的绊脚石。我们可以通过适度而有分寸的行为来保护自己。《西游记》有这样一个故事：师徒二人来到观音院，金池长老盛情接待。悟空向长老炫耀袈裟，长老顿起贪心，将袈裟借回房中观赏。金池长老为占据袈裟，命众僧纵火，想要烧死唐僧师徒。悟空到南天门向广目天王借避火罩，保住师父，又吹起神风，将观音院烧成一片瓦。长老羞愧惶恐，跌入火中，自焚而死。宝袈裟早已被黑风山的熊怪趁火打劫而去，并想开"佛衣会"炫耀宝物。悟空请来观音，收服了黑熊怪。二是"得饶人处且饶人"。宽容与宽恕，是一种胸怀宽广的气度和风范。减一分怨恨与气恼，多一分平和与恬淡。《西游记》第八十一回"镇海寺心猿知怪　黑松林三众寻师"，话表三藏师徒到镇海禅林寺后准备第二天继续赶路，这时，悟空道："既是明日要去，且让我今晚捉了妖精者。"唐僧道："徒弟呀，我的病身未可，你怎么又兴此念！倘那怪有神通，你拿他不住啊，却又不是害我？"行者道："你好灭人威风！老孙到处降妖，你见我弱与谁的？只是不动手，动手就要赢。"三藏扯住道："徒弟，常言说得好，'遇方便时行方便，得饶人处且饶人。操心怎似存心好,争气何如忍气高!'"当然,唐僧在此处是不辩妖魔才说出此类话来,但得饶人处且饶人也是一种处世哲学,也就是做人做事不要做绝了,在讲原则的前提下,要留有余地。

三、自强不息的民族精神

自强不息是中华民族的传统美德,它深深地熔铸在中华民族的生命力中,是推动着中华民族为绵延亿载,生生不息的民族动力。纵览古今,多少人所取得的成功不是与自强不息的民族精神有关呢?中华民族自强不息的民族精神体现在许多方面,这里只举两点来说明。

第一,百折不挠、一往无前的奋斗精神。"西游"故事得以在社会上广泛流传,并不是因为唐僧取来了经书,而是因为取经故事本身寓含着人生奋斗的真谛,能对人们产生鼓舞作用。《西游记》中的主角孙悟空是百折不挠,不屈服于命运的形象:一是孙悟空有大志,有情操,不为狭隘物欲所囿,有坚定的信念。任何理想的实现,并不是一帆风顺的,要经受住时代与社会的考验。有时要付出很大的代价,甚至是血的代价(孙悟空大战红孩儿时,差点送命),有时要抵挡住各种诱惑,特别是权势、美色、金钱,要做到"坚如磐石",心不被外物所役使。没有坚强的意志与超人的毅力是办不到的,这就需要调整自我,改变自我,战胜自我,超越自我,不断修身养性,完善升华自己的人性与人格。我们要靠一种心灵之美、精神之光去赢得自己的未来与生活,赢得社会的重视。二是孙悟空是一个不满足于现状、不断追求生命新境界的人,也就是说他的一切行为与经历都表明他渴望体验生命升华的成功,人生的每一次前进、升华所面临的挑战,都造就了他不屈服于命运的精神形象。孙悟空在取经路上遭遇了九九八十一难,这是无穷尽的魔法,这是无休止的困难,但他的英勇机智,在困难面前不惧怕的精神与中华民族自强不息、无坚不摧、无往不胜的伟大民族精神是不谋而合的,这就是孙悟空的人格魅力。他有英勇果敢、艰苦卓绝的斗争精神,这可以作为永远鼓舞我们前进的力量。三是孙悟空具有敢于同邪恶势力作坚决斗争的大无畏的献身精神。也是当今社会所需要的。这一精神境界显然是从中华民族性格的积极因素中提取出来的,其中含藏着深厚的民族文化底蕴;他有着高度的事业心和顽强的斗志。孙悟空真正的热情,是倾注在克服一切艰难险阻,扫荡一切妖魔鬼怪,实现他那国泰民安的社会理想和长生不死的人生理想上。孙悟空不管遇到什么困难,总是勇往直前,百折不回,积极动脑筋并充满乐观主义精神。只有像孙悟空那样,有为国为民除害的高度事业心和顽强的斗志,才能求得生存和前进,才能担当起完成伟大事业的重任。他那种高度的事业心、顽强的意志和不惜献身的精神,值得我们引为借鉴。①

　　第二,人格完善、修身立命的力量源泉。各人都有优点,也都有缺点,但在取经的方向上大家是一致的。优缺点能互补,共同完成了取经大任。他们四人之间,又充满了妒忌(猪八戒妒忌孙悟空)、猜疑(唐僧猜疑孙悟空)、唆使(猪八戒唆使唐僧),这都是人性的根本,人类也避免不了这些,但在危急关头,大家又齐心协力,克服了所有的困难,实属难能可贵!优点:唐僧善良,有爱心;猪八戒尊敬师父,危急时刻也挺正经的;孙悟空爱戴师长,不计前嫌,有勇有谋;沙和尚憨厚老实,尊敬师长,负责任,②《西游记》中的主人公个性鲜明,师徒四人各有所长,他们是一个互相合作、积极奋斗的团队。个人不能孤立地在社会中存在,总要和他人形成一定的关系。为了追求一个共同的理想,唐僧师徒四人组成了和谐互助的团队。唐僧是这个团队的领导者,他饱读经书、斋戒苦行、意志坚如磐石,虽然他手无缚鸡之力,但取经途中的妖魔鬼怪不能把他吓倒,美女画皮不能将他诱惑,荣华富贵不能把他吸引。而且他身怀仁爱之心、悲天悯人。他的意志、仁爱和执著是徒弟的表率,可谓为人师表,令人折服。大徒弟孙悟空拥有火眼金睛和七十二变的本领,上天入地,无所不能。他争强好胜、好打抱不平、向往自由、追求正义、惩恶扬善,是护送唐僧的关键人物,令人赞叹和佩服。二徒弟猪八戒虽然贪吃贪睡、贪恋财色,但他快乐的本性和天生的幽默感也给大家带来了不少欢乐,是这个团队中的

---

① 参见 2012 年 11 月 29 日中国论文网:《浅析西游记中孙悟空人物形象》。
② 参见百度知道《九九八十一难　人生启迪》。

开心果。三徒弟沙僧宽厚仁慈、沉默寡言、不计得失、勤勤恳恳、光明磊落。虽无悟空的本领大,但他识大局、顾大体,从不惹是生非。关键时刻他能调和这个团队的关系,能够维系这个团队的凝聚力。他默默无闻地奉献,令人尊敬。师徒四人在这个取经的团队中各显其能、历尽艰险,最后终于取得真经、修得正果,且各得其所。在战胜九九八十一难取得真经后,唐三藏被如来佛祖封为"旃檀功德佛";孙悟空被封为"斗战胜佛";猪悟能被封为"净坛使者";沙悟净被封为"金身罗汉"。①总之,我们从《西游记》中感受到了中华民族勤劳,勇敢,诚实,坚定,以及包容,宽容,能承受一切苦难,战胜一切困难等优秀品质与性格。

四、诙谐幽默的艺术风格

《西游记》不仅有较深刻的思想内容,艺术上也取得了很高的成就。它以丰富奇特的艺术想象、生动曲折的故事情节、栩栩如生的人物形象、幽默诙谐的语言,构筑了一座独具特色的《西游记》式的艺术宫殿。

首先是《西游记》故事情节中充满了中国式的幽默。这些幽默在社会生活中也能找得到。一部《西游记》,充满了戏谑,也充满对世道人心的深刻体察。这一特点在作品的故事情节中可谓比比皆是。在当今的社会生活中也能找到它的影子,这就是《西游记》文化的魅力。《西游记》第二十三回"三藏不忘本 四圣试禅心"就是一个典型的故事,而猪八戒是戏谑的主要对象。师徒四人离开流沙河,来到一处地方。黎山老母、南海观音、文殊菩萨、普贤菩萨在这里化作美女来考验四人的求佛之心。只见"三藏坐在上面,好便似雷惊的孩子,雨淋的虾蟆;只是呆呆怔怔,翻白眼儿打仰。那八戒闻得这般富贵,这般美色,他却心痒难挠;坐在那椅子上,一似针戳屁股,左扭右扭的忍耐不住"。以至于后来按捺不住,暗地里跑去与众女"私订终身",在后堂又与众女玩起了"撞天婚招女婿"。最后又穿上了"珍珠汗衫",却落了个"疼痛难禁,

---

① 参见薛颖《西游记中的哲学思想》,《时代文学》(上半月)2011 年 6 月 8 日。

绷杀我了"的后果。看到这些令猪八戒丑态百出的场面，真个使读者忍俊不禁。茶余饭后、开心之余，读者也会将当今的某些社会现象与此相联系、相比较，不仅谈古论今，针砭时弊，而且由远及近，以八戒为标的，警醒自己。还有一回，孙行者等变三清捉弄妖精，猪八戒把三清神像丢进"五谷轮回之所"；接着，小说写了呆子的一番祝祷："三清，三清，我说你听。远方到此，惯灭妖精。欲享供养，无处安宁。借你坐位，略略少停。你等坐久，也且暂下毛坑。你平日家受用无穷，做个清净道士；今日里不免享些秽物，也做个受臭气的天尊！"语气和行为都类似恶作剧，但浓烈的诙谐意味中渗透着深刻的含义，不仅包含着鲜明的爱憎倾向，实质上还表明了对某些事物的批判。①

　　其次是《西游记》小说中语言的滑稽诙谐。小说的滑稽语调，妙言趣语，常常是冲口而发、了无定则，既能解颐，又耐寻味。例如第二十六回，三星（寿星、福星、禄星）来到五庄观，作品写道：那八戒见了寿星，近前扯住，笑道："你这肉头老儿，许久不见，还是这般脱洒，帽儿也不带个来。"遂把自家一个僧帽，扑的套在他头上，扑着手呵呵大笑道："好！好！好！真是'加冠进禄'也！"那寿星将帽子掼了，骂道："你这个夯货，老大不知高低！"八戒道："我不是夯货，你等真是奴才！"福星道："你倒是个夯货，反敢骂人是奴才！"八戒又笑道："既不是人家奴才，难道叫作'添寿'、'添福'、'添禄'？"作者在这里用了插科打诨式的描写，随意点染，却又妙趣横生，表现为一种滑稽意味。又如第三十二回，有个日值功曹来报信，说是前面有一伙毒魔狠怪，吓得唐僧魂飞魄散。孙悟空却满不在乎地与功曹所变樵子开玩笑，讨论妖魔既要吃他们，不知怎么吃法，说什么蒸着吃，"疼倒不忍疼，只是受些闷气罢了"。樵子道："和尚不要调嘴。那妖怪随身有五件宝贝，神通极大极广。就是擎天的玉柱，架海的金梁，若保得唐僧和尚去，也须要发发昏哩。"行者道："发几个昏么？"樵子道："要发三四个昏哩。"行者道："不打紧，不打紧。我们一年，常发七八百个昏儿，这三四个昏儿易得发，发发儿就过去了。"好大圣，真个全然无惧！在这里，作者根据情节的发展和内容的演化，信笔穿插，轻松愉快的语气既表现

---

　　① 参见豆丁网《浅析〈西游记〉诙谐的艺术风格》。

了孙悟空乐观的精神,又给人一种愉悦感,让人在紧张中得以轻松,又有情不自禁的笑意。①

再次是西游人物形象的滑稽诙谐。《西游记》的成功之处,不仅在于生动有趣的情节、天马行空的想象,以及光怪陆离的传说等,还在于它塑造了一批有血有肉、各具特点的艺术形象。(1)孙悟空形象的诙谐。从我国文学史上的神话创作来看,这个猴头恐怕是被创造得最完整的神话英雄形象。他神通广大、法力无比,曾在花果山为王,又上天宫、下地府、闹龙宫,自号"齐天大圣",弄得乾坤不得安宁;最后他皈依佛门,力保唐僧西天取经,历经艰险,终于修成正果,得道成佛。作者对他的喜爱自不必说,他也因为人们的热爱,成为世界文学史上著名的艺术形象。孙悟空的滑稽诙谐之处可谓不胜枚举。孙悟空喜欢捉弄人,特别是猪八戒。第三十八回,在乌鸡国,他利用猪八戒贪财的特点,哄骗八戒去背国王的尸体;第七十六回,猪八戒被妖怪所抓,浸在池塘里待宰时,孙悟空变个小飞虫进去,又装作阎王差来的勾司人索要八戒的私房盘缠。更不用说他在平顶山装作要吃猪八戒的耳朵(第三十四回),在朱紫国揭皇榜却"栽赃"八戒(第六十九回),就是在车迟国,他在与羊力大仙斗法的过程中也把八戒吓了个半死。也许确实因为猪八戒心眼实,好捉弄,但同时也体现了猴子的玩耍之心,有趣与好笑一览无余。另外,他哄骗小妖是家常便饭,戏弄妖魔也是常事,甚至连太上老君和观音菩萨,他也是谐谑一番。可见,孙悟空天性幽默滑稽。(2)唐僧形象的诙谐。《西游记》中的唐僧是以一个虔诚而庸弱的精神领袖面目出现的。作者描写了一个唐三藏,既让孙悟空们把他尊为师父,奉为领袖,却又处处调侃之、嘲讽之、贬损之,这不正体现了他喜剧的地方?唐僧"发愿往西天拜佛求经,遇妖精就被捆,逢魔头就遭吊,受诸苦恼",居然也得成正果,这难道不值得玩味?因此,从唐僧人生的安排来讲,这也就幽了一默。后来唐僧为了取经说出了豪言壮语,唐王的饯行,众僧的称羡也将声势扬得很高。哪知到了后来,面对通天河一望无际的水面,他竟有些胆怯了。有了这一对比,唐僧的形象开始有了喜剧色彩。更

---

① 参见豆丁网《浅析〈西游记〉诙谐的艺术风格》。

不用提一路他露不完的"脓包相"、哭不完的伤心泪、扶不起的软骨病,比起他当年的"弘誓大愿",差之十万八千里。正如孙悟空所说:"天下也有和尚,似你这样皮松的却少。"这不是滑稽是什么?作品中显露出的幽默讽刺在此一览无余。(3)猪八戒形象的诙谐。猪八戒在作品中同他的行者师兄一样,也是个令人捧腹不禁、笑声不断的人物。他那呆头呆脑、憨厚可爱的性格,使他成了作品中产生笑料最多的人物。作品滑稽诙谐的风格,在他身上也体现得最充分。在文学艺术中,诙谐性效果最直接、最显著的反应,就是引发读者在欣赏中产生不同程度的愉悦情绪和审美快感,而其最突出的表现就是爆发出笑。可以这样说,《西游记》中几乎是无所不包地在每一个艺术形象身上、每一段故事情节中,都渗透着多种多样的诙谐性因素,隐伏着令人发笑的诱发剂。所以,当你读着《西游记》时,总是忍俊不禁,或会心莞尔,或哑然失笑,而且毫不夸张地说,即使是反复再读时,你依然会受情节中无限风趣所引诱,控制不住自己的情绪而笑从中来。至于西游记其他人物形象的诙谐,就不胜枚举了。①

第三节 《西游记》与民俗文化

民俗文化,是在普通人民(相对于官方)的生产生活过程中所形成的一系列物质的、精神的文化现象,具有普遍性、传承性和变异性。民俗文化因其核心要素民俗是集体遵从的、反复演示的、不断实行的,所以具有增强民族的认同,强化民族精神,塑造民族品格的功能。《西游记》中有大量的关于民俗文化方面的表现形式,而且许多还是经典的、影响持久的民俗。

---

① 参见豆丁网《浅析〈西游记〉诙谐的艺术风格》。

一、《西游记》与民俗风情

  《西游记》中有大量取经沿途风情民俗方面的描述。相信读者会对《西游记》中的"女儿国"留下深刻的印象，那里有一位美丽痴情的女王，一条喝了其中的水就能生孩子的子母河。现实生活中"女儿国"在历史上的确存在过，而且现在有一些村寨一直将"女儿国"的古老习俗留存至今。今天四川甘孜州的丹巴县至道孚县一带就是《旧唐书》中记载的东女国的中心。东女国是否就是传说中的"女儿国"呢？按照《旧唐书》记载，东女国南北长 22 天的行程，东西长 9 天行程，如果按照过去一天骑马 40 公里或步行 20 公里计算，那么东女国应该南北覆盖 400 公里到 800 公里，东西覆盖 180 公里到 360 公里。据史书记载，东女国建筑都是碉楼，女王住在 9 层高的碉楼上，一般老百姓住的碉楼四五层高。女王穿的是青布毛领绸缎长裙，裙摆拖地，贴上金花。东女国最大特点是重妇女、轻男子，国王和官吏都是女人，男人不能在朝廷做官，只能在外面服

图 2-2 民国时期《西游记》故事条屏（李建华提供）

兵役。宫中女王的旨意，通过女官传达到外面。东女国设有女王和副女王，在族群内部推举有才能的人担当，女王去世后，由副女王继位。一般家庭中也是以女性为主导，不存在夫妻关系，家庭中以母亲为尊，掌管家庭财产分配，主导一切家中事务。① 现实中，泸沽湖以其独特的摩梭风情和秀丽的山水风光而被列为国家级风景名胜区。湖域面积 50.3 平方公里，湖面海拔 2690

----

  ① 参见《北京科技报》2007 年 3 月 27 日。

米,湖水清醇甘洌,透明如镜,最大能见度 12 米,平均水深 40 米,最深处有 90 米,素有"中国西南的一片净土"之美誉。摩梭人至今仍完整地保留由女性当家和女性成员传宗接代的母系大家庭,以及男不娶、女不嫁,婚姻双方终生各居母家的婚姻形态(俗称走婚)①。走婚的过程是这样的:男女青年相互有好感后,就可以约好晚上去女方家。天黑后男方必须翻墙头进入婚房,不得走大门。如果房门口放了一双鞋,就说明有客人,不方便。否则,就可以直入进去了。第二天一大早就必须离开,不得让家人撞见。走婚后,女方怀孕、生孩子了,双方的关系才明朗。男方可以光明正大地出入女方家了。但若不喜欢了也可以终止联系。孩子由女方抚养。男人有责任和义务抚养、教育自己家族里的孩子,即舅舅为大。

二、《西游记》与民间信仰

民间信仰是流传于中国民间的一种信仰心理和信仰行为,在中国民间文化中有着数千年所形成的深厚积淀,在民众生活习俗中有着深广细微的渗透。古典文学名著《西游记》中有着大量反映我国民间信仰的情节。这里略举一二。

观世音。观世音作为一个佛法无边的菩萨,千百年来一直在中国民间被传颂、被信奉着。观世音菩萨大慈大悲、救苦救难的德行,对于许多百姓来说,无疑是一种精神寄托和心理向往,许多人把观世音奉为拯救命运的救星。民间信仰观音的另一个重要原因,是佛法无边的神力宣传。按《般若波罗蜜多心经》的说法,观世音具有不可思议的伟大力量:在深广的智慧中,她不仅能度脱人间的一切苦恼,也能将挣扎在苦危中的众生救度出苦海。② 观世音在中国是家喻户晓,妇孺皆知,"家家有弥陀,户户有观音",这句古今流传的俗语,说明了供奉观世音菩萨的盛况,以及观世音菩萨在中国民间的深远影

---

① 参见人民网《摩梭风情》,2005 年 3 月 9 日。
② 参见《观世音与民间传说》,《传统文化》2012 年 7 月 29 日。

响。观音菩萨是《西游记》中一个非常重要的人物。一方面,她是如来佛祖派往东土大唐寻找取经人的全权代表,不仅选中唐僧到西天取经,而且分别降伏孙悟空、猪八戒、沙悟净、白龙马,让他们为唐僧取经保驾护航。另一方面,她又时时刻刻关注着取经事业的进展,每当唐僧师徒西天途中遭妖魔围困时,她总能及时赶到,为取经队伍消灾解愆,充当了一名不折不扣的"救火队员"。①

土地爷。中国古代就有奉土祭祀的礼俗。土地承载万物,又生养万物,养育万民,这就是中国人之所以亲土地而奉祀土地的原因。中国古代在北京,就有设坛祭祀地祇神和向社稷神求取庇护的地坛。故此,上至王公贵族,下至庶民百姓,都对土地怀有无限崇敬之情。土地爷是代表土地被神化了的、具有超自然能力的神灵,也是中国民俗中较为普通的神。他的形象多为须发全白的老者,慈眉善目,笑容可掬,衣着朴实,平易近人。传说土地爷是掌管一方土地的神仙,土地爷的"任务"不仅是要保佑各类植物的成活、生长,为之驱虫、避雹,等等,还要保佑本乡本土家宅平安,添丁进口,六畜兴旺。土地爷虽然神通广大,但是人们敬奉他却是随意的,他的祠宇有雄伟的殿堂,也有由几块砖垒起的低矮小庙;供品丰俭厚薄也是随意可取的。在《西游记》天、地、冥三界诸神中,土地神形象颇令人瞩目,它在吴承恩一百回的小说中竟有三十六回见其踪影,从孙悟空"乱蟠桃"回起,就一直与取经者相伴,直至西天佛地。我们看到,在《西游记》中,孙悟空降妖伏魔,虽火眼金睛却也有看不出的,此时就必得靠土地神的指点了。在西去十万八千里的险山恶水中,土地神或明或暗,都以合作者身份赞助取经集团。就神力而言,土地神不如他神,小说结尾处神、仙、佛"各归方位"时给排在最末,但就其重要性来说,却是取经集团不可或缺的向导和助手,离了他,取经集团就有捉襟见肘、寸步难行之感。就连有通天本领的孙悟空,有时也不得不求助于土地神。《西游记》第六回写孙悟空被二郎神追赶至急,匆忙中"变一座土地庙儿",即是典型的一例。②

---

① 参见《〈西游记〉中的观音菩萨形象》,《小说闲谈》2010 年 7 月 26 日。
② 参见新浪博客:"无机微泄"《民间信仰的神祇》,冯晟庭整理。

三、《西游记》与民间传说

民间传说是历史记忆的另一种呈现和表达方式，从中可以获取承载民众历史记忆的文本和有价值的历史信息。民间传说表面上看来充满时间、空间错置与幻想的迷雾，但作为某种历史记忆的符号，它们的产生和流传过程恰恰是包含着丰富社会舆论与情境的一个历史真实。古典文学名著《西游记》是一部世代累积性作品，因而其中包含着大量的中国民间传说。

1. 三元大帝与唐僧关系的传说

三元大帝是道教神话中级别不高，却非常为人所熟悉的神，他们与人们的生活密切相关。三元大帝又称"三官"，包括天官、地官和水官。三元大帝又称"三官大帝"，是道教的神灵。源自上古时代中国先民对天、地、水自然现象的崇拜，认为宇宙万物生成和生长都离不开天、地、水三种基本元素，合称"三元"，并将其进一步人格化，逐渐形成为农历正月十五日对天官、农历七月十五日对地官、农历十月十五日对水官三位天神的固定祭奠礼仪，称这三天分别为"上元节"、"中元节"、"下元节"。东汉（25—220 年）时，道教的奠基人之一张陵创立了五斗米道，开始把他们转化为神，并分别赋予他们一些功能，后来的道教继承并发展了这种思想，认为天官赐给人们幸福，地官赦免人们的罪过，水官解除人们的危难。由于三官大帝同人民群众的祸福命运息息相关，对三官的信仰也非常普遍，各地道教宫观大多设有"三官殿"，不少地方还建有专门供奉三官大帝的三官庙。三官殿内供奉的三尊神像，分别就是天官、地官和水官。[①] 这三元大帝，与《西游记》里的唐僧有着相当密切的关系，这个关系究竟密切到何种程度，让我们一起来查一查"历史档案"。明朝的《三教搜神大全》说，东海人陈光蕊，是真仙转化为人，娶了龙王的三个女儿，每个龙女生了一个儿子，这些儿子个个神通广大，法力无边，后来被上天封为三元大帝。连云港市的花果山在修复三元宫之前清理原址废墟时，出土了十

[①]　参见好搜百科《三元大帝》。

多块石碑,大多为历朝历代修庙的记事碑。如今立在大雄宝殿门前碑亭内的这块碑,是保存最完好、字迹最清楚的一块,它是清朝康熙二十四年(1685年)的修庙记事碑。虽然碑文是清代留下的,可是其中的内容却是早就在花果山口碑相传的。碑中写着:"三元大帝,溯及从来,因知:帝父姓陈氏,讳光蕚,唐贞观时状元,诞育三元,圣躬东海……"由这段记载我们可以知道,三元大帝的父亲叫陈光蕊(碑上出现笔误,"帝父"应姓陈名光蕊,字光蕊,"蕊"误为"蕚"),是唐朝李世民那个时代的状元。那么我们回想一下《西游记》里面写的唐僧,他的父亲也叫作陈光蕊,也是李世民那个时代的状元。陈状元赴任途中遭歹人暗害的故事,相信大家印象都是很深刻的。这样一来,三元大帝与《西游记》里面的唐僧也就成了同胞兄弟。那么,资料记载:"考之三元,生于东海"——既然"三元大帝"是我们本地人,那么,作为亲兄弟的《西游记》里面的唐僧,不也就是连云港人了吗?大家知道,唐僧是河南洛阳偃师人,可为什么《西游记》中吴承恩偏要把他"移民"到"海州弘农郡"呢?实际上这也不是他的独创,花果山中关于陈光蕊家世的传说,在《西游记杂剧》中已有专门的回目,可见,《西游记》成书之前,花果山的传说已被写入西游故事。海州张朝瑞写的碑记也给我们一个很好的启示,他说,这个传说是来自《搜神记》,看来陈光蕊家世在花果山间流传,口碑相传了一千多年,真是源远流长。①

2. 唐僧外祖父家乡的传说

在《西游记》第十四回中,讲到唐僧与孙悟空在一位老汉家吃饭,饭后悟空问老汉:你家姓甚?老汉答道:舍下姓陈。三藏闻言,即下来起手道:老施主,与贫僧是华宗。"我俗家也姓陈,乃是唐朝海州弘农郡聚贤庄人氏,我的法名叫陈玄奘,只因我大唐太宗皇帝赐我御弟三藏,指唐为姓,故名唐僧也。"②《西游记》中唐僧家世的情节安排,为这部名著打上了鲜明的地方色彩的烙印。无独有偶,在连云港的花果山下,就有一个关于唐僧外公的传说。《西游记》第十一回介绍唐僧身世时写到"父是海州陈状元,外公总管当朝

---

① 参见豆丁网《三官殿》。
② 见人民文学出版社《西游记》第十四回。

长"，这当然与历史上真实人物的玄奘身世相差甚远。但在连云港的花果山下就有关于唐僧身世的传说，与《西游记》里的故事情节遥相呼应。传说唐僧的父亲陈状元是连云港花果山大村人，外公是小村人。花果山小村在汉代曾是一个很繁荣的地方，那里有许多传说，最著名的传说就是花果山小村是唐代丞相殷开山的老家，相府就建在小村，府门旗杆夹如今还在。殷开山，历史上实有其人，正史有传，他的籍贯约为今天的华东地区。在花果山小村这里只要有人提起《西游记》中的唐僧，大家就会情不自禁地联想起他外祖父的家乡。不仅民间传说如此，就连当时的官方人物，清代淮安知府姚陶在《登云台山记》中搜集史料，指认海州云台山下的"小村是殷开山故里"，不得不说这是情有独钟。花果山小村正处《西游记》花果山脚下，小村还有个桃花涧，恰巧也与唐僧之母有着密切关系。在小村至今还流传着殷小姐桃花涧采桃花为百姓治病的传说，依据民间传说与《西游记》里的故事情节来判断，由于殷小姐桃花涧行医植桃的传说与殷开山故里的小村传说在地域上的一致性，殷丞相和桃花涧殷氏女的父女传说也是有来历的。《西游记》作者吴承恩到花果山收集创作《西游记》的素材，认同民间传说，在《西游记》中表明唐僧的父亲为花果山大村人，外公为小村人，而唐僧母亲的美丽传说又怎么能放过呢？于是根据小说情节的需要，引出一段佳话。本来是小说中的虚构情节，在现实中的小村竟然有了代代相传的"宰相府第"，这也使研究《西游记》的学者们大惑不解。[1]

3. 孙悟空身世的民间传说

湖北沔阳（今仙桃）民间流行着对孙悟空身世的传说，这是当地作者印晓理先生整理的。相传，观音菩萨在成仙之前是个年轻美貌的少女，她家距花果山不远。一天，观音来到花果山游玩，累了，坐在石礅上歇息，又感到小腹疼痛，她以为又是月潮来了，下身并没有那种湿漉漉的感觉。一阵阵的疼痛使她大汗淋漓，难以忍受，坐在那里不住地呻吟，身子不由自主地颤抖起来。说来也巧，她的身子颤抖，石礅也同着在颤抖，而且是合着她身子颤抖的节律

---

[1]　参见新浪微博《〈西游记〉中唐僧外祖父的家乡》。

在颤抖。一阵剧痛,她痛得从石礅上滚到了地上。瞬间,一声巨响,石礅炸开了,传出了婴儿的哭声!观音的肚子这时也不疼了。她爬起来,好奇地将哭着的婴儿抱起来一看,惊呆了,这个婴儿浑身长有黑黑的胎毛,又像小娃、又像小猴!她把这个"怪物"抱回去,来看稀奇古怪的有上百人,人们议论纷纷,众说不一,有的说,这是个怪物,不吉利,甩掉它;有的说,这是个猴娃,不能害他的性命。隔壁一家姓孙的夫妇四十多岁无儿女,自愿行好,将他抱去抚养。猴娃玲珑乖巧、能说会道,很逗孙家夫妇喜爱,但他生性好动、集群闹事、玩枪舞棍、惹是生非。随着年龄的增长,野性也越来越大,后来,他离开了孙家,跑到花果山当了猴王。其实,猴娃是有根有源的,是有父亲、有母亲的,他的生父是花果山原来的猴王,他的母亲就是观音菩萨!观音那次坐在花果山的石礅上来初潮后刚走不远,猴王闻到气味跑来朝石礅上撒了一泡尿,尿和经血渗透到了石礅里,那时的石礅就"怀"上了猴娃!这个猴娃随养父姓孙。后来,一个尼姑来到他家化缘,给他取了个名字,叫悟空。孙悟空有父亲,但他的父亲从来没有和他母亲同床共枕;孙悟空有母亲,但不是他母亲怀胎所生。猴娃被孙家抱养后,观音就突然失踪了,成了菩萨。观音菩萨知道猴娃是她的血脉,她想念自己的儿子,才下凡化身尼姑来到孙家,看望儿子,特地给他取了个名字。怀他的,却是那个石礅,他是从石头礅里炸出来的。

4. 高老庄的传说

在今甘肃天水市清水县丰望乡高河村的一座小山坡上,地名至今仍叫高老庄,当地传说《西游记》里猪八戒入赘高太公家的故事就曾发生在这里,但故事情节却与《西游记》中所写不大一样。《西游记》第十八回所写的猪八戒在高老庄招亲的故事,发生在唐僧前往西天的路上,招赘猪八戒的是高太公的三女儿名唤高翠兰,八戒后来原形毕露,终为保护唐僧西行的孙悟空收服,并遵照当初观音菩萨的教诲,当了唐僧的二徒弟,加入了取经队伍。而当地传说猪八戒入赘高老庄的时间是在唐僧师徒已经取得真经返回长安的路上,招赘猪八戒做女婿的高员外只有一个独生女叫高秀英。当唐僧一行过通天河遇难晒经时,八戒利用化缘的机会,变做一个俊俏小伙子与高秀英自由恋爱,经高员外允准,结成了这门亲事。事情被孙悟空识破后,唐僧为高秀英对爱情的坚贞执著所感动,批准猪八戒还俗的请求,只是必须先到长安复命后,方可让猪八戒回高老庄团聚。后来八戒果然回到了高老庄,与妻子白头偕老,去世后被葬于庄外一座小山包上。①

5. 西藏传统民俗文化中猴的传说

说的是西藏传统民俗文化中,"猴文化"有着厚重的历史底蕴,是藏民族的图腾文化之一。藏民族无论是藏文古史,还是神话传说,都说西藏人是从猴子变来的。而且山南地区就有一个"神猴洞",它不仅是山南第一道风景,也是藏人图腾崇拜的圣地。藏人认为,在这里,开启藏民族的历史,翻开高原文化的第一页。传说在很久很久以前,西藏高原是一片汪洋大海,后来,海水退出,陆地显现,这里成了飞禽走兽的世界,但是没有人。再后来,在如今山南地区首府的东面,有一座高山,山上有个岩洞,住着一只公猴,性格温和。不远处的山洞里,住着一只母猴,性格倔强。它们喝了野葡萄浸泡的水,喝得醉醺醺的,糊里糊涂地就结为夫妇了。它们结合后生下了一群小猴,把小猴们送到山下一片树林里生活。过了几年,公猴和母猴到山下看望儿女,发现它们的后代已经有几百只了,但生存艰辛。为了这些后代的生存与生活,公猴向天神祷告,祈求它伸出救助之手,使自己的后代能够延续下去。天神便从神山的缝隙取出青稞、小麦、豌豆、荞麦等种子播种在土地上。小猴们年复一年在这片养育它们的土地上不停地耕耘,在收获成果的同时,它们的身体也逐渐发生了变化,不仅小猴们的体质渐渐增强了,而且逐渐从猴子向人转化。这片猴子最早开垦的土地现在还保留着,意思是"长食地",又称为西藏所有农田的母亲。至今,在藏族盛大庆典的"跳神"仪式中,仍保留着头戴猴王面具的舞蹈。除此之外,西南地区的彝族也有崇猴氏族,称"阿奴普";傈僳族有拜猴氏族,称"猱扒"。生活在云南澜沧江、怒江上游的怒族也崇猴,称"斗华苏"。居住在云南西双版纳、景洪的克木人均崇猴,严禁捕捉和食用。广西南丹县的瑶族,称其始祖妣为"母猴"。土家族、羌族也都有崇猴氏族。②

---

① 参见新浪博客《玄奘取经与〈西游记〉"遗迹"现象透视》,作者杨国学等。
② 参见廖康凡《猴子变人的神话》,《中国民族报》2003 年 2 月 18 日。

6.玉皇大帝的民间传说

这则传说的流行地也无法考证了。相传,玉皇大帝并非天生,也是有由来的。据说,盘古开天辟地之后,天地间一片祥和。可是,好景不长,由于各路神仙争雄斗狠,天地之间乱成了一锅粥。太白金星决定找一个有才有德的人来扭转这种局面。于是,他化装成乞丐,四处寻找,后来到了张家湾,终于发现张友人。张家湾是个几万人的大山寨,张友人就是这个山寨的寨主。男人治理好一个小家尚且不容易,张友人居然能够将这么大的一个寨子治理得人人谦逊有礼、邻里和睦互助。问他有何高招,张友人笑了笑说,无非一个"忍"字。"忍"者,耐烦也。由于张友人慈悲为怀、百忍为上,人称"张百忍",因此能够包容繁杂、以宽得众,可见张友人海纳百川的胸怀。太白金星认为张友人是一个理想的管理人才,请他上天。后来,各路神仙经过试探,一致同意张友人管理天庭,做了玉皇大帝。玉皇大帝简称玉皇,据《高上玉皇本行集经》,玉皇大帝乃昊天界上光严净乐国王与宝月光皇后所生之子。出生之时,身宝光焰,充满王国。幼而敏慧,长而慈仁,将国中库藏财宝尽散施穷乏困苦、鳏寡孤独、无所依靠、饥馑残疾的一切众生。净乐国王驾崩后,太子治政有方,告敕大臣,俯含众生,遂舍国赴普明香岩山修道,经三千二百劫,始证金仙初号自然觉皇,又经亿劫,始证玉帝。[①]

四、《西游记》与民俗语言

民俗语言学是一个多缘性的科学领域,同许多科学领域有着与生俱来的边缘性或交叉性的内在联系。民俗语言学不仅在语言与民俗之间具有双向性,而且显示着较强的多缘性、综合性、实用性和社会性等特点。古典文学名著《西游记》中有着丰富的民俗语言。

1.孙悟空的常言俗语。试举如下:"今朝有酒今朝醉,莫管门前是与非"(第五回);"诗酒且图今日乐,功名休问几时成"(第五回);"皇帝轮流做,明年

---

① 参见新浪博客《玉皇大帝的几种说法》,2007 年 8 月 31 日。

到我家"(第七回)；"做一日和尚撞一日钟"(第十六回)；"留情不举手,举手不留情"(第二十一回)；"若将容易得,便作等闲看"(第二十二回)；"知恩不报非君子,万古千秋作骂名"(第二十七回)；"尿泡虽大无斤两,秤砣虽小压千斤"(第三十一回)；"父子无隔宿之仇"(第三十一回)；"糟鼻子不吃酒——枉担其名"(第三十九回)；"一叶浮萍归大海,为人何处不相逢"(第四十回)；"人不可貌相,海水不可斗量"(第六十二回)；"吃了磨刀水的,秀气在内"(第六十七回)；"说金子晃眼,说银子傻白,说铜钱腥气"(第六十七回)；"好汉不赶乏兔儿"(第七十一回)；"滚汤泼老鼠,一窝都是死"(第七十二回)；"山高自有客行路,水深自有渡船人"(第七十四回)；"欲求生富贵,须下死工夫"(第八十回)；"先下手为强,后下手遭殃"(第八十一回)；"温柔天下去得,刚强寸步难移"(第八十二回)；"货有高低三等价,客无远近一般看"(第八十四回)；"只有错拿,没有错放"(第九十七回)；"望山走倒马"(第九十八回)。

图2-3　山西省娄烦县大圣阁中的孙大圣像

2. 猪八戒嘴里的俗语。"依着官法打杀,依着佛法饿杀"(第八回)；"避色如避丑,避风如避箭"(第二十回)；"吉人自有天报"(第二十七回)；"当家才知柴米价,养子方晓父母恩"(第二十八回)；"将军不下马,各自奔前程"(第五十四回)；"粗柳簸箕细柳斗,世上谁见男儿丑"(第五十四回)；"尖担担柴两头脱"(第五十七回)；"大海里翻了豆腐船,汤里来,水里去"(第六十一回)；"君教臣死,臣不死不忠；父教子亡,子不亡不孝"(第七十八回)；"事无三不成"(第八十三回)；"皮肉粗糙,骨骼坚强,各有一得可取"(第九十三回)；"吃了饭儿不挺尸,肚里没板脂"(第九十四回);"打不断的亲,骂不断的邻"(第九十四回)。

图2-4 20世纪50年代《猪八戒背媳妇》木偶戏戏单(李建华提供)

3. 沙僧同样是说俗语的行家。"与人方便,自己方便"(第三十回);"不信直不直,须防仁不仁"(第三十七回);"三年不上门,当亲也不亲"(第四十回);"一人有福,带挈一屋"(第六十九回);"曾着卖糖君子哄,到今不信口甜人"(第七十二回);"棺材座子,专一害人"(第七十六回);"打虎还得亲兄弟,上阵须教父子兵"(第八十一回);"三钱银子买个老驴,自夸骑得"(第九十三回);"珍馐百味,一饱便休;只有私房路,哪有私房肚"(第九十六回)。

4. 一心向佛的唐僧,也不时说句俗语。"强中更有强中手"(第十四回);"鹭鸶不吃鹭鸶肉"(第二十四回);"扫地恐伤蝼蚁命,爱惜飞蛾纱罩灯"(第十四回);"离家三里远,别是一乡风"(第十五回);"仁义值千金"(第二十四回);"鬼也怕恶人哩"(第三十六回);"黄梅不落青梅落,老天偏害没儿人"(第四十回);"马行千里,无人不能自往"(第八十回);"遇方便时行方便,得饶人处且饶人;操心怎似存心好,争气何如忍气高"(第八十一回);"长安虽好,不是久恋之家"(第九十六回);"真人不露相,露相不真人"(第九十九回)。

5. 书中其他人的嘴里,用俗语也家常便饭一样。"恩将恩报"(第八回);"天有不测风云,人有暂时祸福"(第九回);"泼水难收,人逝不返"(第十一回);"山高必有怪,岭峻却生精"(第二十七回);"来说是非者,就是是非人"(第二十九回);"单丝不线,孤掌难鸣"(第三十回);"男子无妻财没主,妇女无夫身落空"(第三十一回);"老虎进了城,家家都闭门。虽然不咬人,日前坏了名"(第三十六回);"养军千日,用军一朝"(第三十六回);"龙生九种,九种各别"(第四十三回);"强中更有强中手"(第四十五回);"棋逢对手,将遇良材"(第四十六回);"黄金未为贵,安乐值钱多"(第五十五回);"宁教花下死,做鬼也风流"(第五十五回);"人未伤心不得死,花残叶落是根枯"(第六十六回);"家丑不可外谈"(第六十九回);"猫咬尿泡空欢喜"(第七十回);"皇帝身上也有三个御虱"(第七十一回);"远来的和尚好看经"(第七十二回);"公子登筵,不醉便饱;壮士临阵,不死即伤"(第八十一回);"积水养鱼终不钓,深山喂鹿望长生"(第八十三回);"一日官司十日打"(第八十三回);"任他设尽千般计,难脱天罗地网中"(第八十三回);"大将军怕谶语"(第八十五回);"鱼水盆内捻苍蝇"(第八十五回);"手插鱼篮,避不得腥"(第八十六回);"苍蝇包网儿,好大面皮"(第八十七回);"嫁鸡逐鸡,嫁犬逐犬"(第九十三回)。

第三章 今日欢呼孙大圣

——西游人物形象及其社会影响

在《西游记》所拥有的众多独特的艺术魅力之中，人物形象的鲜活塑造可以说占据着相当重要的地位。不仅作为主要人物的孙悟空、猪八戒的形象令人忍俊不禁、捧腹大笑，就连大大小小的神佛魔怪的形象，也大多具有自己独特的个性色彩，鲜明而又丰富，生动而又传神。

图 3-1　西天大雷音寺，刘大健摄，
天津杨柳青画社 1986 年版（李建华提供）

第一节 唐僧师徒形象及其社会影响

《西游记》中的人物形象及其影响,首先要说说唐僧师徒的形象及其影响,因为他们是《西游记》中的主角,他们的形象及其影响源远流长。

一、孙悟空形象及其社会影响

孙悟空是《西游记》整部小说的灵魂人物,是全书中最光辉的形象。对这个灵魂人物形象的理解,可以通过两个阶段来分析:大闹天宫,西天取经。大闹天宫,反映的是孙悟空热爱自由、勇于反抗的精神;西天取经并不是表现到西天如何取经,而是在西天取经过程中降妖除魔的故事,反映的是孙悟空见恶必除、除恶必尽的精神。因此,我们在这里将浓墨重彩地对孙悟空形象开展描述。①

(一)孙悟空形象

提起孙悟空这一形象,从它诞生开始就一直争论不休。这个人物实在是太玄妙,太可爱,太令人兴奋和憧憬了。

图 3-2 年画《美猴王》,老雪作,湖南美术出版社 1991 年版(李建华提供)

1.人、神、猴三者完美结合的艺术典型

孙悟空是一个具有丰富内涵的文学形象,他身上体现着"人性"、"神性"、"动物性"。孙悟空形态上像猴子:毛脸雷公嘴、罗圈腿、长尾巴、红屁股,活泼

———————————

① 本节参阅豆丁网《浅析孙悟空的形象特点》。

好动反映的是其动物性特征;而善于变化,一筋斗能纵十万八千里,铜头铁额,刀枪不入,火眼金睛辨妖邪反映的是其神性特征;至于大公无私、勇猛机智、百折不挠,争强好胜、爱出风头反映的又是其人性特征。

图3-3　印度神猴哈奴曼

孙悟空具有动物的本性特征。一般来说,动物与人的区别在于,动物只能简单地用自身的各种生理器官,如牙齿、舌头、肢体等手段获取自然界提供的现成食物或其他物质,这是动物的本能。这种动物的本能在猴王的身上也体现得淋漓尽致,我们可以从猴王的日常行为来观察它的动物本性。首先,在孙悟空的老家花果山,它跳树攀枝,灵活好动,采花食果,走起路来歪歪扭扭,与狼虫为伴,虎豹为群,獐鹿为友,猕猴为亲。跳树攀枝,采花觅果;抛弹子,跑沙窝,砌宝塔,赶蜻蜓,扑趴蜡;参老天,拜菩萨,扯葛藤,编草袜;捉虱子,咬跳蚤;理毛衣,剔指甲,活脱脱一副猴子相。孙悟空拜师后,在听菩提祖师讲道时,我们见到的是:"喜得他抓耳挠腮,眉开眼笑。忍不住手之舞之,足之蹈之"(第二回)。这些动作,都表现出它是一只活生生的猴子。也正因为猴气十足,它才获得芸芸众生的喜爱。其次,普通人对它的印象与形容,也说明它具有猴子的特征。在宝林寺,僧人对它的评价是:"真个是生得丑陋:七高八低孤拐脸,两只黄眼睛,一个磕额头;獠牙往外生,就像属螃蟹的,肉在里面,骨在外面"(第三十六回)。在黄风岭王老者家借宿时,王老者形容它是"拐子脸,别颏腮,雷公嘴,红眼睛的一个痨病魔"(第二十回)。这些评价与形容,似乎贬损的方面多了点,但我们觉得这并不影响美猴王的形象,因为它毕竟是猴子嘛。尽管它后来学会了七十二变,但猴子的自然属性依然改变不了:在唐僧师徒三人被金角大王捉住,悟空变做妖母去救,而八戒一见就道:"弼马温来了。那后面就掬起猴尾巴子。"后边又说:"你虽变了头脸,还不曾变得屁股。那屁股上两块红不是? 我因此认得是你。"(第三十四回)在与二郎神打斗时它变成一座小庙,"大张着口,似个庙门;牙齿变做门扇,舌头变做菩萨,眼睛变做窗棂。只有尾巴不好收拾,竖在后面,变做一面旗杆"(第六回)。总之,在《西游记》的前七回中,孙悟空基本上还是一个"野猴"、"顽猴"。到了后面的各回目中,孙悟空虽然具备了神猴的特点,但并没湮没顽猴的天性。

孙悟空又具有人的本性特征。人不仅具有自然属性,也具有社会属性。自然属性指的是人的肉体存在及其特性,而社会属性则指的是人与人之间的社会关系。从这两个方面的属性来看,我们可以说,孙悟空本身形状上说是只猴子,但是又具有普通人的特点。首先,他和大多数普通人一样,都有喜怒哀乐,既有功利追求,也有各种烦恼。猴王出世后,与花果山上的一群猴子在一起打赌,谁先进入水帘洞,谁就成为猴王,毫无疑问是孙悟空最先进入水帘洞,于是他就成为其他猴子崇拜的偶像,这是典型的功利追求。与人一样,猴王也怕死,为了消除对死亡的恐惧,他踏上了寻求长生不老之道的路程。后经菩提老师传道,学得了一些本事,这时他就开始骄傲了,表现出常人都会出现的缺点:从在众师兄前卖弄手段,到在花果山扯起齐天大圣的大旗。他和人一样,向往官场,喜欢听好听的话,喜欢被人戴高帽子。称猴王为齐天大圣他喜欢听,称猴王为弼马温他就不爱听。孙悟空的眼中容不得半点沙子,当他得知弼马温这个官职相当于养马场的场长,他心中积蓄的愤怒开始爆发,虽然暂时接受了天庭的安慰,坐上了有名无实的"齐天大圣"宝座,但到蟠桃会上,猴王才真正了解自己的真实处境,于是开始了大闹天宫。其次,在西天取经路上,无论是面对自然条件的险恶,还是社会环境的复杂,在孙悟空身上始终都体现着一种不怕困难，积极乐观，勇敢无畏，疾恶如仇，敢于斗争的精神，体现出人性的光辉，这尤显可贵。在孙悟空的身上，有着中国古代英雄人物的一些美好品质，例如，一诺千金，即使在万般困难的情况下也绝不食言，从不后悔。自孙悟空承诺观音保护唐僧西天取经后，一路上无论是遇到妖怪，还是崇山峻岭，孙悟空始终都能做到忠心耿耿。在孙悟空身上还有着普通劳动者具有的心地善良的特点，遇到不公平的地方总要伸出援手来，并想办法帮助他们。在孙悟空身上还展现了机警和聪明。对付一些本事较强的妖怪时，孙悟空有时会钻进妖怪的肚子里去，在里面"跌四平、踢飞脚、竖蜻蜓、打秋千"，疼得妖怪满地打滚求饶。当孙悟空要从妖怪肚子里钻出来时，怕妖精会乘机咬他，用金箍棒来探路，磕碎了妖怪的门牙。这些生动的描述，活灵活现地展示了悟空的机警和聪明，体现了人顽皮的本性，令人忍俊不禁。但正如人的性格中有优点也有缺点一样，孙悟空的性格中也存在过于自信的特点，因为轻敌而吃了不少苦头。这样的事情在《西游记》中并不少见，如第五十回末，孙悟空和独角兕对阵，就是因为过于自信，疏于防备，才被其乘机用宝贝套走了金箍棒，弄得孙大圣赤手空拳，翻筋斗逃了性命。正因为孙悟空有优点也有缺点，所以我们说他也具有和人一样的性格特征。也正因为如此，一个有血有肉、个性鲜明的孙悟空形象使读者感觉可亲可近。

孙悟空还具有神的本性特征。孙悟空身上不仅具有猴性、人性，而且具有神性，这也是《西游记》中的孙悟空之所以传奇的原因之一。首先，猴王的身世是不平凡的。《西游记》第一回中描述了孙悟空的诞生历程："每受天真地秀，日精月华，感之既久，遂有灵通之意，内孕仙胎。一日迸裂，产一石卵，似圆球样大。因见风，化作一个石猴。五官具备，四肢皆全……"这里告诉我们至少有这几点：一是他的出生与普通人或猴都不同，他没有父母、没有兄弟姐妹，是大自然的产物，是大自然的结晶，这是一个与众不同的地方，说明了他的神性是与生俱来的。在中国的历史记载中，大凡圣人或名人的出生总是有点独特的背景，孙悟空的出生也是与这一特点相吻合的。二是它是一个石猴，这又是一个与众不同的地方。大家可以联想到，中国古代神话传说中女娲补天用的石头，《红楼梦》中贾宝玉出生时口中含的宝石，孙悟空出生的这块石头乃是仙石所产石卵化成,这本身就带有传奇色彩,这些石头都有很深厚的内涵与寓意。三是它出生时的动作也很奇特,五官具备,四肢皆全,刚出生就学爬学走,拜了四方,两眼好像有两道金光射出,神话色彩越来越浓厚。很明显,这样的猴子,不仅是石猴,也是神猴。其次,孙悟空的神性还表现在他的本领方面。孙悟空的本领用神通广大来形容是恰如其分的。一是变幻术,他可以从自己身上拔一把毫毛,放在口中嚼碎,望空喷去,叫一声"变",即变做两三百个小猴,簇拥着石猴。二是腾云术,他可以捻着秘诀,驾着筋斗云,未到一个时辰,就回到东胜神洲,看见花果山水帘洞,比今天的飞机还要快。三是神器术。孙悟空手中使用的神器,也就是他使的兵器:两头是两个金箍,中间是一段乌铁,上面有一行字,叫如意金箍棒,重一万三千五百斤。不仅如此,他的金箍棒还能伸能缩,缩小到一根银针大小,可放在耳朵里;放大到二丈余长。既能变化无常,又能腾云驾雾,还使得一根所向无敌的金箍棒,这些本事可是了得。所以,取经路上的妖魔鬼怪多数不是孙悟空的对手,而孙悟空也愿意帮助别人杀妖除魔,即使少数制服不了的妖魔,他也会想出各种办法去降服妖魔。不仅如此,在取经路上,孙悟空也会真心实意地帮助需要帮助的各种人物,不论是乌鸡国国王,还是车迟国和尚,抑或是火焰山下的普通居民,大都通过多种形式得到孙悟空的帮助,他们对孙悟空的本领佩服至极。

总之,孙悟空不仅是人们心目中神通广大的神猴,而且是人们理想中敢于斗争的人间英雄。不仅有勇有谋、无私无畏,坚忍不拔,积极乐观,有英雄的特点;而且心高气傲,争强好胜,容易冲动,爱捉弄人,有凡人的弱点。无怪乎,一些《西游记》的研究专家认为,孙悟空这只石猴是在神化与人化的交叉点上创造出来的"幻中有真"的艺术典型。

2. 不畏神权、顽强斗志的形象

不畏神佛,桀骜不驯的形象。《西游记》中的孙悟空是一个不畏强权、不畏神佛,桀骜不驯,勇于斗争的叛逆人物形象。我们可以透过孙悟空生命中的三件大事来认识:一是孙悟空对自由的追求是从最根本的自然生命开始的,他天生地养,无父无母,一开始就在精神上超越了宗法制和社会对人的种种限制、约束。孙悟空本是东胜神洲傲来国花果山的"天产石猴",他出世后,就在这仙山福地里过着不伏麒麟辖,不伏凤凰管,又不伏人间王位所拘束,自由自在的生活,自然的本性使孙悟空在传统束缚面前显得桀骜不驯。二是《西游记》中"大闹天宫"故事最能表现孙悟空桀骜不驯的性格和追求自由、追求平等的精神。他蔑视天庭,竖起了"齐天大圣"旗帜。闹龙宫:翻江倒海闹龙宫,喜得如意金箍棒! 闯冥府:超出三界五行中,生死簿上强削名! 闹天宫:神通广大奋起千钧铁棒,法力无边打退十万天兵。他对如来说,皇帝轮流做,明年到我家。三是归于佛门并不意味他对神佛的无条件服从,他仍然坚守着自己的独立人格,具有强烈的自我意识,敢于向一切权威挑战,始终保持充沛的战斗热情,从不气馁,不管你是什么人,也不管你地位有多高,仍然坚持追求民主的精神,到西天后他被封为"斗战胜佛"正体现了他的叛逆性和妥协性的性格特点。

图 3-4　年画《悟空大战二郎神》刘俊贤作,
上海人民美术出版社 1988 年版(李建华提供)

勇于斗争、坚忍不拔的形象。在孙悟空的形象创造上就寄托了作者的理想，孙悟空那种不屈不挠的斗争精神，横扫一切妖魔鬼怪的大无畏气概，反映了百姓的愿望和要求，代表了一种正义力量，表现出人民战胜一切困难的必胜信念。在这里，我们可以看到，孙悟空已经是百姓愿望的化身，是正义力量的化身，是人民战胜一切困难的必胜信念的化身。有了这样一种力量，我们就不难理解孙悟空何以拥有不屈不挠、勇于斗争的精神，不难理解孙悟空在西天取经路上面对重重困难，顽强不屈，百折不回，直到最后胜利的精神。红孩儿的三昧真火，烧得他九死一生，他依然抖擞精神，强行索战。在小雷音寺群神被擒，他却孤军深入，被关在妖怪的金铙中险些闷死，仍旧与恶魔相斗；在车迟国与三位充当国师的妖怪斗法；在火焰山三借芭蕉扇等，都充分体现了悟空遇到困难从不气馁、从不服输的斗争精神。在第六十五、六十六回中，唐僧师徒误入黄眉老怪假设的小雷音，遭了难。孙悟空为救出师父，几次三番与黄眉怪较量，最终当然取得了胜利。

降妖除魔，不怕困难的形象。孙悟空明察秋毫，疾恶如仇，除恶务尽。取经路上妖魔鬼怪无数，变化多端，但都一一逃不过他的火眼金睛，"降妖伏魔"责无旁贷。一根如意金箍棒"扫尽天下不平之事，除尽天下不仁之人"，"敢问路在何方！"的英雄豪气跃然纸上。什么妖魔鬼怪，什么美女画皮，什么刀山火海，什么陷阱诡计，孙悟空万难不屈，百折不回，顽强与之奋战，直至最后的胜利。八十一难之中，无论是"黄风怪"，还是"大蟒精"，抑或是"白骨精"，等等，孙悟空那种除恶务尽，决不与任何邪恶势力妥协的斗争精神贯穿取经始末。他同样疾恶如仇，面对丧尽天良的草寇，他明察秋毫，对大奸大恶之徒决不留情。而在对待凤仙郡三年不下雨的事情上，不惜三上天庭，查出真相，把百姓解救出水火之中。

（二）孙悟空形象对当今社会的影响

百回本《西游记》自明代中叶问世以来，流传至今。究竟何以有如此巨大的魅力，令世人传诵而不衰呢？这与《西游记》中塑造的人物形象，特别是孙悟空的人物形象密切相关。这些影响是方方面面的，这里仅列举几点：

1. 孙悟空爱憎分明、敢于斗争的形象对于激发当代社会的正能量有着重要的影响。孙悟空的爱憎分明主要体现在,仇恨一切兴妖作怪、陷害百姓的妖精魔怪,对受苦受难的百姓有着深厚的感情。如车迟国为500名无辜和尚解灾难,比丘国救出1111个小孩的性命,三借芭蕉扇,熄灭火焰山山火,如此等等。在孙悟空身上有许多值得我们深思、学习的精神,如一位80多岁的老人摔倒在菜场门口,因为无人敢扶,导致老人鼻血堵塞呼吸道窒息而亡。这条消息或许没有太多人关注,或许人们在事后气愤和不解:为什么就没有人扶一把老人?"好人好事"这一中国传统的美德难道就这样在我们的社会上消失?自视为"文明之邦"的中国公民难道就这么冷漠,没有一点爱心和怜悯心?一个社会如果连这点最起码的良知都没有,我们这个社会还有什么道德可言?曾经,我们这个社会是多么的温馨,到处充满了善心和友爱,人们以做好事为骄傲。然而这些年,本应该受到全社会的赞许和敬仰,成为公民学习的楷模的好人好事,莫名其妙深陷官司,甚至不得不付出经济代价,于是为了自保,人们不敢做好事,害怕惹火烧身。如此等等,面对此类现象,难道我们不应该学习神话英雄孙悟空吗?又如,反腐败,面对腐败分子、腐败现象要像孙悟空那样敢于斗争,敢于胜利。作为一名领导干部,还要敢于同腐败现象做斗争。消极腐败具体表现为:不思进取、庸碌无为;患得患失、争名争利;自立标准、随心所欲;一团和气、好人主义;官气十足、脱离群众;贪图享受、铺张浪费。领导干部要带头克服明哲保身、怕得罪人的好人主义庸俗作风,要敢于坚持原则,这些都需要发扬孙悟空爱憎分明、敢于斗争的精神。对此,共产党员,特别是党的领导干部,要坚定理想信念,始终把人民放在心中最高的位置,坚决同一切消极腐败现象做斗争,永葆共产党人政治本色,矢志不移为党和人民事业而奋斗。

2. 孙悟空英雄形象激励当代青少年成长。首先,孙悟空的英雄形象有利于激励青年人成长。孙悟空是一个不甘于命运摆布,不向困难低头的人,千难万险难不住孙大圣,再难的事他也要做好,受再多的委屈,他也不会改变自己的抉择。孙悟空形象的成功塑造,告诉人们人生就是一道道关口,就是一次次拼搏,当今社会中的年轻人,一定要积极主动地做好自己的身边事,一定要把命运掌握在自己的手里,要努力克服困苦艰难,时刻保持战胜一切困难的信心,只要精神不退缩,办法总比困难多,没有过不去的河,没有过不了的火焰山,只要你尽心尽力,一定可以做好自己的事,一定可以获得好的结果,人生的真谛,就是拼搏,就是知难而进,不畏艰难困苦。其次,孙悟空英雄形象的形成也是一个由成长到成熟的过程。孙悟空对于《西游记》的重要性,在于他身上英雄性格所具有的无穷力量。但孙悟空是一个怎样的英雄,是什么类型的英雄并不是很重要,重要的在于英雄性本身所具有的感召力、启发力、影响力。要知道一个真正英雄的成长并不是一帆风顺的。"不经一番寒彻骨,哪得梅花扑鼻香。"任何事物的发展都有一个过程。孙悟空英雄性格也是由成长到成熟最后完善的过程,可以使青少年认识到成长的艰辛,感受与体会英雄本色背后的意义。再次,当今社会青年人崇拜孙悟空,希望像孙悟空一样有本事。孙悟空有一套上天入地战天斗地的过硬本领,这不仅是他闯荡江湖大闹天宫的本钱,更是他帮助唐僧求真经一路上降妖除魔的看家本钱,可以说,孙悟空之所以是孙悟空,就是因为他的本领高强。打铁先要自身硬,因此,孙悟空形象给我们年轻人的又一个启示是:一定要学一套过硬的本领,一定要有自己的绝活,一定要有自己明显的优于他人的过人之处。①

3. 孙悟空形象对当今区域文化的影响。自中国改革开放以来,文化已经像一棵大树一样,在中国的肥沃的土壤里扎根,以至于现在什么东西都希望加上文化两个字。就日常生活来说,喝茶有茶文化,喝酒有酒文化,饮食有饮食文化,更不用说城市有城市文化,名人有名人文化,而孙悟空作为中国脍炙人口的英雄形象自然成了名人文化。眼下许多城市都把名著名人作为自己城市的文化名片。就孙悟空形象来说,江苏连云港自豪地把花果山水帘洞作为孙悟空老家,因为革命导师毛泽东就曾说过,孙悟空老家就在新海连市(即今天的连云港市)云台山。而山西娄烦因山上有座猴王庙,山下有个孙家庄,就直言不讳地说,孙悟空原型为娄烦秀才。福建顺昌则因为山上有座孙悟空兄弟墓,分别为齐天大圣与通天大圣,于是大力宣传孙悟空的原籍在福建宝山。在甘肃敦煌的东千佛洞壁画上有一猴形者,当地据此认为这就是孙悟空

---

① 参阅凤凰博客《孙悟空形象对当今社会青年人的七个积极意义》,2013 年 12 月 5 日。

的原型,如此等等,都说明一个道理,孙悟空形象已经成为若干城市的文化名片,成为城市竞争的文化法宝。

4. 以美猴王形象为代表的西天取经团队精神对于当代企业文化的影响。当今社会,企业文化已经成为企业发展不可或缺的元素。许多有远见的企业家将《西游记》与企业文化联系在一起,从唐僧师徒的取经过程中看到了企业文化的团队精神。他们认为,孙悟空的大闹天宫和保护唐僧到西天取经,这两件事可以连在一起看,那就是一定要有一个团队,一定要建立一个自己的团队,个人的力量再大,就是能把天宫给闹翻了,面对团队的力量依旧是渺小的。孙悟空当年大闹天宫之所以失败,就是因为个体的力量不可能与团队的力量进行对抗;孙悟空保护唐僧取经之所以成功,就是因为团队的力量可以战胜一切艰难困苦,确保目标的达成。因此,当今的企业家一定要重视自己的团队的开发与建设,要打造自己的团队,要学会用团队的力量战胜困难。中国管理文学的开创者成君忆先生曾在他的一本畅销书《孙悟空是个好员工》中,透彻地分析了《西游记》中以唐僧为首的西游取经团队。成君忆先生认为西游团队是一个绝好的团队,在这个团队的四个人中,孙悟空——力量型性格。永远充满活力,永远在超越自己的极限,眼里盯着"目标和成功"。他认为,在追求个人成功的过程中,我们离不开团队合作。因为,没有一个人是万能的,即使神通广大如孙悟空,也无法独自完成取经大任。然而,我们却能够通过建立人际互赖关系,通过别人的帮助,来弥补自身的不足。对于团队而言,伙伴之间的友好相处和相互协作至关重要。无论是力量型的人、完美型的人、活泼型的人,还是和平型的人,都可以凭借自己的性格魅力,来赢得团队伙伴的支持。这样一来,我们就能够最终实现个人与团队的共同成功。

二、猪八戒形象及其社会影响

如果说孙悟空的形象是神、猴、人三者的有机结合体,那么猪八戒的形象则是融合了神、猪、人三者特点的有机结合体。但是神的特点在猪八戒身上偏弱,而猪的特点与人的特点偏强。说他是神,因为猪八戒的前身是统领水军的天蓬元帅,孬孬好好也算一个官了;说他是人,在高老庄他是倒插门的女婿,以干活力气大又并不护力出名;说他是猪,那是因为他具有猪的形体特征。

　　说猪八戒是神,他有四段经历。第一段经历说的是猪八戒曾经有过当官的历史。猪八戒的前身是玉皇大帝的天蓬元帅,主管天河。天蓬元帅在道家中地位很高,是北极四圣之首,手下还有几十名天神猛将。第二段经历说的是,猪八戒因喝醉酒调戏仙女被玉皇大帝逐出天界,到人间投胎,却错投猪胎,嘴脸与猪相似,曾占福陵山云栈洞为妖。他咬杀母猪,打死群彘,又招赘到福陵山云栈洞的卵二姐家,想不到一年卵二姐却死了,只留下一个洞府给他。至此栖身云栈洞,自称"猪刚鬣"。观音菩萨赐法号悟能。第三段经历说的是,唐僧西天取经路过高老庄,猪八戒被孙悟空收服,被唐僧收为二徒弟后,为让其继续戒五荤三厌,唐僧给他起了个别名叫"八戒"。八戒从此成为孙悟空的好帮手,一同保护唐僧去西天取经。他会天罡三十六变身术,能腾云驾雾,使用的兵器是九齿钉耙。第四段经历说的是,西天取经后,猪八戒被封为净坛使者。净坛使者是《西游记》中猪八戒西天取经回来后的封号。取经完成后,如来佛祖加封猪八戒为汝职正果,因为他食肠宽大,此职务享受八方香火,所以被封为净坛使者。猪八戒是因为"吃"才被如来封为净坛使者的,是管理如来的贡品。说猪八戒是人,是说他身上具有人的属性。八戒性格温和,憨厚单纯,力气大,嘴巴甜。但好吃懒做,爱占小便宜,贪图女色,经常被妖怪的美色所迷惑,难分敌我。猪八戒贪吃贪睡,自私自利,好进谗言。他常常想捉弄人,但不是搬起石头来砸自己的脚就是作茧自缚。在他的身上有人的吃苦耐劳、憨厚率直的品质以及贪婪自私的本性,所以,这个人物显得很真实。说他是猪,是说他身上具有动物的属性。一是因为他有猪的形体,特别是其脸上有一只典型的猪的大鼻子和两只大耳朵;二是他做起事来有时也有点像猪一样,呆头呆脑,在《西游记》中猪八戒的丑态百出显示了他固有的蠢笨,所以几乎所有的人都叫他"呆子"、"夯货"……

　　这三个特征在他的身上交融。猪八戒是一个矛盾的结合体,他的性格不是单一的,他既有优点,也有缺点,从这一点来说,他更像一个完整的人。他的利己思想和利他思想并存、个人主义和集体主义并存,这些看似既矛盾,实则又统一的特征紧密交织,形成了他时而贪财好色时而又纯朴真诚、时而憨厚直爽时而又奸猾精细、时而意志薄弱时而又吃苦耐劳等多重性格。具体表现为:一是虽然自私但是有度,能让小私让位于取经事业。猪八戒的自私是出了名的,比如虽然贪吃,却不挑食;虽然贪财,却"贪"而不夺;虽然贪色,却"贪"而未淫。猪八戒在很多时候,都先考虑自己,用今天的话说,就是个人主义第一。但是在关键时刻,他又能顾全取经事业,用今天的话说,就是又有集体主义观念。单就这一点来说,还的确让人感动。二是虽然蠢笨但是又粗中有细。他自己也承认自己"夯"、"笨"。虽然他是个"呆子"、"夯货",但是他呆得可爱、夯得实在。他几乎从不隐瞒自己的欲望。有一种摆脱一切束缚的无牵无挂的天真。虽然经常受到孙悟空的戏弄和训斥,但怨而不恨、哀而不伤,仍然对其言听计从,不作计较,自得其乐。三是虽然偷懒但是又能吃苦耐劳。猪八戒生性懒惰,拈轻怕重。他学得个乌龟之法——"得缩头时切缩头",一遇险情,便找借口溜之大吉。但取经路上的脏活、累活很多都是猪八戒干的,可谓取经路上的长工,连如来佛祖也说"因汝挑担有功,加升汝职正果"。四是虽然易于动摇但是有时又非常勇猛。猪八戒作战勇敢,在妖魔面前从不屈服。只要力所能及,奋力杀敌毫不含糊。难能可贵的是,他虽然屡次被妖怪擒拿,却从来没有投降屈服过。但猪八戒遇到困难就产生动摇,打退堂鼓。在取经路上,遇到一点挫折后,尤其是每当唐僧被妖怪捉住时,猪八戒动不动就吵着分行李、散伙,闹着要回高老庄做女婿去。

猪八戒这个形象的社会影响。读罢《西游记》后,伏案遐想,除了敬佩美猴王孙悟空战天斗地的无畏精神之外,就是对猪八戒的憨厚与拙笨的形象感到有趣。仔细想想也确实是这样,猪八戒这个形象一是能给人们带来快乐。好吃懒做、贪恋财色、弄巧成拙的形象,总能引起读者的捧腹大笑。二是容易为人们接受与理解。在猪八戒这个"呆子"身上,更多地概括了人类下层社会、普通劳动者圈子中所孕育的入世尘俗。"他"坚实地立足于人间社会,在他身上,普通老百姓可以看到自身的原始和内在形象,使人们能够在笑过之后重新审视、认识自己。正是因为如此,作为一个融"神、人、猪"三者特点于一身的艺术形象,虽然在他身上有这样或那样的缺点,但是依然赢得了人们善意的笑声,容易为人们所接受和理解。三是在现代社会复杂的人际关系中,猪八戒折射出一个不可或缺的人物形象。有人认为,在现代团队中八戒绝对是个出色的公关人员,能够处理好方方面面复杂的人际关系问题。甚至有的女孩调侃嫁人就要嫁给猪八戒这样的老公,因为猪八戒这样的老公懂得疼媳妇。

三、唐僧形象及其社会影响

唐僧是西天取经的主角,他的形象具有多重意义。他身上的优点与缺点并存,共同构成了一个有血有肉的鲜活的人性形象。

一是唐僧是个意志坚定的苦行僧。意志坚强,不辞劳苦,不畏艰险,是一个虔诚执著的佛教徒。在取经的过程中坚定,从不懈怠动摇,不为财色迷惑,不为死亡屈服,凭着坚韧不拔的精神,终成正果。在取经集体中,他的核心作用是不可忽视的,能够把桀骜不驯的孙悟空、三心二意的猪八戒、凶神恶煞的沙和尚都凝聚到一起,这都需要领导艺术和人格魅力。他用坚定的信念鼓舞他们,终于完成了取经壮举。

二是虔诚善良,性情和善。所有的妖魔鬼怪都是冲着他那一身吃后可以长生不老的肉来的。但他初衷不改,富有献身主义精神。同时,他又严持戒律,目不视恶声,耳不听淫声,心不起邪念,把那美貌娇容视为粪土,把金珠宝贝看作灰尘,是一个名副其实的圣僧。甚至连妖魔也知道他是个"十世修行的好人"。唐僧形象的正面意义是谦恭儒雅,温柔敦厚,忠贞笃诚,有君子之风。

三是人妖颠倒,是非不明。没有风险和危机意识,缺少应变能力。连凶残的敌人也可原谅,偏听偏信。甚至有时昏庸顽固,是非不分。他特别轻信,多次上了妖精的当,但仍是执迷不悟。归根到底是因为他昏庸糊涂。在三个徒弟中,他最能靠得住的就是孙悟空,但他最不喜欢的还是孙悟空。就事业心来说,猪八戒最差,动不动就建议散摊分行李,但由于他嘴甜,爱打小报告翻是非,结果最赢得他的宠爱。唐僧同时又有着常人难以容忍的许多缺点,主要是胆小懦弱。《西游记》里每逢写到师徒一行走到穷山恶水时,总会写"那长老大惊失色"或"流下泪来",已是套语。连猪八戒都曾说过他是"老大不济事"。

总体来说,唐僧身上的优点还是更多一些的,作为凡人缺点是不可避免的,可以说唐僧是一个比较成功的艺术形象塑造。吴承恩塑造了一个软弱、胆怯、遇到各种凶险之事都是滚鞍下马,吓得战战兢兢,像个"脓包"样的唐僧形象,和历史中那个有执著的追求,有大胆的冒险精神,有不畏艰难的坚强意志,豪气干云、气吞万里的玄奘形成了鲜明的对比。作者这样写的目的只有一个,通过描写他是一个凡人,一个尘世中的俗人,俗人所拥有的一切本能、一切俗念、一切举止他都具有,从而显示出他出家修行的必要性和改造的艰巨性,这就更具有社会意义。

四、沙僧形象及其社会影响

在西游团队中,沙僧形象可能是最单一的。但是在社会生活中,这样的人仍然可以找得到。

一是沙和尚保护唐僧西天取经路上,忠心不二。悟空虽然武艺高强,水下却施展不开,遇到水中怪兽就需要沙僧出手了。在师傅遇难,悟空受困时,八戒嚷嚷要分行李,沙僧立场坚定不肯散伙,耐心劝师兄想法搭救师傅,按现在的话来说,沙僧属于对团队有较高忠诚度的专业技术类人才。

二是在西天取经队伍中,沙僧能吃苦耐劳。沙僧忍辱负重,不发牢骚,服从安排,听命师尊兄长,不计名利,美色不能动其心,妖魔未能乱其志。沙僧在小说中露脸的机会不多,这和他谨小慎微、绝不妄加评断的性格有关。

三是秉性善良、敦厚朴实,老实忠诚,默默无闻。沙僧任劳任怨地牵马挑担,不似悟空桀骜,也不像八戒耍滑;尤其是取经队伍内部矛盾尖锐时刻,他寡言少语、不贬不褒。沙僧的善良,是发自内心的真情实感。八戒贪色,做了一夜"绷巴吊拷女婿"，"沙僧见了，老大不忍，放了行李，上前解了绳索救下"。悟空被三昧真火烧得火气攻心，是沙僧跳进水中救出悟空；见到悟空"浑身上下冷如冰"，他便不由得"满眼垂泪"，痛哭失声。唐僧被妖怪变成了猛虎，又受到悟空的"揭挑"，是沙僧"近前跪下"，恳请悟空"万望救他一救"。这种出自内心的或者说是潜意识的善良，又和他的老实密不可分。

　　沙和尚，这是个任劳任怨、默默奉献的角色。精彩的打斗场面他露脸最少，搞笑的台词他是一点也沾不上边，但是也不能小看他。试想想，如果一个团队里面，只有悟空的风风火火、八戒的圆滑赖皮，没有沙和尚这样少说话、肯做事的人，那是不行的。否则，谁来挑行李？谁来照顾唐僧？危急关头谁来挺身而出？

第二节　《西游记》中神仙形象及其社会影响

　　《西游记》中的神仙世界是一个复杂的体系，从不同的角度可以看到不同的神仙世界。比如说，从宗教的角度来看，《西游记》中的神仙世界是一个三教合一的世界；从中外思想影响的角度来看，《西游记》中的神仙世界又可以分为以玉皇大帝为中心和以如来佛为中心的神仙世界。处于不同环境下的神仙，其形象与影响也是错综复杂的。

一、《西游记》中观世音形象及其影响

　　观音菩萨又称"观世音菩萨"，她相貌端庄，经常手持净瓶杨柳，具有起死回生的神奇法力；她大慈大悲，普救人间灾难。当人们遇到灾难时，只要念其名号，她就可以听见求告的声音，所以称之为"观世音"。在《西游记》中出现的观音形象与民间的观音形象基本是吻合的。

　　一是《西游记》中的观世音是一个充满民间观音信仰的形象，是人与神的完美结合。《西游记》不仅展示了观世音的无边法力，而且把她塑造成一个大

慈大悲、充满人性的善神、凡神，带有强烈的民间色彩。小说通过侧面烘托的手法，描绘了各类人物对于观音的崇敬、虔诚心理。无论是西天上界的神佛仙帝，还是东土人间的帝王平民，一个个对观音都是无比礼敬。不仅一些流传的民间观世音故事纳入具体情节中，如观音化老母、观音现鱼篮等等，还通过一些热情洋溢的赞语来表达人们礼拜观音的热情。由此亦可以揭示出小说中的观音形象具有鲜明的民间性。《西游记》中的观音形象实质上就是观音信仰下的反映。这一形象延续至今，在民间的观音崇拜中仍然有着巨大的影响。

图3-5　年画:《西游记人物——观音》肖力作,中国工人出版社出版（李建华提供）

二是《西游记》中的观音形象比民间的观音形象更具体。民间流行的观音灵验的故事,其主要内容是:无论遇到何种困难,只要一心诵念"光(观)世音(经)"就会逢凶化吉,遇难呈祥。但在此类故事中,观音的形象是不确定的、模糊的,甚而只是一种理念、一种消灾解难的符号。而《西游记》中的观音,从顶礼膜拜的符号变成了集真、善、美于一身的形象。观音的神力与现实需求相联系,从抽象变成为独立的存在实体。从社会学的角度看,这集母性力量和女性美于一体的观音女神寄予了作者的政治理想,唯才是举、慈悲善良的观音与不会用人、宠佞轻贤的玉帝形成了鲜明的对比。观音成为悟空的良师益友,这实际上是作者对朦胧平等自由观念的向往。两千多年来,在中华大地上,无论是繁华都会的深宅大院,还是穷乡僻壤的陋室茅屋,几乎凡有人烟的地方都有人供奉观世音菩萨的圣像。直到今天,在众多的家庭院落里也经常会见到观世音菩萨的尊容,更不要说那无数的佛寺道场,甚至宗庙道观里袅袅香烟中也彰显着观世音菩萨的身影。而且不只在中国如此,在日本、韩国、越南,以至世界上其他国家,观世音菩萨也处处受到人们的敬仰。

二、《西游记》中的如来佛祖形象及其影响

如来佛是佛教界的最高精神领袖。每当人们步入大雄宝殿，即处在一种庄严肃穆、充满神秘感的氛围中。一般百姓大约对佛教经典也不大了解，自己顶礼膜拜了千百年的如来究竟有些什么形状，具备什么德行，实在不甚了然。于是佛祖便永远只是偶像，走不下那个莲台来。自吴承恩著《西游记》后，才得到一个较为完整的佛祖。他有言，有行，有血肉，至少不那么神秘了。吴承恩并非不想把这位佛爷打扮得更庄严些，只是如鲁迅所言，作者"讽刺椰揄则取世态"，"玩世不恭之意寓焉"，在给佛爷脸上扰金时，每不经意地将白粉添在他的鼻子上。

图3-6 如来佛祖像，《新说西游记图像》插图，光绪1888年味潜斋本（李建华提供）

在《西游记》中，佛祖如来始终是作为一个"善"的形象而与玉皇大帝、太上老君相区别而存在的。在他的身上，人们可以从感性上了解到宗教和统治者的关系。如来佛和玉帝及唐太宗的关系就是中国历代统治者与宗教领袖关系的艺术再现。小说中的如来展现在我们面前的首先是一个慈善的救世主形象，他具有对"入世"的善，有治世的能，有善用能人的贤，不仅有贤主所具有的仁德，还有明君所具有的治世之能。通过对这个形象的分析，可以窥视到中华民族对明主贤君的选择心理。当孙悟空大闹天宫，是如来将他压在五指山下500年，又是如来同意观音的意见，将孙悟空放出来保护唐僧西天

取经。在取经路上每每遇到困难,万不得已,又是孙悟空去请如来出来降妖伏魔。[1]

但对社会生活中金钱无孔不入现象的嘲弄也体现在佛祖如来身上。《西游记》第九十八回写唐僧师徒到达灵山取经时,负责传经的阿傩与伽叶竟公然索取好处,见没油水就只传无字之经。而如来佛祖得知后竟然加以保护。当唐僧等人到了他们向往已久的神圣的雷音寺领取经书时,因为一直不离如来左右的阿傩、伽叶二人向他们"要人事"未果,从而领到的是一堆无字白纸。孙悟空愤怒地到如来面前告状,如来却说传经本来是要收费的,并举例加以说明。第二次领经时,三藏只好以唐王所赐的紫金钵盂相奉,阿傩高兴地收下了,可在旁的众人都笑道:"不羞! 不羞! 需索取经的人事!"一个个脸皮都被羞抹皱了,只是拿着钵盂不放。由此可见,前面佛祖的解释不过是为他手下人的丑行开脱而已。作者将其尖厉的讽刺笔触,直伸到这最令人崇敬的地方。

三、《西游记》中玉皇大帝形象及其影响

玉皇大帝是道教中的天界的实际领导者,也是地位最高的神之一。道教认为玉皇为众神之王,除统领天、地、人三界神灵之外,还管理宇宙万物的兴隆衰败、吉凶祸福。

《西游记》中玉皇大帝与民间信仰中的玉帝形象有着极大的区别。在《西游记》中玉帝的主要性格特点是:昏庸无能,不辨愚忠。具体有:一是残暴。《西游记》第八十七回,凤仙郡郡侯推倒了斋天供桌,这点小事就惹得玉帝大动肝火,罚全郡大旱,造成该郡三年无雨,要不是孙悟空查明原因,该郡百姓都会死光。二是昏庸。玉帝不辨愚忠,是非不分,赏罚失当,管束不了他的下属。让神通广大的孙悟空去管马,这是典型的用人不当。三是玩弄权术。先封孙悟空为弼马温,后又封他为齐天大圣,却只给空官衔,有名无实,没有诚

---

[1] 参见姜明《〈西游记〉中佛祖形象探析》,《楚雄师专学报》1998 年第 1 期。

心。作者塑造玉皇大帝这一形象的目的是对封建统治者的嘲讽与蔑视,是对黑暗社会的尖锐讽刺、嘲笑和批判。

四、《西游记》中的其他神仙形象及其影响

《西游记》的神仙人物比较多,他们的形象与影响也是因人而异,如果一个个都列举实在是太多了,只好选其主要人物作个介绍。①

息事宁人的太上老君。姓李名耳,道教创始人,人称太上老君。他住在兜率宫,专炼金丹,常骑青牛。他手中的法器叫金刚琢,非常厉害,在捉拿大闹天宫的孙悟空时立下功劳,不幸的是此物又被他的坐骑青牛偷去,在金兜洞多次斗败孙悟空、托塔天王、十八罗汉等神仙,最后被太上老君用宝扇一扇,收走了金刚琢,降服了青牛精。他是一个息事宁人,轻易不与人争斗的老好人。

南极寿星是人人喜爱的老神仙,头上有个大肉包,手拄蟠龙拐杖,白鹿紧随身后,供他骑乘。不料这白鹿凡心不灭,趁南极寿星与东华帝君下棋的机会,借着数千年修炼的道行,下到凡间的比丘国,与狐狸精狼狈为奸,将狐狸精变成如花似玉的美女,进献给国王,自己以国丈自居,专用小孩心肝作长寿药引,祸害百姓,结果遇到火眼金睛的孙悟空,难逃劫难,被悟空降服。悟空正要打杀白鹿精时,南极仙翁赶到,命妖怪现出原形,驮南极寿星回归仙山。

说情招安的太白金星,姓李,是天界一位颇有名气的星宿,法力广大,又比较和善。孙悟空闯地府、闹龙宫,玉皇大帝正要发兵征讨,太白金星替悟空说情,建议封悟空为管理御马的弼马温。孙悟空二反天宫时,又是太白金星出面为招安使,封悟空为齐天大圣,管理蟠桃园。后来,在唐僧师徒西天取经的路上,太白金星多次暗中帮助师徒四人战胜黄风怪,扫荡狮驼洞,是个和善的好老头。

大仙风度的镇元大仙,是地仙之祖,道号镇元子,住在西牛贺洲的五庄观

---

① 参见百度贴吧《西游记所有人物的基本介绍》。

上,道术深厚精深,连观世音菩萨也让他三分。他种的人参果,九千年成熟一次,闻一闻神奇的人参果,就能活三百六十岁;吃一颗,就能活四万七千年。镇元大仙本领着实厉害。但大仙心胸开阔,气度不凡,当孙悟空请来菩萨救活人参果树后,他不计前嫌,与孙悟空结拜为兄弟,并且慷慨举办人参果会,用珍贵的人参果宴请众仙和唐僧师徒,颇有大仙气度。

忠心耿耿的托塔李天王,李靖,是天宫中的卫戍司令。所生三子,长子金吒侍奉如来佛祖,二子木吒是南海观世音菩萨的大徒弟,三子哪吒在自己的帐下效力。早年因与三子哪吒反目,如来佛祖赐他一座舍利子如意黄金宝塔,化解了父子前仇,所以称为托塔李天王。李家父子武艺超群,法力深厚,又对玉帝忠心耿耿,在天界享有崇高而又重要的地位。每逢大事,玉帝必先钦点李天王挂帅。两次平息孙猴子造反,都是任命他为降魔大元帅,手下的巨灵神、鱼肚将、哪吒三太子等十万神将天兵,均是天王所统率的精兵良将,在取经途中帮了唐僧四人度过不少劫难。

少年英雄哪吒三太子,托塔李天王的第三个儿子,也是如来佛祖的弟子之一,在天宫任三坛海会大神。哪吒出生时,左手掌有个"哪"字,右手掌有个"吒"字,所以起名哪吒。他三岁就下海,闯下大祸,踏倒水晶宫,捉住蛟龙抽筋刮鳞。托塔天王怕他长大再惹大祸,想杀哪吒以绝后患,谁知哪吒被激怒,拿刀在手,割肉还母,剔骨还父,一缕灵魂到西天告佛,如来取荷藕做他的骨骼,荷叶做他的肌肉,使哪吒起死回生。后来哪吒要杀天王,报那剔骨之仇,多亏如来从中说和,赐给天王宝塔一座,让哪吒以佛为父,才消释了父子冤仇。哪吒年少但法力广大,可以变化为三头六臂,足蹬风火轮,手使一柄金枪,项戴乾坤圈,又有斩妖剑、砍妖刀、缚妖索、降妖杵、绣球儿等六件法宝,变化多端。每逢托塔天王挂帅出征,哪吒必然前往,有时当先锋,有时为大将,先后降服九十六个妖魔,是天上人间公认的少年小英雄。

智勇双全的二郎真君,玉皇大帝的外甥,常住灌江口,使用的兵器是三尖两刃枪,具有七十三般变化,善于腾云驾雾,还有一只神勇的哮天犬,手下的梅山六兄弟也非常了得。在与大闹天宫的孙悟空大战中,他武打文斗,终于把武艺非凡的孙悟空捉住。他在天宫中武艺超群,因此地位显赫。唐僧西天取经路上，二郎神又帮助孙悟空打败了九头怪，消除了唐僧一难。

遥镇洪流的四海龙王，是奉玉帝之命管理海洋的四个神仙，弟兄四个中东海龙王敖广为大，其次是南海龙王敖钦、北海龙王敖顺、西海龙王敖闰。四海龙王的职责是管理海洋中的生灵，在人间司风管雨，统帅无数虾兵蟹将。唐僧西天取经，四海龙王曾多次帮忙，或去兴风作雨，或率兵助阵，自己的外甥小鼍龙触犯了圣僧，他们也不徇私情，逮捕归案。

第三节　《西游记》中妖精形象及其影响

《西游记》是我国第一部神魔小说，它以诡异的想象、极度的夸张突破时空，突破生死，突破人、神、物的界限，创造了一个光怪陆离、神异奇幻的境界。同时在这基础上也构建了一个相对比较完整的妖魔世界。取经路上，唐僧师徒经历了八十一难，而这八十一难，大多是妖魔造成的。他们是这个妖魔世界中最有特色的成员，正是因为他们的出现，才使一部西游妙趣横生。

一、妖精的形象

1. 有"靠山"的妖精。这是一个敏感的话题。与神仙有关系的妖怪，也就是有背景的妖怪。实际上有背景的妖怪就是有关系的妖怪。至少有 22 位与神仙有关系的妖怪，他们分别为：鹰愁涧——小白龙：西海龙王之子，后为唐僧坐下白马，被封为"八部天龙广利菩萨"；又如，观音院——黑熊精：本无关系，后被观音收为珞珈山"守山大神"；再如，黄风洞——黄风怪：本是一只黄鼠狼，因偷吃如来灯油，被灵吉菩萨收回；还如，波月洞——黄袍怪：本为二十八宿中的奎木狼，因与宝象国百花羞公主有一段情缘下凡，后被召回天庭。如此等等，不一而足。妖精的社会关系很复杂。这个特点更逗，除了白骨精和玉面狐狸精之外，差不多每一集当中出现的妖怪到最后才发现他们都不是妖怪，都是有背景、有关系的。这就说明了一个很现实的问题，真正的妖魔鬼怪孙悟空都能自己对付,一棒子打死了事,而最难缠的就是这些有背景有关系的妖精。有人评论,在所有妖精中最幸运的妖怪,当数黑熊怪。其实黑熊怪要能耐没能耐,要长相没长相,只会偷偷摸摸,浑水摸鱼。可真是傻妖有傻福,被观音菩萨看中,选入南海落伽山紫竹林当了保安部部长,从此身登仙籍。他最幸运了。

图 3-7 央视 86 版《西游记》剧照

2. 漂亮的女妖精。《西游记》是一部神魔小说,但是我们关注的往往仅是唐僧、孙悟空、猪八戒、沙僧这四个主要人物,而忽视其他的次要人物,特别是当中的妖魔。《西游记》中女妖占了绝大多数,成为一个极其独特的群体,在唐僧四师徒的形象塑造中,她们也起到了重要作用。《西游记》中的女性大多是以妖精的面目出现而给人留下深刻的印象,吴承恩主要从色欲和食欲两个方面来塑造笔下的女妖,她们成了色欲和食欲的化身。这些形象典型地反映了旧时代男性对女性的复杂心态。作者在传统伦理观念与时代思潮的夹缝中左冲右突,对女性表现出既排斥又渴求的矛盾,流露出明末社会种种复杂的妇女观。这些女妖不仅本身形象鲜明生动,而且具有独特的审美意义和文化内涵。在众多人物形象中,女妖是极其独特的一个群体。她们是作为唐僧师徒四人取经路上要经历和克服的种种诱惑来塑造的,只是为了突出唐僧这个圣徒而作为陪衬和点缀的。在西行路上,对取经师徒构成威胁或与其直接发生关系和冲突的女妖精计有:尸魔白骨妇人(第二十七回);金角大王的母亲九尾狐(第三十四回);灵感大王的义妹斑衣鳜婆(第四十八回);毒敌山琵琶洞蝎子精(第五十五回);牛魔王之妻铁扇公主罗刹女、牛魔王之妾玉面公主(第五十九回至第六十一回);荆棘岭树精杏仙(第六十四回);盘丝洞七个蜘蛛精(第七十二回);比丘国美后白面狐狸(第七十八回);陷空山无底洞金鼻白毛老鼠精(第八十回);天竺国假公主玉兔精(第九十五回),这些精灵妖魅自有出身,法术各异,她们的存在大大丰富了《西游记》的人物画廊。《西游记》中的女妖都是清一色的美人,个个都有沉鱼落雁之容、闭月羞花之貌。如第二十七回中描写白骨精"那女子生得冰肌藏玉骨,衫领露酥胸。柳眉积翠黛,杏眼闪银星。月样容仪俏,天然性格清"。第六十回中写玉面狐狸精"娇娇倾国色,缓缓步移莲。貌若王嫱,颜如楚女。如花解语,似玉生香"。第七十二回写七个美人儿"比玉香尤胜,如花语更真。柳眉横远岫,檀口破樱唇。钗头翘翡翠,金莲闪降裙。却似嫦娥临下界,仙子落凡尘"。第八十二回写老鼠精则更是传神"发盘云髻似堆鸦,身着绿绒花比甲。一对金莲刚半折,十指如同春笋发。团团粉面若银盆,朱唇一似樱桃滑。端端正正美人姿,月里嫦娥还喜恰"。连嫦娥都要惊艳她的美色,可以想象她的美是属于哪个层次,这样的美人儿怎能不把凡人所迷惑呢? 作者在《西游记》中不惜大笔墨地描写这些女妖之美,不但应合了既为女妖,则少不了妖艳的说法,而且为唐僧师徒四人不为女色所动的坚定信念起到了衬托作用。①

3. 形形色色的小妖形象。《西游记》中有各式各样很有意思的小妖,这里试举二三。爱吹牛皮的虎先锋。他是黄风怪手下的一个小妖,外号称虎先锋,不仅脑袋瓜子灵活,也确实有点真功夫。他曾使用金蝉脱壳之计把唐僧掳走。但他有个致命的缺点,就是爱吹牛皮。当孙悟空为救唐僧打上门来,连大王黄风怪都感到害怕时,这位虎先锋却主动请缨,要把那孙悟空拿来吃。结果就是因为好吹牛皮,致使他丧了卿卿小命。忠心养家的精细鬼、伶俐虫。

---

① 参见豆丁网《论〈西游记〉中的女妖形象》。

图 3-8　西游记中的女妖怪，央视 86 版《西游记》剧照

这是两位颇受他们的主人金角大王、银角大王信任的小妖。从绰号可以看出，他们的特点是精细与伶俐。可惜，他们遇到了比自己更为精细、伶俐的孙悟空，结果聪明反被聪明误。

二、妖精的性情

1. 有趣的植物妖精。《西游记》中的植物妖怪具有鲜明的形象特征，蕴含着丰富的审美意蕴，植物妖怪不仅丰富了《西游记》中的妖怪类型，还增添了文本的观赏性，委实给《西游记》增添了一抹亮色。《西游记》第六十四回中出现的植物妖怪。树精包括"四操"、赤身鬼使、丹桂、蜡梅等共计十人。这里话说唐僧师徒四人一路往西，来到了荆棘岭，荆棘岭的"十八公"化作土地公模样当着孙悟空的面就把唐僧掠走了。唐僧发现这里是漫漫烟云去所，清清仙境人家，"十八公"对他说："圣僧休怕，我等不是歹人，乃荆棘岭十八公是也。因风清月霁之宵，特请你来会友谈诗，消遣情怀故耳。"于是，又把"孤直公、凌空子、拂云叟"介绍给了唐僧，原来四人都是修炼千年打算成仙的树精，号称荆棘岭"四操"，也是西游妖精队伍中的所谓文艺骨干。他们把唐僧抓来，只是邀请唐僧一起吟哦唱和，放荡襟怀，并不是要吃唐僧肉长生不老，于是五个人有唱有合地赋诗作对起来了。正在作诗联对、吟哦逍遥之时，又来了"杏仙",杏仙不仅能作诗起舞,还对唐僧"渐有见爱之情","四操"成人之美,说亲的说亲,保媒的保媒,主婚的主婚。唐僧当然不从,从而演绎了一曲令人嬉笑不止的故事。"神魔皆有人情,精魅亦能世故。"植物妖怪靠着千年的道行修行幻化成人形,能施展一定的法术道行。孤直公的原形是柏树,凌空子的原形是桧树,拂云叟的原形是竹竿,赤身鬼使的原形是枫树。有趣的是植物妖怪变幻后,无论是在外形上还是在性情上都保留了原形物本身的特质。无怪乎有人评论,他们是一群最有文化修养的妖怪。整部《西游记》,就数他们最风雅了。与唐僧谈禅联句,实在不简单!相比之下,其他妖怪只会砍砍杀杀,太没素质。书里和电视里只写了他们与唐僧联句,但可以想象,劲节岭上的文艺沙龙办得红红火火,而且琴棋书画、诗词歌赋,无所不包。①

2. 有智谋的妖怪。当数设立西天小雷音寺的黄眉老妖。其实整部《西游记》,有智谋的妖怪有不少,但似乎只有这位黄眉老妖能想出打如来的幌子,也真是一步好棋狠棋,唐僧哪有不上钩之理?此外,黄眉老妖看得也很远。不但要吃唐僧肉,还想带上唐僧的袈裟,自己去西天取经,自己成正果。又成仙又成佛,真是高瞻远瞩。相比之下,其余各路妖怪只是一心想吃唐僧肉,头脑中缺少根弦,从未想过利用唐僧的身份来达到自己的目的。②

3. 钟情的妖精。小说《西游记》塑造了一个庞大的妖魔体系,其中塑造的那些心地善良、天真烂漫、聪明机警同时不乏阴险狡诈之辈的小妖却个个栩栩如生,形象生动,不仅丰富了作品的形象体系,对小说情节的发展也起到一定的推动作用,同时增强了作品的趣味性。妖怪捉唐僧也不全是要吃他的肉,女妖怪大多是想要和他成亲。原来妖怪也像人,男的多重权力,女的多重爱情。唐僧面对的考验有时候也来自人,如女儿国的国王就是很大的考验。就《西游记》中而言,多半的巡山小妖并无歹毒之心,甚至有些妖精还十分的单纯可爱。有人评论,所有妖精中最温柔善良的妖怪,当数杏仙了。杏仙不仅漂亮温柔,而且能歌善舞,特别是她的主动追求不在女儿国国王之下。而

---

① 参见《浅析〈西游记〉中的植物妖怪形象》,《湖南工业职业技术学院学报》2012年第5期。

② 参见百度贴吧《西游记妖怪之最》。

最至情至性的妖怪,当数黄袍怪。黄袍怪对百花羞公主的爱,那真是令人感动。其实他捉唐僧,并不是自己想吃肉。以他奎木狼的身份,早就是长生不老之身,何必多此一举呢? 无非是为了自己那体弱多病的妻子着想。后来因为公主求情,虽然一百二十个不乐意,但看在爱妻的面子上,竟然放过唐僧,任由西去! 这在西游记的各路妖怪里,真可谓"仅此一家,别无分号"! 真是个钟情的妖怪啊。此外,还有良心未泯的妖精。《西游记》中有一位小妖,名字叫有来有去。他确实是位良心未泯的小妖。他有个碎嘴的毛病,一个人出差送战书,一路上嘟嘟囔囔,说个没完。不过这样也好,没等孙悟空探听情报,自己就把事情全都抖搂出来了,结果可想而知。①

三、妖精的命运

妖怪的各种社会关系就是现实的各种人际关系的折射。《西游记》中的妖怪的形成与当时的社会生存环境有关。妖怪大多数由动物变化而成,唐僧问悟空怎解。悟空说"大抵世间之物,凡有九窍者,皆可修行成仙"。取经路上遇到的许多妖怪本来是天上的动物、仙童甚至星宿。"在天为仙,下界为妖",说明良好的生存环境(天上)使人踏上正途,败坏的恶劣的生存环境(地上)使人走上歪路。

白骨精虽说有勇有谋,但功夫不很到家,无甚了得的本事。但一手策划伪造如来的法旨,可说是神机妙算。可惜白骨精样样算到,就是没有想到事先找一个强有力的后台"靠山",以致最后非但功败垂成,而且抛骨荒野,连一个插手相帮的神仙都没有。②

不过如果运气好,被哪位神仙看重的话,妖精也可以免于一死。比如黑熊精、红孩儿都被观音领了回去。多目怪也被菩萨领回去了。所以说,人有人的运气,妖怪有妖怪的造化。

---

① 参见百度贴吧《西游记妖怪之最》。
② 参见百度贴吧《西游记妖怪之最》。

　　除少数有名有姓的魔头之外，大多是一些喽啰级的无名小妖，他们虽然也有那么一点道行，但不过是略知皮毛，连兽形都还未脱，更不用说升仙成道了。别看这些小妖本领不高，能量可不小。他们跟着主子狐假虎威，煽风点火，祸害地方，为非作歹。每到排兵布阵，则跟着摇旗呐喊，虽然起不到什么大作用，但至少也能给主子造造势、壮壮胆。最后，这些小妖的结局也大都一样，不是在魔头被擒后做鸟兽状四处逃散，就是被孙悟空、猪八戒一窝端，全部丧命。①

———————————

①　参见新浪博客《西天路上的小妖精》。

第四章 名人倾慕《西游记》
——当代名人与《西游记》

　　四大古典文学名著之一的《西游记》是一部有着浓郁东方玄幻色彩的神话故事。人们不仅从《西游记》中获得乐趣,而且从《西游记》中看到智慧。大家都有一个共同的体会:军事家从《西游记》中得到了谋略,企业家从《西游记》中看到了企业文化,文学家从《西游记》中找到了灵感,孩童们从《西游记》中看到了幻想,成人们从《西游记》中找到了童年。年轻人喜爱《西游记》中孙悟空的本领,即使是叱咤风云的领袖人物对《西游记》也是爱不释手。

图4-1　记载一代伟人毛泽东评价古典文学名著的三部作品

第一节　领袖人物与《西游记》

从古至今的领袖人物中,与《西游记》最有感情的当数领袖人物毛泽东。毛泽东对于《西游记》已经达到了爱不释手的程度,到了晚年,书房里仍然摆着《西游记》。而深受中国人民爱戴的开国总理周恩来生于江苏淮安,《西游记》的作者吴承恩又是淮安府山阳县人,因此周恩来对《西游记》也有着一种特殊的情感。

一、毛泽东特别喜欢《西游记》

(一)毛泽东一生爱读《西游记》

毛泽东是中国人民的伟大领袖,他不仅是一位伟大的战略家、军事家,而且是伟大的思想家。他通古博今,除了工作和休息,其余时间几乎都用在了读书上。在毛泽东所读的书籍中,《西游记》是他特别喜欢的一本书。

革命导师毛泽东为何特别喜欢《西游记》? 对此,著名作家霞飞在《党史博采(纪实)》2013 年第 3 期《毛泽东与〈西游记〉》中是这样描述的:毛泽东从何时开始读《西游记》,现在已经无证可考。在他和他的同学的回忆文章中,我们可以确知的是,他在读罢私塾和入新式小学之前的一段时间里,在家里帮助父亲劳动之余,最喜爱读的书籍之一就有《西游记》。可以推断,他读《西游记》,早于读《三国演义》和《水浒传》。他入东山小学后,又多次读《西游记》,以致入了迷。在那个时代,《西游记》被认为是"歪门邪道",客气的老先生们也称之为"杂书",人们甚至认为,

图 4-2　关于毛泽东
读《西游记》的作品

少年看这部书是极不好的事,有老不看《三国》,少不看《西游》之说。但《西游记》中的精彩描写则深深吸引了毛泽东。在东山小学,毛泽东读完经书等课程之后,经常把《西游记》藏在经书底下偷着看。据毛泽东在东山小学的同学萧三回忆,那时毛泽东为了满足自己的求知欲,便设法寻找各种书籍来读。这些书籍中,他特别偏爱读《西游记》,在读这部书时极其用功,也像"正课"一样分别打上圈圈点点,写上批语,记录当时的体会。他的记忆力很强,小说中的人物和情节大都记得清清楚楚,平时给别人讲故事,都能灵活运用,讲得活灵活现。

到了晚年,特别是到了 20 世纪 70 年代,他对这部著名的神话小说仍有浓厚的兴趣,还时常翻阅,时常与人侃侃而谈。曾任毛泽东同志专职图书管理员达 10 年之久,后在中共中央办公厅秘书局任过领导职务的徐中远先生,在《毛泽东读评五部古典小说》(华文出版社 1997 年版)一书中是这样描述的:毛泽东晚年在他的书房里,一直放着 5 种不同版本的《西游记》。这 5 种不同版本的《西游记》是:《西游记》,世界书局版上、下册;《绣像绘图加批西游记》,上海广益书局 1924 年版 1—16 册;《绘图增像西游记》,上海广百宋斋光绪庚寅(1890 年)校印 1—20 册;《绘图增像西游记》,上海广百宋斋光绪辛卯(1891 年)校印 1—10 册;《西游记》,人民文学出版社 1972 年版上、中、下册。根据当时的记录,进入 70 年代之后,毛泽东先后有两次向他的秘书要过《西游记》。一次是 1971 年 8 月初,他要看《西游记》和《西游真诠》。《西游记》是从中央办公厅图书馆找出来的,大字线装本,就是上海广益书局出版的《绣像绘图加批西游记》。《西游真诠》线装本,全 20 册,他的书库里也没有,是从当时的北京市文物管理处借来的。《西游真诠》,清代悟一子陈士斌撰,康熙丙子(1696 年)刊本,他翻阅后,大约一个多星期就退还了。《绣像绘图加批西游记》,因为是线装本,装帧也较别致,字也比较大,他很喜爱,一直放在身边。第二次是 1973 年 3 月上旬,这一次他指名要的是人民文学出版社 1972 年新出版的平装本《西游记》。其原因主要是线装本有个别地方字看不清,凡是遇到这种情况,毛泽东就翻看平装本,用平装本来补线装本的不足。毛泽东常常将几种不同版本的同一种书放在一起,对照着读。1973 年 4 月 5 日,毛泽东又一次向秘书要《西游真诠》与《西游原旨》两书。其中《西游原旨》,是从中国书店购买来的,是清代刘一明撰,嘉庆二十四年(1819年)刊本,全24册,字也比较大,他很喜爱,后来一直放在他的书房里。伴随着毛泽东度过终生的诸多的图书中,上述几种不同版本的《西游记》和这部《西游原旨》是格外引人注目的。

毛泽东喜欢《西游记》的另一个重要的原因是,借助西游人物或西游故事表达自己内心的真实情感。《党史文汇》1986年第6期刊登的安娜·露易斯·斯特朗《必须走自己的革命道路——与毛泽东的一次谈话》(曹力铁译)中,举了以下几个方面的事例:

第一,20世纪60年代,随着国际国内客观情况的变化,毛泽东对孙悟空的"强者为尊该让我,英雄只此敢争先","皇帝轮流做,明年到我家"的形象和风采更是称赞不已,激情"欢呼"。1961年11月17日,写下的著名诗句:"金猴奋起千钧棒,玉宇澄清万里埃。今日欢呼孙大圣,只缘妖雾又重来。"就是毛泽东这个时期内心情感的真实表露。到了1964年1月,在同安娜·露易斯·斯特朗的谈话中,毛泽东又借孙悟空这个人物故事,对自己当时的心境和思考作了进一步的表露。他说,同修正主义斗争的转折点是1963年7月14日苏共中央公开信对中国的攻击。"从那时起,我们就像孙悟空大闹天宫一样。我们丢掉了天条!记住,永远不要把天条看得太重了,我们必须走自己的革命道路。"

第二,1966年7月,毛泽东离开故乡韶山群山环抱的滴水洞,来到林荫密布的武昌东湖,这里很静,此时的北京,一场空前的"文化大革命"如火如荼地发动起来。毛泽东冷静地观察着、思考着。他冷静地观察着那位后来折戟沉沙的"朋友",也冷静地解剖着自己。于是禁不住给江青写了封信,毛泽东在信中说,他身上有虎气,也有些猴气。这封信中,毛泽东是这样写的:"我是自信而又有些不自信。我少年时曾经说过:自信人生二百年,会当击水三千里。可见神气十足了。但又不很自信,总觉得山中无老虎,猴子称大王,我就变成这样的大王了。但也不是折中主义,在我身上有些虎气,是为主,也有些猴气,是为次。""虎气"和"猴气"指的是什么呢?他自己没有明说。我们当然可以从这两种动物的属性特征上来揣摩。譬如,老虎,使我们想到威风,凶猛,严酷,山中之王的权威、霸气;猴子,使我们想到机灵,好动,敏捷,超级的精明和应付各种环境的能力。毛泽东当然只是在打比喻,背后主要是指其文化性格上的选择。也就是说,他的虎气似乎大半来自法家,崇尚法、术、势,类似秦始皇那样的雄壮、严厉、庄重、豪放。那"猴气",则多少源于道家,有老庄一般的即兴随意,浪漫洒脱,不拘成规,在冲突中灵活多变,以退为进,示弱以胜强……前几年,还是以激情洋溢的诗句"欢呼孙大圣",今日,他自己就变成了孙大圣"这样的大王了"。

第三,毛泽东的老同学萧三曾这样写道:"毛泽东同我们大家一样,不喜欢孔夫子。他背着父亲和老师读了很多中国古典小说,像《西游记》、《三国演义》、《岳飞传》、《说唐》等。"据萧三的回忆,毛泽东还对他说过:"我还是最喜欢读那些描写起义造反的书。"1936年,毛泽东自己在与斯诺的谈话中也曾说过:"我读过经书,可是并不喜欢经书。我爱看的是中国古代传奇小说,特别是其中关于造反的故事。"《西游记》固然与《水浒》不同,它不是直接描写农民造反的专著。但是《西游记》着重描写的是主人翁孙悟空七十二变,上天入地,翻江倒海,不畏任何艰难险阻,疾恶如仇,除恶务尽,爱憎分明,敢于造反这样一个英雄形象和一个个想象丰富、曲折生动、语言诙谐、独具风格的造反故事。

(二)毛泽东是怎样读《西游记》的

毛泽东是怎样读《西游记》的,有许多文章刊载,这里只选取国学经典研究学者卢志丹《毛泽东品国学》(新世界出版社2009年版)这部书中的一些内容。作者在书中分析了毛泽东读《西游记》的一些特点:

1. 毛泽东读《西游记》,喜欢从不同角度作批注,这也可能与他长期形成的读书习惯有关。批语是毛泽东思想实际的一种表露,也是他对当时的社会思想实际问题的一种再思考、再认识。联系社会和思想实际问题读书,这是毛泽东的一大特点。

第一,通过西游故事的批注,讲述政治经济学中生产、消费与分配关系的原理。20世纪50年代,毛泽东得到一部1891年上海广百宋斋校印的线装本

《绘图增像西游记》，他在阅读过程中写下了批注。第十八回《观音院唐僧脱难　高老庄行者降魔》中高老向唐僧诉苦，埋怨猪八戒"食肠却又甚大，喜得还吃斋素，若再吃荤酒，老拙这些家产几时早也罄净"。三藏道："只因他做得，所以吃得。"毛泽东表示赞同，批注说："只因做得，所以分配应当多，多劳应当多得。反过来，只因吃得多，所以才有可能做得多。生产转化为消费，消费转化为生产。"毛泽东的这段批语中，明确主张"多劳应当多得"。毛泽东写的这段批语，与他在20世纪50年代后期的思想实际是紧密关联的。这段不长的批语，从一个侧面告诉我们，毛泽东在读书的时候，头脑里似乎也没有停止对诸多的社会思想实际问题的思考。似乎还在想着社会主义条件下的分配原则问题。因为他有这样的思想实际，所以当他读到唐僧说的"只因他做得，所以吃得"的话时，就如同心中的一直难以平静的波澜，又遇突起的飓风而更加汹涌澎湃起来一样，因此，情不自禁地挥笔疾书了上述的那一段批语，再一次借机强调"多劳应当多得"这一重要的社会主义的分配原则。与这段批注相关的还有这样两段对话，猪八戒对假妻子说："我得到了你家，虽是吃了些茶饭，却也不曾白吃你的：我也曾替你家扫地通沟，搬砖运瓦，筑土打墙，耕田耙地，种麦插秧，创家立业。"（第十八回）孙悟空对高老说："你这老儿不知分限。那怪也曾对我说，他虽然食肠大，吃了你家些茶饭，也与你干了许多好事。这几年挣了许多家资，皆是他之力量。他不曾白吃了你东西，问你祛他怎样的。据他说，他是一个天神下界，替你把家做活，又未曾害了你家女儿。想这等一个女婿，也门当户对，不怎么坏了家声，辱了行止。当真的留他也罢。"（第十九回）这两段话，毛泽东在阅读的时候，还都用铅笔——画上了道道。

　　第二，通过西游故事的批注，讲述行善与险恶的辩证关系。中国的传统文化总是教育人们要行善除恶，所谓善有善报，恶有恶报，这个思想在《西游记》中也有鲜明的反映。如《西游记》第二十八回《花果山群妖聚义　黑松林三藏逢魔》中，孙悟空回花果山消灭了入侵者，说："他（唐僧）每每劝我道：'千日行善，善犹不足；一日行恶，恶常有余。'此言果然不差。我跟着他，打杀几个妖精，他就怪我行凶。今日来家，却结果了这许多性命。"毛泽东对此批注道："'千日行善,善犹不足;一日行恶,恶常有余。'乡愿思想也。""乡愿"源于《论语》,是孔夫子的话。孔子说:"乡愿,德之贼也。"(《论语·阳货》)可见孔夫子对"乡愿"思想也是极力反对的。什么叫乡愿思想呢？就是不问是非的好好先生的人生哲学,就是《西游记》中所着力描写的唐僧的待人处世哲学。唐僧的善恶观,唐僧的思想言行就是"乡愿"思想的最典型的表现。这种"乡愿"思想,不仅不能号召和鼓舞、团结人们去斗争,去除恶,去积善,而且容易长"妖魔鬼怪"的志气,鼓励、放纵"魑魅魍魉"作恶成灾。唐僧就是因为笃信、主张、恪守这种思想,所以三番五次地遭受苦难,险些丢掉自己的性命。因此,毛泽东对唐僧虔诚信奉的这种处世哲学是极为反对的。

2. 毛泽东读《西游记》,喜欢对重点部分作符号。说到毛泽东晚年关心《西游记》的研究,爱读《西游记》研究的文章,徐中远先生着重介绍了毛泽东阅读《西游记研究论文集》的情况。《西游记研究论文集》(作家出版社 1957年版)也是中南海毛泽东故居仅存一部毛泽东生前阅批过的《西游记》研究专著。这部论文集,共收研究论文 17 篇,附录 1 篇。它虽不是新中国成立以来《西游记》研究论文的全部,却是《西游记》研究论文之荟萃。作家出版社编辑部在本书出版说明中写道:本书"所收的只是截至发稿以前我们所能找到的报章杂志上发表过的散篇论文。未曾发表的文稿、整本和专著,已经被收入作者自编的论文集或其他选辑的文章,整理出版的古典文学作品的序言,均不收入"。这本《西游记研究论文集》,约 13.5 万字。全部文章,毛泽东都曾用心阅读过,一些篇章在阅读的时候还写下了批注,画上了密密麻麻的道道和圈圈。对这样的专题研究论文,毛泽东都看得这样细,看得这样用心,由此可以看出毛泽东晚年对《西游记》的浓厚兴趣和对《西游记》学术研究是多么的关注、重视。

(三)毛泽东是如何评《西游记》的

毛泽东对于唐僧西天取经团队有经典的评价。对此,徐中远先生在《毛泽东晚年读书纪实》(中央文献出版社 2012 年版)第六章第四节《读〈西游记〉要看到他们有个坚强的信仰》中这样描述:

　　毛泽东对于唐僧西天取经团队的经典评价,是在 1938 年 4 月 30 日,在抗大第三期第二大队毕业典礼上的讲话中,对《西游记》里的几个神话人物作了一段很有趣的评论。他说:唐僧这个人,一心一意去西天取经,遭受九九八十一难,百折不回,他的方向是坚定的。但他也有缺点,麻痹,警惕性不高,敌人换个花样就不认识了。猪八戒有许多缺点,但有一个优点,就是艰苦,七绝山稀柿衕就是他拱开的(见《西游记》第六十七回)。孙悟空很灵活,很机智,但他最大的缺点就是方向不坚定,三心二意。你们别小看了那匹小白龙马,它不图名,不为利,埋头苦干,把唐僧一直驮到西天,把经取回来,这是一种朴素、踏实的作风,是值得我们取法的。

　　在这里,毛泽东就根据唐僧师徒不同的个性,对每个人包括白龙马在内,都作出了辩证的一分为二的评价。从这一次评价中,我们可以清楚地看到,毛泽东并没有明显地“反对唐僧,力赞孙悟空”,而是对每个人的优缺点都作了入木三分的分析。其中,唐僧与孙悟空的优缺点,恰恰是互补的。唐僧是个领导者,所以他有坚定正确的政治方向,为了革命目标百折不挠,不过有时会犯些主观主义的错误,“敌人换个花样就不认识了”。孙悟空是个相当于中层领导干部的执行者,他有灵活机动的战略战术和明辨是非的能力,但是“方向不坚定,三心二意”,曾经两次脱离革命队伍,经过观音的规劝才重新参加革命工作。此外,唐僧对于像孙悟空这样的中层领导干部,还是有一套管理方法和领导艺术的,那就是一激励,二约束,三教育。激励:经常在猴子面前念经,阐明西天取经的重要意义和成功以后的诸多好处,同时给予信任,委以重任,让他承担西天路上降妖伏魔的主要任务;约束:给猴子头上戴了个紧箍咒(再下一级的猪八戒、沙和尚、白龙马则主要委托孙悟空去管理);教育:一旦孙悟空出现思想波动,就请出观音菩萨前去辅导。应该说,毛泽东同志还是比较欣赏唐僧的领导能力和领导水平,这从他对于这个团队最后取得成功的肯定评价中,可见一斑。

　　不过,最令人佩服的是毛泽东对猪八戒的评价。2009 年 9 月 9 日的《光明日报》发表了一篇署名王纯的文章《毛泽东点评中国古典文献：反对唐僧，力赞孙悟空》，这篇文章观察和评论毛泽东的视角很是独特。文章中说，表面上看去，猪八戒好吃懒做，而且好色，在中央（天庭）为官时就调戏过嫦娥，被纪委查处下放，革命意志比孙悟空还不坚定，但毛泽东还是从他身上发现了非常可贵的优点：艰苦。革命不是请客吃饭，不是美酒加咖啡，更多的是艰苦辛苦的脏活累活，所以猪八戒的这个优点被毛泽东大加赞赏并极力弘扬。

上文中还提到，《西游记》中另外一个人物就是白龙马（包括和它同类型的沙僧），毛泽东的评价也是非常中肯。白龙马是最基层的革命群众，其实却是毛泽东最为重视的依靠力量。所以，毛泽东在评价时竟然没有去说它的缺点，而是全部的充分肯定与高度评价。他的原话再在这里复述一遍："它不图名，不为利，埋头苦干，把唐僧一直驮到西天，把经取回来，这是一种朴素、踏实的作风，是值得我们取法的。"这不正是毛泽东一贯坚持和倡导的"人民论"吗？

（四）毛泽东阅读《西游记》的特点

1. 倡导西游精神。著名作家霞飞在《党史博采（纪实）》2013 年第 3 期的文章《毛泽东与〈西游记〉》一文中，对毛泽东倡导的西游精神给予了精辟的分析。开创根据地、长征、抗战，都是毛泽东革命生涯中的艰苦时期。这一时期的毛泽东对于他所熟悉的《西游记》有了更深的理解。他认为，整本《西游记》中渗透着一种精神，这就是唐僧取经精神，这种精神的内涵是：认定一个目标后，就以百折不回的毅力朝着这个目标前进，虽经历九九八十一难，依然执著如初。毛泽东认为，这种精神，是贯穿《西游记》全书的一条主脉（用今天的话说就是"主旋律"），他把渗透《西游记》全书的这种精神，与共产党人应该具有的觉悟、意志、品格结合起来，古今结合，幻化成中国共产党在艰苦环境下应该具备的信仰、意志、毅力、作风、胆识、智慧，以此来鼓舞人心，聚拢力量，为共同的事业而奋斗。

霞飞谈到，在艰难困苦中，毛泽东多次谈到唐僧取经精神。在中央苏区艰苦岁月里，毛泽东同红军干部谈到，中国共产党为实现推倒三座大山这一目标，如同唐僧师徒四人为实现西天取经的目标一样，要经历许许多多的艰难曲折的过程。他十分赞赏唐僧师徒西天取经的坚定信念，把这种对事业的执著信念引申到革命实践中来。他鼓励红军干部战士，要有坚定的信念、坚强的意志、顽强的毅力。长征时，毛泽东曾经用唐僧取经的长征，鼓励长征中的红军要有不怕艰险，认准目标坚定向前的奋斗精神。在延安，他说过："唐僧这个人，一心一意去西天取经，遭受了九九八十一难，百折不回，他的方向是坚定不移的。"抗日战争胜利后，争取国内和平困难重重，毛泽东告诉共产党人及同盟者：唐僧去西天取经，还要经受九九八十一难；我们要争取和平，也不是一朝一夕就可以得来，也需要唐僧那种百折不回、坚定不移的信念。

霞飞认为：在艰难曲折时刻，毛泽东除了谈《西游记》中的唐僧方向坚定，不怕挫折，矢志取经，历经九九八十一难而意志愈坚外，还经常借谈《西游记》中其他一些人物，比喻当今，激发干部战士锤炼好的品格。他赞赏孙悟空有好挑战、反权威的战斗精神，有忠于取经事业、不怕任何艰难险阻的无畏气概。他赞赏猪八戒艰苦奋斗。他赞赏白龙马的脚踏实地，任劳任怨，不计名利。他深有感触地说，自古以来，凡是能够经受大的苦难的人，都是志向远大的人；志向远大的人，必是胸怀大志的人；立下大志的人，才能下深功夫；下深功夫的人，才能成就大事业。他用唐僧师徒取经精神鼓励共产党人坚定理想信念，矢志不渝地为自己的理想信念而奋斗。

2. 把神话世界同现实社会生活联系起来，特别是从政治的视角去阅读这部小说，是毛泽东阅读《西游记》的一大特点。

原中央办公厅秘书局局长徐中远先生认为，毛泽东读《西游记》，和读我国其他优秀的古典文学名著《红楼梦》、《水浒》、《三国演义》一样，开始是当故事读的，后来就联系我国革命斗争和社会主义建设工作中的实际，从各种不同的视角去阅读，去理解，去运用，去说明实际问题。

徐中远先生继续分析，20世纪60年代初，国际国内的政治斗争是很严峻的。1961年11月17日，毛泽东写下的光辉诗句："一从大地起风雷，便有精生白骨堆。僧是愚氓犹可训，妖为鬼蜮必成灾。金猴奋起千钧棒，玉宇澄清万里埃。今日欢呼孙大圣，只缘妖雾又重来。"就是这一时期政治斗争严峻形势的最好的写照。1963年7月，中、苏争论进一步公开化。毛泽东把中国共产党人对苏共中央攻击的回击形象地比喻为"我们就像孙悟空大闹天宫一样"。在同苏共中央的斗争中,毛泽东本人就像大闹天宫的孙大圣,高高举起千钧棒,奋力澄清万里埃。在斗争的实践中,他坚定地号召全国人民"我们必须走自己的革命道路"。毛泽东在率领全党同志"大闹"苏共中央这个"天宫"的同时,对国内日益滋长的官僚主义等政治问题也极为关注。把《西游记》中的孙悟空大闹天宫的故事,直接与现实联系在一起,号召人们站在孙悟空一边,保护孙悟空,为孙悟空欢呼,向孙悟空学习,与党内的官僚主义和国际上的修正主义做斗争,这是毛泽东从政治斗争视角读《西游记》的一个独到之处。1964 年 9 月 7 日,在故乡湖南的一次谈话中,毛泽东号召人们:要斗争。他说:无论中央、省委,都要提倡下面批评上面。毛泽东这里说的批评的对象显然已不仅仅是官僚主义的问题,他激情欢呼的"孙大圣"也不是泛泛而谈的革命者的代名词了。1966 年 3 月 30 日,在上海西郊的一次谈话中,毛泽东又一次向人们反复强调:"打倒阎王,解放小鬼。""要把十八层地狱统统打破。孙悟空闹天宫,你是站在孙悟空一边,还是站在天兵天将、玉皇大帝一边?"就是在这一次谈话中,毛泽东还说:"如果中央出修正主义,地方要造反。""要支持小将,保护孙悟空。"

徐中远先生认为,用历史唯物主义中的阶级和阶级斗争的观点来分析、解释神话世界,这是毛泽东的一贯思路。一次在同一个阿拉伯国家访华代表团谈到人世间纷争不断的问题时,来宾们颇有感慨。毛泽东接着提出一系列问题:伊斯兰教的真主是谁? 谁是佛祖? 谁是基督教的上帝? 继而他又一路发挥说:按照中国道教的看法,天国还有一位众神之王,叫"玉皇大帝",如此看来,天国也不会安宁,天上也要划分势力范围呀!(《毛泽东与文艺传统》,第 185 页)毛泽东的这一充满想象力而又风趣含蓄的谈话,把人间与天国、现实与幻想沟通,在他看来,各种各样的神仙和上帝,是现实生活世界各种矛盾的延伸。孙悟空同玉皇大帝等天神的矛盾和冲突,以及他的失败和失败后的归顺,从一定意义上揭示了封建社会的矛盾和斗争,体现了人民渴望自由,征服自然和掌握自己命运的愿望。毛泽东这样联系《西游记》,不拘一格去联想,去进行思维发散,这不能不说是他读《西游记》的一个重要特色。

3. 毛泽东善于运用辩证法去分析西游人物。毛泽东在谈论《西游记》人物时,总是采取辩证分析态度,目的是使干部从中懂得更多道理。毛泽东对唐僧的坚定信念和坚忍不拔毅力赞赏有加,多次用唐僧取经精神鼓舞全党斗志,但他对唐僧的弱点也看得很清楚。"僧是愚盲尤可训,妖为鬼蜮必成灾"两句诗,是他对唐僧弱点的评价。他认为,唐僧分不清妖怪和好人,是蠢人,是瞎子。这种不分敌我的做法,肯定会造成很大危害。他希望广大干部学习唐僧坚定的信念和意志,却不要学他的"愚盲"。对于自己最喜欢的《西游记》人物孙悟空,毛泽东也看到他的弱点——有点儿个人英雄主义。他希望共产党的干部要学习孙悟空敢于斗争,勇于奋斗,但这种奋斗,是在共产党集体中的奋斗,不要搞个人英雄主义。

毛泽东分析《西游记》中除恶和行善的关系,形成了这样的认识:除恶就是行善。《西游记》第二十八回"花果山群猴聚义　黑松林三藏逢魔"中写孙悟空回花果山,把千余来犯人马打得血染尸横,并鼓掌大笑道:"快活!自从归顺唐僧,他每每劝我道:'千日行善,善犹不足;一日行恶,恶常有余。'此言果然不差。我跟着他,打杀几个妖精,他就怪我行凶。今日来家,却结果了这许多性命。"毛泽东在读到此段时,在孙悟空的话旁边用铅笔批注道:"'千日行善,善犹不足;一日行恶,恶常有余。'乡愿思想也。孙悟空的思想与此相反,他是不信这样的,即是说作者吴承恩不信这些。他的行善即是除恶。他的除恶即是行善。所谓'此言果然不差',便是这样认识的。"毛泽东批注中提到的"乡愿",是指那种"你好我好他也好",不问是非,不得罪人的处世哲学,俗话形容为"老好人"。古人也认为谁也不得罪的"老好人"其实并不好,《论语·阳货》中说:"乡愿,德之贼也。"意思是说,这种"老好人",不是有德,而是假的德,是害德、损德。《西游记》中唐僧的言行就是乡愿的典型。毛泽东反对唐僧当老好人,赞赏孙悟空除恶求善。

《西游记》是我国历史上最著名的一部神话小说,是我国古典文学中最宝贵的遗产之一,在同时代的世界文学百花园里也是一朵艳丽夺目的奇葩。如果说随着时间的推移,《西游记》和其中的人物故事仍然会受到今人和后人的青睐,在社会和人民中流传,那么,毛泽东阅读和批注过的多种不同版本的

《西游记》，和他关于阅读《西游记》的逸闻趣事，也一定会备受今人和后人的重视，在社会和人民中千古传诵。

二、周恩来与《西游记》

周恩来是共和国的开国总理，在中国人民的心目中享有崇高的威望。20世纪50年代，周恩来曾两次出国访问，到了十多个国家。回国后的一天，他的侄女周秉德去西花厅看望他，周恩来风趣地说，走了十万八千里，孙悟空一个筋斗十万八千里，我也是孙悟空了！《西游记》是明代文学家吴承恩写的一部长篇小说，可以说在中国是家喻户晓。一代伟人周恩来与名著《西游记》也有着不少的缘分，对此，作家陈国民在2014年6月出版的《党史博览》第5期中，专文谈周恩来与《西游记》的故事，以下为该文的主要内容。

图4-3 《西游原旨》，清嘉庆癸亥（1803年）本（李建华提供）

（一）周恩来读的第一部小说是《西游记》

周恩来在《周恩来自述》的开篇中就说："我小时在私塾念书。从8岁到10岁我已开始读小说。我读的第一部小说是《西游记》，后来又读了《镜花缘》

《水浒传》和《红楼梦》。"

周恩来出生于书香世家。北宋的周敦颐被绍兴宝祐桥周氏尊为始祖,周敦颐是儒家学者,为官的同时,传道授业,著名理学家程颢、程颐是他的得意门生,朱熹是他的再传弟子。周敦颐的《爱莲说》脍炙人口,"出淤泥而不染"成为千古传诵的名句。周家祖祖辈辈均是先读书,考秀才、考举人,然后做官。周家的惯例是男孩子5岁就得进家塾读书,习颜体。周恩来的祖父辈亲兄弟5人中,个个都读书,考秀才,学师爷,后来有4位当上了知县。而在他的叔伯辈中,竟有3位考中了举人,做的官也就更大些。这是1964年8月2日周恩来在北京中南海西花厅对所有在京周家亲属讲的。由于周恩来是过继给叔父周贻淦为子,而周贻淦较早去世,所以嗣母陈氏便视他为掌上明珠。嗣母陈氏待他稍稍长大后,除了上学读书外,便整天将他关在屋内,以避免周恩来在院内和那些小兄弟们闹出意外来。嗣母或陪儿子做游戏,或讲故事给儿子听。对此,周恩来自己说5岁时嗣母就常给他讲故事。孙悟空大闹天宫的故事被她讲得绘声绘色。周恩来后来曾回忆说,"母亲(指陈氏)总给我讲故事,使我终日绕膝不去"。

到了8岁,仅仅听故事已不能满足周恩来对知识的渴求。他知道外公的书房里有许多书,就缠着外婆要到外公的书房里去看看。外婆心里有数,书房是不能随便乱翻的,但周恩来与别的孩子不同,就打开衣橱,摸出一把长长的铜钥匙,交给周恩来,并叮嘱他不要在人多的时候进书房,以免你拿一本,他拿一本,把书翻乱了。懂事的周恩来把钥匙收好,等到小伙伴们都出去玩了,才带着钥匙来到外公的书房。他一排排、一本本地寻找。突然,他眼前一亮,发现一部《绣像全本西游记》,打开一看,每册书前边都有图画。母亲讲过的故事,原来全写在上边,他高兴极了。1946年9月,周恩来和美国记者李勃曼谈及个人与革命的历史时就谈到了小时候读小说《西游记》的事。

(二)从周恩来家门口划船就能到吴承恩家门口

周恩来故居位于淮安古城中心距镇淮楼不足一里的驸马巷。离故居大门不到50米,有一条过去供应古城人用水及排泄城市雨涝的小河,它就是文渠。从周恩来家门口经过的这段文渠是文渠的北支。它经过小人堂巷的红板桥、府市口的大圣桥,又经过联城的放生桥,再经过新城莲花街上的通惠桥,就到了《西游记》作者吴承恩家居住的河下镇上的竹巷街。吴承恩生活的年代,河下纲盐集顿,盐商纷纷投足。虽是区区弹丸之地,但巷陌之间,锦绣幕天,笙歌聒耳,河下更是有名的进士镇。

周恩来在任国务院总理期间仍多次同人说起文渠、河下。

1958 年 7 月,周恩来同淮安县副县长王汝祥谈到了自己童年的往事:"小时候,我和小伙伴常常在文渠划船打水仗,大人怕出事,把小船锁起来,我们就悄悄把锁敲掉,划船远游,吓得家长们敲起大锣,满街巷吆喝寻找。""一天中午,我和几个小伙伴偷偷把船从文渠划到河下去,我的婶娘守在码头左盼右望,直到太阳落山,才见我们船影。她急忙跑步相迎,身子晃动一下,差点跌倒。我很怕,心想,这回免不了要挨惩罚!可婶娘半句也没责备,相反,一把紧紧地搂住我,眼泪唰唰往下淌。这比挨了一顿打还使我难受,我忍不住也哭了……"

1960 年,周恩来接见淮安县委领导刘秉衡,在回忆童年生活的情景时说:"文渠呢,还有水吗?""小时候,我常坐小船,过北水关,到河下去玩。河下那时候可热闹呢!"可见文渠给这位伟人留下的印象是多么的深刻。文渠同淮安的其他名胜古迹一样,是淮安古老文明的象征。

《西游记》作者吴承恩不仅是小说大家,还是治水高手。周恩来祖上懂治水的人也很多,周恩来自己也十分重视治水。周恩来曾说:"解放后 20 年我关心两件事:一个是水利,一个是上天。这是关系人民生命的大事。我虽是外行,也要抓。"

(三)周恩来左手紧搭"齐天大圣"的腰部,怀抱"小罗猴"合影留念

1957 年 12 月中旬的一天,浙江绍剧团接到上级通知,要剧团赴上海进行招待演出。剧团到上海后,团里通知所有演员不要随意外出。大家感到这次演出十有八九是招待中央领导的。高兴之余,南猴王六龄童不免有些担心,二儿子小六龄童才 8 岁,似懂非懂,要紧关头不知听不听使唤。尽管他已跟父亲演了 5 个年头,在《大闹天宫》中扮演罗猴也挺机灵,然而毕竟年幼无知,倘若出了洋相,岂不误事?谁知当六龄童把这种担忧告诉儿子时,小家伙竟然眨着小眼睛要父亲放心,表示一定做只"乖小猴"。12月14日晚,演出准备就绪,六龄童按照自己平时的习惯,在登台前5分钟才开始描金粉。正在这时,有人跑到六龄童身边告诉他:周总理来了。这下,六龄童显得紧张了,描金粉的手总是微微地颤抖,几次都勾不准眼眶,只能比平日勾得粗一点。

演出开始了。头场是陈鹤皋扮演的李天王率先登台,其后是七龄童扮演的杨戬,陆长胜扮演的太上老君,筱昌顺扮演的太白星君,小七龄童扮演的哪吒,小六龄童扮演的罗猴……

戏演得十分顺畅,戏幕重新拉开,台上台下掌声一片。此时,早有两人抬着只大花篮送到演员面前,随后是周恩来陪同外宾走上舞台。周恩来伸过手来,一下子将六龄童的手握住,六龄童赶忙用左手将周恩来的手抚住,周恩来又用左手覆上六龄童的手背。一种难以抑制的激动使六龄童的眼睛变得模糊了。周恩来说:"我是绍兴人,看绍剧可还是第一次。你们演得很好,外宾看了很满意。"接着,他还问六龄童的名字、岁数,六龄童一一作了回答。周恩来夸奖六龄童的武功不错。六龄童说:"这是总理对我的鼓励。"接着,周恩来又问到绍剧的曲调,六龄童告诉他主要是"二凡"和"三五七"两种。周恩来点了点头,回身把六龄童的儿子小六龄童抱住,然后将他擎起,悬空举着。看周恩来十分高兴的样子,一定是感到这小孩在戏中扮演天真无邪的罗猴时太逗人喜爱了。周恩来用手拍着孩子问:"你几岁了?"小六龄童答道:"8岁了!"周恩来十分满意地对六龄童说:"文艺事业需要接班人,你要把后一代带出来,多培养几个小六龄童呀!"说着,他放下孩子,与所有演员握手。随后,周恩来又招呼六龄童和小六龄童过去,他右手抱起孩子,左手紧搭六龄童的腰部,让记者拍照留影。临走时,周恩来又对演员们说:"这次来观看你们的演出,是陈毅副总理推荐的。欢迎你们到北京来,向毛主席作汇报演出。"后来,毛泽东观看了这出戏,诗兴大发,写下了著名诗篇《七律·和郭沫若同志》。

第二节　文化名人与西游记

　　有人说,胡适、鲁迅、郑振铎,简直是西游记研究的"三座大山",如无新材料,后来者可挖掘的实在不多。当然,他们的观点不是不可商榷,但是,站在巨人的肩上,还能有什么话说? 这话说说的的确有道理。本节主要参照辽海出版社《大师解读中华文化经典丛书》(张国星编)中的资料。

一、中国现代史最著名的学者——胡适考证《西游记》

　　胡适(1891—1962),因提倡文学革命而成为新文化运动的领袖之一,曾担任国立北京大学校长等职,是中国现代史最著名的学者之一。胡适兴趣广泛,著述丰富,在文学、哲学、史学、考据学、教育学、伦理学、红学等诸多领域都有深入的研究。

　　胡适考证《西游记》的作品主要有:一是《西游记》考证,附《读〈西游记考证〉》;二是读吴承恩《射阳文存》;三是跋《四游记》本的《西游记传》;四是《西游记》的沙和尚的来历;五是《西游记》的第八十一难;六是跋《销释真空宝卷》。

　　胡适数度作《西游记》考证,除了与鲁迅书信往来,相互切磋,共同考定《西游记》

图 4-4　汉唐、刘波、孙丽娜主编《鲁迅胡适等解读西游记》,辽海出版社 2010 年版

的作者,并对作品中的主要人物来源与演化、八十一难的历史依据以及其中的文化象征内涵作了全面的考评。其中,学术界一般将胡适的《〈西游记〉考证》一文作为现代《西游记》研究的开端。该文写于 1923 年,胡适写道:"当时

搜集材料的时间甚少,故对于考证的方面很不能满足自己的期望。这一年之中,承许多朋友的帮助,添了一些材料;病中多闲暇,遂整理成一篇考证,先在《读书杂志》第六期上发表。当时又为篇幅所限,不能不删节去一部分。这回《西游记》再版付印,我又把前做的《西游记序》和《考证》合并起来,成为这一篇。"①这是胡适作《〈西游记〉考证》的导言部分。

1. 关于《西游记》的主题。胡适与鲁迅基本持相同意见,提出了《西游记》主题为"游戏说"。胡适认为"《西游记》被这三四百年来的无数道士和尚秀才弄坏了。道士说,这部书是一部金丹妙诀。和尚说,这部书是禅门心法。秀才说,这部书是一部正心诚意的理学书。这些解说都是《西游记》的大敌。现在我们把那些什么悟一子和什么悟元子等等的'真诠'、'原旨'一概删去了,还他一个本来面目"②。胡适还说"这几百年来读《西游记》的人都太聪明了,都不肯领略那极浅极明白的滑稽意味和玩世精神,都要妄想透过纸背去寻那'微言大义',遂把一部《西游记》罩上了儒释道三教的袍子。因此,我不能不用我的旧眼光,指出《西游记》有了几百年逐渐演化的历史;指出这部书起于民间的传说和神话,并无'微言大义'可说;指出现在的《西游记》小说的作者是一位'放浪诗酒,复善谐虐'的大文豪做的,我们看他的诗,晓得他的确有'斩鬼'的清兴,而决无'金丹'的道心;指出这部《西游记》至多不过是一部很有趣味的滑稽小说,神话小说;他并没有什么微妙的意思,他至多不过有一点爱骂人的玩世主义。这点玩世主义也是很明白的;他并不隐藏,我们也不用深求"③。这是胡适对《西游记》主题的基本认识。后世一部分学者对胡适的这一提法提出了不同的看法,他们认为,胡适的初衷是反对游离于文学之外的各种诠释,这对我们认识《西游记》的主题无疑具有重大的意义,但"游戏说"的提出,也导致人们对《西游记》主题、风格及形象特征认识的单一化。

2. 关于《西游记》的创作经过,胡适认为它是一部世代累积型文学巨著。也就是认为中国古代小说有一部分是由世代累积而发展起来的。胡适通过

---

① 张国星:《鲁迅胡适等解读〈西游记〉》,辽海出版社 2010 年版,第 25 页。
② 张国星:《鲁迅胡适等解读〈西游记〉》,辽海出版社 2010 年版,第 53 页。
③ 张国星:《鲁迅胡适等解读〈西游记〉》,辽海出版社 2010 年版,第 53 页。

对有关《西游记》的一些文学作品的比对,如玄奘弟子作的《大唐西域记》、《大唐大慈恩寺三藏法师传》,宋代的《太平广记》、《大唐三藏取经诗话》,发现它们之间具有传承关系,包括元人吴昌龄杂剧《唐三藏西天取经》等作品,已经与百回本《西游记》接近了。特别是,胡适通过对当时各种相关小说及其他文艺形式的分析,发现玄奘西游故事出现了神化现象。胡适认为,玄奘取经故事的本身,是"中国佛教史上一件极伟大的故事;所以这个故事的传播,和一切大故事的传播一样,渐渐地把详细节目都丢开了,都'神话化'过了。况且玄奘本是一个伟大的宗教家。他的游记里有许多事实,如沙漠幻景及鬼火之类,虽然都可有理性的解释,在他自己和别的信徒的眼里自然都是'灵异',都是'神迹'。后来佛教与民间随时逐渐加添一点树叶,用奇异动人的神话来代换平常的事实,这个取经的大故事,不久就完全神话化了"①。于是,他得出结论:"《西游记》小说——同《水浒》、《三国》一样——也有了五六百年的演化的历史"②,它是一部典型的世代累积型之作,而非文人独立创作。

3. 关于《西游记》的作者。《西游记》的作者是谁? 数百年来一直是一个历史悬案。胡适20年代初作《西游记序》时"还不知道《西游记》的作者是谁,只能说:'《西游记》小说之作必在明朝中叶之后','是明朝中叶之后一位无名的小说家做的'"③。后经广泛收罗史料,深入考证,并与鲁迅商讨,胡适得出结论:邱处机的《西游记》不是百回本《西游记》小说。小说"《西游记》不是元朝的长春真人邱处机作的","小说《西游记》与邱处机《西游记》完全无关",邱处机的《西游记》"乃是一部地理学上的重要材料,并非小说"。④ 随后,胡适与鲁迅根据他们所掌握的多方面的资料认定《西游记》作者为淮安吴承恩。从此以后再出版的古典文学名著《西游记》,其作者皆署名吴承恩著。当然后世学者对此也还持有不同意见,此是后话。

4. 关于《西游记》的版本研究。胡适最先对《西游记》的版本流变作出了

---

① 汉唐等主编:《鲁迅胡适等解读〈西游记〉》,辽海出版社2010年版,第29页。
② 汉唐等主编:《鲁迅胡适等解读〈西游记〉》,辽海出版社2010年版,第35页。
③ 本段摘自汉唐等主编《鲁迅胡适等解读〈西游记〉》,辽海出版社2010年版,第42页。
④ 汉唐等主编:《鲁迅胡适等解读〈西游记〉》,辽海出版社2010年版,第25—26页。

初步的梳理。然而囿于客观条件，当时所见版本有限，他所作的梳理确实还是初步的。而且胡适与鲁迅两人意见经常不合，甚至完全相左。这种分歧主要表现在对吴承恩百回本《西游记》与杨致和四十一回本《西游记传》的关系的认知上，鲁迅认为杨本在先，胡适则完全相反，认为吴本在先。由于看法对立，他们之间的诘难也相当尖锐。然而透过两位新文学大师围绕着《西游记》研究的激烈交锋，我们也可以从中看到他们认真严肃的学术风范。

　　5. 关于《西游记》结尾的改写。胡适曾经说："十年前我曾对鲁迅先生说起《西游记》的第八十一难（九十九回），未免太寒伧了，应该大大的改作，才衬得住一部大书。我虽有此心，终无此闲暇，所以十年过去了，这件改作《西游记》的事终未实现。前几天，偶然高兴，写了这一篇，把《西游记》的第八十一难，完全改作过了……中间足足改换了六千多字。"①胡适改写的《西游记》第九十九回是"观音点簿添一难　唐僧割肉度群魔"，发表在 1934 年 7 月的《学文月刊》上。从标题中我们就可以看出，胡适改写的《西游记》主要事件是唐僧舍去自我，割自己的肉度妖魔鬼怪的故事，其目的还是呼应《西游记》中唐僧西天取经初衷。也有一些后世学者对此提出不同看法，这显然是仁者见仁、智者见智。

二、中国新文化的奠基人——鲁迅解读《西游记》

　　鲁迅（1881—1936），是中国现代伟大的文学家，新文学运动的奠基人。鲁迅一生，著作等深，其中《狂人日记》、《孔乙己》、《药》等奠定了新文学的基础；《阿 Q 正传》的发表，为新文学史树立了一面丰碑，对中国乃至世界作家产生了巨大影响；《热风》、《二心集》、《而已集》等杂文，精悍犀利，独树一帜，开创了中国现代文学的新领域。他卓越的文学成就，不仅丰富了中华民族的新文化艺术宝库，而且是对世界文学的巨大贡献。鲁迅先生是五四运动中的一代骁将，中国新文化的奠基人之一。毛泽东给予他很高的评价，指出：鲁迅的

---

　　①　摘自汉唐等主编《鲁迅胡适等解读〈西游记〉》，辽海出版社 2010 年版，第 67 页。

方向,就是中国新文化的方向。

鲁迅解读《西游记》的作品主要有:一是《中国小说的历史的变迁》(节选);二是《中国小说史略》(节选);三是关于《唐三藏取经诗话》的版本;四是西游记(节选自《小说旧闻钞》);五是西游补(节选自《小说旧闻钞》)。

鲁迅先生20世纪20年代初作的《中国小说史略》是中国小说史的一部开山著作,也是一部奠基著作。它以丰富翔实的资料、严谨精辟的论断,深受学术界的推崇。鲁迅先生在《中国小说史略》中,梳理、总结了神魔小说的历史,精辟地论述了《西游记》"使神魔皆有人情,精魅亦通世故"的艺术特点和美学价值,并搜罗明清两代史料,根据前辈学者提供的线索,论定《西游记》的作者为吴承恩,从而为现代《西游记》研究奠定了基础,指引了方向。

关于《西游记》的主题。鲁迅认为《西游记》是神魔小说,实际上是对现实世界的反映。"神魔皆有人情,精魅亦通世故"是鲁迅对《西游记》评价的神来之笔,亦即妖魔鬼怪乃至神仙都逃不掉欲望的纠缠,神魔世界里脱不了人情世故的影子。鲁迅说:"因为《西游记》上所讲的都是妖怪,我们看了,但觉好玩,正所谓忘怀得失,独存赏鉴。"[1]"至于说到这本书的宗旨,则有人说是劝学;有人说是谈禅;有人说是讲道;议论很纷纭。但据我看来,实不过出于作者之游戏,只因为他受了三教同源的影响,所以释迦、老君、观音、真性、元神之类,无所不有,使无论什么教徒,皆可随宜附会而已。如果我们一定要问它的大旨,则我觉得明人谢肇淛所说的'《西游记》……以猿为心之神,以猪为意之驰,其始之放纵,上天下地,莫能禁制,而归于紧箍一咒,能使心猿驯伏,至死靡他,盖亦求放心之喻'。这几句话已经很足以说明问题的实质了。"[2]

关于《西游记》的作者。鲁迅曾在《中国小说的历史的变迁》中说:"《西游记》,世人多以为是元朝的道士邱长春做的,其实不然。邱长春自己另有《西游记》三卷,是纪行,今尚存《道藏》中;惟因书名一样,人们遂以为是一种。加以清初刻《西游记》小说者,又取虞集所作的《长春真人西游记序》冠其首,人

---

① 摘自汉唐等主编《鲁迅胡适等解读〈西游记〉》,辽海出版社2010年版,第2页。
② 摘自汉唐等主编《鲁迅胡适等解读〈西游记〉》,辽海出版社2010年版,第2页。

更信这《西游记》是邱长春所做的了——实则做这《西游记》者,乃是江苏山阳人吴承恩。此见于明时所修的《淮安府志》;但到清代修志却又把这记载删去了。《西游记》现在所见的,是一百回,先叙孙悟空成道,次叙唐僧取经的由来,后经八十一难,终于回到东土。这部小说,也不是吴承恩所创作,因为《大唐三藏法师取经诗话》——在前边已经提及过——已说过猴行者,深河神,及诸异境。元朝的杂剧也有用唐三藏西天取经做材料的著作。此外明时也别有一种简短的《西游记传》——由此可知玄奘西天取经一事,自唐末以至宋元已渐渐演成神异故事,且多作成简单的小说,而至明吴承恩,便将它们汇集起来,以成大部的《西游记》。"①进一步完整、真实地指出了吴承恩改编《西游记》的实际。

三、中国现代著名的作家、文学史家——郑振铎研究《西游记》

郑振铎(1898—1958),我国现代杰出的爱国主义者和社会活动家,又是著名作家、文学评论家、文学史家、翻译家和艺术史家,也是国内外闻名的收藏家。一生中著有三十多部作品。

五四初期,胡适、鲁迅等新文化大师对现代《西游记》的研究作出了巨大的贡献。不过,当时文献资料相对较少,因此研究工作很难深入。有鉴于此,后起之秀郑振铎等学者致力于收集史料,检索文献,收获颇丰。有关《西游记》史料尤有斩获。当然,记录、评介《西游记》新史料的文章当推他的《西游记的演化》,这篇文章为现代《西游记》研究作出了划时代的贡献。

1.《西游记》研究资料新证据的发现。郑振铎在《西游记的演化》一文中说到,原来不知有吴承恩著的原本,却在一年之间,连续发现了好几部《西游记》的著作,使他眼界大开。当时知道日本村口书店有明版二种《西游记》的消息,因为要价过高无缘购买。后来听说北平图书馆购得了,连忙坐了公共汽车进城,获睹了数年来念念不忘的两部书。

---

①　摘自汉唐等主编《鲁迅胡适等解读〈西游记〉》,辽海出版社 2010 年版,第 1 页。

2. 吴承恩的《西游记》的地位。郑振铎说："《西游记》之能成为今本的式样，吴氏确是一位'造物主'。他的地位，实远在罗贯中、冯梦龙之上。吴氏以他的思想与灵魂，贯串到整部的《西游记》之中。而他的技术，又是那么纯熟、高超；他的风度又是那么幽默可喜。我们于孙行者、猪八戒乃至群魔的言谈、行动里，可找出多少的明代士大夫的见解与风度来。"

3. 陈光蕊故事的插入。郑振铎说，陈光蕊故事的插入，当始于朱鼎臣本西游传，他似乎感到吴本在这方面的交代不详细，于是就加进了陈光蕊的故事。而吴承恩的原本，乃至永乐大典的"古本"，都无此故事。及至后来西游证道书等刊本中的陈光蕊故事却无疑是从朱本沿袭的。

4. 《西游记》故事如何集合的。郑振铎认为，《西游记》的每一节皆可独立。《西游记》的三大部分，本来都是独立存在的：第一，孙行者闹天宫；第二，唐太宗放冥记；第三，唐三藏西游记。他认为，孙行者闹天宫的一部分，为西游记中最活跃、最动人的热闹节目，但其来历却最不分明，也最为复杂。第二部分所叙的唐太宗入冥的故事，其来历也是极早的。在敦煌发现的写本中，其所叙内容和西游记相差不了多少。第三部分是西游记的主干，篇幅最长、内容最繁杂。所谓八十一难，实际上只有 41 个故事。这 41 个故事便构成了五色迷人的一部西行历险图。其中亦有情节相雷同的，但大体上都有变化，都很生动、很有趣，亦且富于诙谐。

四、中国当代文学大家——钱钟书喜欢《西游记》

姜炳炎先生在《沈阳日报》发表回忆当代文学大家钱钟书的文章。文章中提到，钱钟书对《西游记》这部书，不知看过多少遍，内容读得烂熟，任人从《西游记》中随便抽出一段来考他，都能不假思索、流畅无碍地背出来。

钱钟书自小就爱看书，常跟伯父上茶馆喝茶。伯父花一个铜板给他买一个大酥饼吃，又花两个铜板向小书铺子或书摊租一本小说给他看。因而钱钟书还未上小学前，就开始囫囵吞枣地阅读《西游记》等小说。他时不时地将《西游记》里的"呆子"猪八戒读成"岂子"。

20 世纪 50 年代,钱钟书被调到中共中央毛泽东选集英译委员会参加翻译毛选。一次,在翻译中,钱钟书发现《毛选》中有段文字说孙悟空钻进庞然大物牛魔王肚里去了,觉得不对。他坚持说"孙猴儿从来未钻入牛魔王腹中"。这一问题反映到胡乔木那里,胡乔木从全国各地调来各种版本的《西游记》查看。钱钟书说的果然没有错:孙猴儿是变成小虫,被铁扇公主吞进肚里的。因而后来出版的《毛泽东选集》中这段文字改为:"若说:何以对付敌人的庞大机构呢? 那就有孙行者对付铁扇公主为例。铁扇公主虽然是一个厉害的妖精,孙行者却化为一个小虫钻进铁扇公主的心脏里去把她战败了。"通过这件事,钱钟书的博学和较真给大家留下了深刻的印象。

20 世纪 80 年代,电视连续剧《西游记》热播。钱钟书爱看电视剧《西游记》,但与众不同,他边看、边学、边比画,口中念念有词,时而悟空,时而八戒,"老孙来也","猴哥救我",一边手舞足蹈,乐此不疲。同时,他仍嫌不过瘾,又歪歪斜斜模仿小学生字体和语气,写了好几篇短评,起了个化名装入信封,扔进邮筒里。上海《新民晚报》的编辑收到信一看:"这是哪里的小孩写的,怎么连个地址都没有,稿费寄给谁?"再仔细看,文章写的真好,立马编排发稿。

第五章 西游文化遍神州
——当代传播《西游记》文化的

在当今社会各类文化的传播过程中,我国经典文学的传播一直受到社会各界的广泛关注。尤其是古典文学名著本身具有强大的生命力,赋予它的传播过程、传播方式与传播手段以强大的活力。其中,古典文学名著《西游记》通过不同的传播方式与手段,不仅丰富了大众的文化生活,也在同各种不同文化形态传播的融合与竞争中,从古典文学名著《西游记》生成了《西游记》文化现象。这表明,从当代来看,西游记文化的传播不仅表明其自身具有顽强的生命力,也表明它具有有效的传播方式与传播手段,以及坚实的传播载体。

第一节 《西游记》文化的传播

在信息社会,视觉文化传播正在广泛而深刻地影响着当代社会,日益成为当代文化传播中的主导性力量。作为视觉文化传播重要内容的《西游记》文化也以多种形式呈现在观众面前,包括小说、戏曲、民间故事、电影、电视等多种传播媒介,其中,以名著《西游记》为题材改编的影视剧异彩纷呈,让我们得以欣赏《西游记》各类改编作品的社会传播。

图 5-1　敦煌石窟中的唐僧取经壁画

一、传统影视《西游记》的社会影响

进入 20 世纪 80 年代以后,一度形成了对古典文学名著的改编,各类名目繁多的传统影视剧频频进入人们的眼帘,而其中收视率最高、持续影响最长的首选 1986 年中央电视台推出的电视剧《西游记》。

（一）至今仍被人们津津乐道的央视 86 版《西游记》

1. 央视 86 版《西游记》的主要影响

中央电视台 1986 年推出了 25 集电视连续剧《西游记》(简称央视 86 版《西游记》),然后到 2000 年,央视又推出了 16 集电视连续剧《西游记》续集。这两个版本的电视剧《西游记》都是由著名编导杨洁导演的。虽说版本不少,但真正流传至今仍口碑相传,还是六小龄童主演的 1986 年央视版《西游记》,这部电视剧多次在央视及地方电视台热播。综合媒体上各种评价,概括最多的是"四个最"。

第一，最忠实于原著的影视作品。中央电视台改编古典文学名著，一向是以"忠实于原著"为最高标准之一，86版《西游记》就是典型的代表。孙悟空的扮演者六小龄童，不仅出身于"美猴王世家"，而且身手敏捷，眼神锐利，猴相十足，是公认最接近吴承恩原著的"美猴王"。再拿唐僧来说，虽然前后共由三位演员出演过该角色，分别是汪粤、徐少华和迟重瑞，但他们仍然保持了与原著风格上的一致。总而言之，与其他影视剧改编版本的《西游记》比较，86版《西游记》是最忠实于原著的影视作品。

第二，最受电视媒介青睐。中央电视台开拍电视剧《西游记》，是在1982年，1988年春节播出，6年时间，一个庞大的摄制组，制成电视剧25集，在今天看来，是难以想象的慢动作，但这也反映出中央电视台拍摄此片的指导思想：不计成本、不计时间、精心打造。难怪乎该剧播出后轰动全国，至今仍是寒暑假被各级电视台重播最多的经典之作。

第三，最难超越的童年记忆。这部《西游记》，可以视为普及版，导演杨洁把《西游记》里大量的佛经偈语、晦涩的对白全部删除，只给观众最清楚的故事情节。不少场景还拉到了名山大川拍摄，美不胜收。所以，它可以说是老幼咸宜，特别是得到广大青少年的追捧。许多人评论说，这部电视剧虽然是1986年拍摄，但现在来看，仍然不失其光彩夺目。它年年播，年年放，仍然有一代一代的粉丝为其着迷。有的观众说，86版《西游记》是无法超越的童年记忆。

第四，最符合中国人心目中对神话人物的印象。六小龄童初演孙悟空的时候，23岁。他戏曲底子好，身手敏捷，眼神锐利，猴相十足。以当年的欣赏习惯，普通观众已经不可能在他的表演中挑剔到什么缺点，部分理论家也只是提出演孙悟空应该是"猴子在竭力模仿人"，而不是"人在竭力模仿猴子"这个令人搔头的问题。由于出色的表演才能，六小龄童曾被评为中国第六届"金鹰奖"最佳男主角奖及第一届（新时期十年1978年至1987年）"中国电影电视十大明星"奖，同时，以123万多张的选票当选为"中国第二届电视十大明星"首席。主题歌《敢问路在何方》风靡一时，至今仍是四十多岁男性卡拉OK的高点唱率歌曲。

2. 央视 86 版《西游记》捧红的电影明星

86 版《西游记》一经播出,轰动全国,老少皆宜,获得了社会各界的极高评价,造就了 89.4% 的收视率神话,观众依然百看不厌,成为一部公认的无法超越的经典。该剧捧红了六小龄童、迟重瑞、徐少华、汪粤、马德华、闫怀礼等众多主演,同时剧中的仙人、凡人、妖怪也一并走红。

美猴王扮演者六小龄童。六小龄童所扮演的孙悟空形象,曾影响了一代人甚至几代人对《西游记》的认知和记忆,这个评价一点也不为过。这是北京电视台文艺频道 2013 年 4 月 16 日播出的节目《猴戏大师——六小龄童》中的评价。该节目谈到六小龄童将孙悟空这个经典形象演绎得活灵活现。但是"美猴王"的名字章金莱却鲜为人知。翻开章家的历史,从曾祖父"活猴章"(章廷椿)到祖父"赛活猴"(章益生),再到其父"南猴王"(章宗义),"章氏猴戏"在中国已唱响百年、延续四代,是国内外公认的"猴王世家"。但谁又能想到,在扮演美猴王这个角色之前,六小龄童曾是一个非常内向的人,与孙悟空猴急的性格截然不同。自幼生长在猴王世家的六小龄童,是家中的幼子,是在父母宠爱中长大的孩子,却因二哥的突然病逝而被迫继承了父亲的事业踏上从艺之路。起初扮演孙悟空时,他是一个近视眼,而孙悟空最大的特点却是"火眼金睛"。自身条件欠缺的他,拍摄期间在剧组养了一只猴子,每日观察它的习性。这是六小龄童一个独特的学习视角,他把猴性融入了自身,因此,一说到猴子,六小龄童便"猴性附体"。他深知如果融不进去,就很难达到一个极致。而六小龄童的极致,来自于他对南派猴戏的继承和发扬。美猴王这个艺术形象曾为六小龄童带来了巨大的荣耀,但同时,这个角色也给他带来了很大的困惑和无奈。他扮演的美猴王太过经典,已经深入了观众的"骨髓"。也正因为如此,他总是在这个角色当中跳不出来。当然,在《西游记》之后,六小龄童也曾扮演过很多艺术形象。在《吴承恩与西游记》中他饰演过吴承恩;在《欢天喜地七仙女》中他饰演过太上老君;在《1939 恩来回故里》中他更饰演过周恩来,等等。这些角色六小龄童都付出了相当大的努力。他觉得心有多大,舞台就有多大。而生活中,六小龄童也在孙悟空身上学到了一种公正、公平的精神,遇到了看不惯的事情他也会仗义执言。电视剧《西游记》让六小龄童不仅收获了事业上的成功,还收获了爱情,他与妻子于虹相识相爱在西游剧组。六小龄童人生中有着三件大事,一是演《西游记》;二是演吴承恩;三是演绎电影版《西游记》,这也是他最大的愿望。

　　唐僧扮演者迟重瑞。搜狗百科词条[迟重瑞]中是这样介绍他的:1952 年 12 月迟重瑞出生于北京的一个五代京剧世家,从小深受京剧艺术的熏陶,耳濡目染,很自然地走上了演艺之路。但迟重瑞走了一条曲折的艺术之路:先是在黑龙江建设兵团务农,然后到云南当文艺兵,退伍后他才考入中国广播艺术团,两年后被送到上海戏剧学院上大学,成为"文革"后的第一批大学生。毕业后,迟重瑞来到中国电视剧制作中心,成为一名职业演员,他先后拍摄了一大批影视作品,包括《金色的晚秋》中的杜明光、《笔中情》中的二公子桓述、《这不是误会》中的水产组长孙水康、《夜幕下的哈尔滨》中的塞上肖等角色,特别是与著名演员李媛媛合作主演了江西省的第一部电视剧——《豆蔻花开》,他自然朴实的表演赢得了观众的好评,也给观众留下了深刻的印象。但是,一次偶然,让他再次收获成功,与《西游记》导演杨洁的擦肩而过,让他与唐僧结缘,成功地塑造了《西游记》中唐僧这个角色,成为最后"取到真经"的一位唐僧。1984 年的一天,迟重瑞拍完《夜幕下的哈尔滨》,回剧团去领工资,在昏暗的楼道里,他差点儿撞上迎面而来的一个陌生人,这个人就是《西游记》的导演杨洁。当时《西游记》刚刚拍了一半,原来唐僧的扮演者徐少华因故不得不离开剧组,没有了"师傅"整个剧组处于停机状态,导演杨洁正为此急得茶饭不思,就在这时她遇见了迟重瑞。"不得不说这就是佛缘,就在楼道里擦肩而过的那一刹那,杨洁就认定我是唐僧的最佳人选。在我们见面后的一个星期,我就穿上了袈裟,骑上了白龙马。"1988 年,《西游记》在全国首播,迟重瑞饰演的唐僧得到了广大观众的一致认可,师徒四人一时间成为最受欢迎的明星,所到之处,备受关注。然而就在这时,迟重瑞却选择了离开,退出演艺圈,开始了全新的生活。目前,迟重瑞有一系列闪亮的头衔,国家一级演员,中国电视剧艺术家协会会员,澳门歌演艺联会顾问,北京海外联谊会理事,北京侨资企业协会理事,中国紫檀博物馆副馆长,香港富华家具企业有限公司董事兼总经理。

　　猪八戒扮演者马德华,出生于山东省武城县,从小热爱中国的武术和京剧艺术,14岁便投身梨园,曾在北方昆曲剧院当演员,后来考入中国京剧院。1982年,37岁的他加入《西游记》剧组,历经六年,成功地演绎了猪八戒这个角色,他塑造的贪吃、好色、懒惰又胆小愚笨的猪八戒形象给观众留下了深刻的印象。为此,《北京青年周刊》记者史丽于2007年11月专门采访了马德华先生,详细描绘了马德华扮演猪八戒这个角色前后的经历与感受。假设,如果《西游记》里面西天取经的师徒四人中缺少了那个肥头大耳、好吃懒做的猪八戒,那将会是多么大的遗憾!然而也正是因为猪八戒这个角色,成为他艺术道路上的一道屏障,从此很难再有突破。因此,马德华在谈到猪八戒的时候,发出了"成也八戒,败也八戒"的感叹!谈起这部电视剧,马德华非常兴奋,他笑着说:我早就想让猪八戒单独见一下吴承恩,要问问他,为什么这么偏心,把猪八戒写成这样:不像孙悟空那么高大,不像沙僧那么兢兢业业,也不像唐僧那么锲而不舍,又贪吃,又好色,又懒惰,又胆小愚笨,几乎所有的缺点都集中在他身上。当然这么说不过是一种调侃,实际上我觉得猪八戒在吴承恩的笔下是很生动的,正因为他有那些缺点才使猪八戒这个人更大众化,更接近老百姓,所以他是大众的代表。马德华说:拍完《西游记》,我得到一个感悟——人要快乐。在遇到各种各样难以逾越的困难的时候,怎么办呢?一个信念——没有过不去的火焰山,痛苦并快乐着看待一切事情,生活就会非常充实,非常快乐,这是我从猪八戒身上取得的真经。马德华说:接下来如果可以的话我还会参加电影《西游记》的拍摄。我一直有一个想法,想搞《猪八戒外传》,猪八戒最接近普通人,普通人身上的缺点在他身上都有体现。我很早就想搞,因为种种原因最后没有搞成。但如果有机会的话我还会去演。了解马德华的人还知道,实际上他在《西游记》中不仅只表演猪八戒一个角色,还有许多角色也是他扮演的,如《祸起观音院》中扮演和尚;《猴王初问世》客串一路人甲;《四探无底洞》变做个僧人;《夺宝莲花洞》扮演山神;《扫塔辨奇冤》中扮演外国使节;《官封弼马温》里的监丞;《困囚五行山》里客串一天兵天将并扮演大臣等。此外,2006年还主演了电视剧《老人的故事》,2007年在传奇神话立体电视剧《吴承恩与西游记》中再次扮演经典猪八戒,2008年在电视剧《京东三枝花》中与倪虹洁扮演夫妻。

沙僧扮演者闫怀礼。1936年生,河北省丰南县人,国家一级演员,中国表演艺术家,因出演《西游记》中沙僧的角色而被广大观众熟悉。1958年考入北京人民艺术剧院,自此走上艺术生涯。闫怀礼20世纪60年代在话剧《年轻的一代》中扮演肖继业,并在《智取威虎山》、《红岩》、《渔人之家》中扮演重要角色。1982年步入电视剧舞台。20世纪80年代,在电视剧《西游记》中饰沙僧等角色。当然,他在《西游记》中不只是饰演沙僧一角,还扮演了多个其他角色,包括太上老君、牛魔王、千里眼、西海龙王;客串过和尚、老者、卷帘大将、监丞等。1991年,在电视剧《三国演义》中饰程普。1993年,在电影《倚天屠龙记》中饰谢逊。1996年,在电视剧《东周列国》中饰郑文公、齐庄公。2000年,在电视剧《铁齿铜牙纪晓岚》中饰陈辉祖。2009年4月12日上午因肺部感染在北京去世,享年73岁。闫怀礼生前在人艺的同事兼好友、《西游记》中黎山老母的扮演者孙凤琴曾说,大闫为人认真,严肃,任劳任怨。当时杨洁导演看大闫长得高高大大的,又是一副慈厚的样子,就让他演沙和尚。其实他自己对朋友那种忠诚和仁义,跟沙僧也是一模一样的。

3. 央视86版《西游记》仙女妖精们的今昔对比

仙女、妖精们成为人们茶余饭后的谈资,他们的人生历程也是大家津津有味的话题。这些仙女、妖精们在电视剧《西游记》中富有人性,甚至于有人觉得非常可爱。据网易娱乐2014年5月25日报道,一组86版《西游记》仙女妖精们的今昔对比在网络热传。

"观音菩萨"左大玢。左大玢是湖南第一个获得梅花奖的戏曲表演家。54岁那年,她又获得了戏剧界由专家评选、政府授予的最高级别奖——文华表演奖,这让她的梨园生涯充满了"传奇"。

"仙鹤"张京棣。张京棣是我国著名的舞蹈家,在芭蕾舞剧《红色娘子军》中扮演吴清华,在古典舞剧《丝路花语》中扮演英娘。在中央戏剧学院主讲"模特表演技巧"、"形体表演理论"等课程。1985年张京棣从甘肃来到北京,在中央戏剧学院表演系担任形体教师。1987年在春节联欢晚会表演《唐舞》,1990

年,她发起成立了"中国古代舞蹈服饰研究会",从此致力于中国古典舞蹈的表演、创作与研究,在第二届全国舞蹈大赛中,以《唐舞》参赛并获奖,此后又编排了《敦煌带舞》、《宋舞》、《明舞》、《盼归》等作品。她在《西游记》里扮演的是天宫里的仙鹤,与广寒宫里的嫦娥一起为玉帝、王母和各路神仙们在蟠桃会上歌舞助兴。虽然她的出场只有短短的几分钟时间,却让许多观众永远记住了她的外貌和名字。

　　"嫦娥"邱佩宁。北京人,演员。原北京军区战友文工团演员。曾任职于中央人民广播电台国际部。1983 年任央视版《红楼梦》场记;1986 年在央视《西游记》中扮演嫦娥;因出演 1986 年央视版《西游记》嫦娥一角而为西游记迷们所熟悉。网友们评价说:86 版《西游记》中邱佩宁扮演的嫦娥无论是扮相还是气质,都像极了神话传说中不食人间烟火的仙女。她表演得超凡脱俗,冷若冰霜,不食人间烟火,达到了演员角色的完美合一。

　　"高翠兰"魏慧丽。高翠兰的扮演者魏慧丽出生于 1955 年,山东省京剧院主要演员,国家一级演员。工京剧荀派花旦表演,启蒙老师为孟丽君,先后师从俞砚霞、尚长林、李玉茹等诸多名家。除了《西游记》中饰演猪八戒的老婆"高翠兰"外,她还在系列水浒人物电视剧《水浒》中饰演"阎婆惜",《三国演义》"宛城之战"中饰演"邹氏",电视剧《芳草天涯》中饰演"王朝云",电视剧《三言二拍》中饰演"白玉娘"。她虽涉足影视,但仍立足京剧表演艺术的追求探索。戏曲的古典风韵为其影视艺术输入了娟雅的内质,而影视自然生活的气息又为其舞台表演注入了活泼生机。

　　"白骨精"杨春霞。杨春霞 1955 年考入上海市戏曲学校,初习昆剧旦角,得朱传茗、方传芸传授。1959 年改学京剧,师承言慧珠、杨畹农。20 世纪 70年代,杨春霞的人气一点不亚于"超女"。她在京剧样板戏《杜鹃山》中塑造的党代表——柯湘,红遍大江南北,《家住安源》、《黄连苦胆》、《乱云飞》等经典唱段更是脍炙人口、经久不衰。在那个年代,柯湘的剧照、宣传画挂满了大街小巷,连她那发脚略带弯曲的短发也被人们追捧模仿,"柯湘头"风靡了一个时代。杨春霞后来回忆说,那天导演杨洁在她家门口等了 3 个小时,她原本不想演的,但是这样一来就没有办法推辞了。加上杨导"夸"她有气质,所以她就糊里糊涂地成了白骨夫人。

"女儿国国王"朱琳。朱琳,毕业于中国医学科学院。自幼喜爱艺术,学习过舞蹈,体操,后又就读于电影学院。主演的《凯旋在子夜》荣获第五届《大众电视》"金鹰奖"最佳女主角奖;《远离战争的年代》获第十届亚非拉国际电影节故事片二等奖——银奖。20世纪80年代至90年代,朱琳是影视圈炙手可热的美女明星,而且一直活跃在荧屏上。问及对新版"西游"的看法时,朱琳坦言,一代人有一代人的理解,每代人解读名著都会加入新的理解和现代的元素,现在的西游更娱乐化了。至于好看不好看,还是"观众说了算"。

"铁扇公主"王凤霞。王凤霞生前是吉林京剧院的名角兼中层领导,她平时演的最多的就是京剧《火焰山》,剧中她恰恰就是演铁扇公主的。后来被选中拍《西游记》时,也已经40来岁了。她被认为是迄今为止,无论是戏曲还是影视里铁扇公主最好的扮演者。

"玉兔"李玲玉。李玲玉,生于上海,祖籍江苏扬州。由于声音甜美,外形秀丽脱俗,被观众及传媒冠以"甜歌皇后"、"甜妹子"等称号。1987年,一盘名为《甜、甜、甜》的歌曲磁带火遍中国,销量突破800万盘。由于李玲玉的嗓音成为中国歌坛的新声代,于是被唱片商誉为中国的甜歌皇后。至今,被人们广为传唱的还属《粉红色的回忆》、《天竺少女》、《妈妈的吻》等经典佳作。

86版《西游记》成为童年无法超越的记忆。近些年来,各种改编版《西游记》亮相各大电视台。有观众说,禁不住宣传片的强势轰炸,勉强耐着性子看了所谓的"精彩片花"。可说实话,它怎么也不能影响到86版《西游记》在自己心中的地位。或许,正印证了许多观众说的一句话:"只有86版住在我们的心里,新《西游记》再也挤不进去了。"

4. 导演杨洁《我的30年西游路》

从20世纪80年代走过来的"老小孩子"们,还记得六小龄童、"二师兄"、唐僧他们带给你的欢乐吗?86版《西游记》自1982年开拍至今,已经走过了33个年头。当年风华正茂的导演杨洁女士现在也已经85岁的高龄了。在其首部个人回忆录《敢问路在何方》出版发行时,杨导笑称要打破沉默,为大家独家揭开这段"历尽坎坷"且不为人知的《西游记》拍摄之路,以还原一段真实的历史。2012 年 12 月 3 日的《南方日报》为我们详细地介绍了这方面的情况,以下就是具体的内容。

　　剧组也经历了九九八十一难。当电视里响起蒋大为演唱的"你挑着担,我牵着马,迎来日出送走晚霞……"片头曲时,大城小镇都是"万人空巷"——无论男女老少,全部集中在屋子里看电视,街巷倏然间变得空空荡荡。这就是 86 版《西游记》当年播放时的情况,这种盛极一时的景况,是如今电视剧开播,战战兢兢瞪着那可怜的"收视率"揣测着观众的喜好的导演所无法企及的。可是,为了完成这 25 集的拍摄,整个剧组一共用了 6 年时间——这样的"十年磨一剑的"精神和毅力,也是现在的电视剧导演不会干的"傻事"。唐僧取经途中要历经九九八十一难,而杨洁在她的自传中,用真实客观的文字和 200 多幅珍贵剧照及工作照,首度向公众全面披露了拍摄路上的"八十一难"。为了找到符合剧组要求的场景,杨洁导演带领团队,走遍了全国除西藏、青海、宁夏、湖北、台湾之外的省份,其中多数是尚未完全开发的山川林地,并首次在电视剧中拍摄、使用了张家界美景。因当时大多数地区尚未开发,美景中也常蕴含着危险。拍摄时,主创人员多次遇险,杨洁有次差点从山上跌入悬崖,师徒四人拍摄走过瀑布的场景时也差点滑脚跌落。就连白龙马,也曾多次遭遇跌落沟渠等险情。在拍摄技术和经费都比较匮乏的 20 世纪 80 年代,要拍摄一部魔幻题材的电视剧可谓天方夜谭。《西游记》拍摄到一半,已放映了一部分,得到了观众的热情呼应和追捧,台里却要求杨导停止拍摄,因为——没钱了。要么停拍,要么自己找钱。杨导选择了后者,最终,与铁路十一局达成合作,这才有了 86 版 25 集《西游记》相对完整的呈现。

　　一个时代的荣耀与哀愁。作为一部被反复回味反复提及的电视经典作品,86 版《西游记》创下许多前无古人后无来者的辉煌纪录,堪称一个时代的荣耀:它是 20 世纪 80 年代唯一一部无审查、边拍边播的电视剧。拍了 6 年,播了 6 年;它是拍摄时间最长、拍摄外景最多的一部电视剧。它是全国甚至全世界播放次数最多的电视剧。迄今已播放两千多次,足以申请吉尼斯世界纪录;它是特技最多最土的一部电视剧。剧中所需特效最多,实现特效的办法却最土;它是唯一一部两次获得金鹰奖的电视剧。播放到 11 集的时候获奖一次，全部 25 集播放完毕，又获奖一次……但荣耀的背后，也有很多不为人知的艰辛和困难。在《敢问路在何方》这本书里，杨洁导演本着求真求实的精神，还原了很多历史的真相。相比于剧组拍摄经历的九九八十一难，一些官本位思想的作祟和改革开放初期还在摸索中的文化导向让杨洁吃了很多苦头、委屈。比如当时《西游记》拍摄得好好的，就有人向领导举报剧组到处游山玩水大吃大喝，台里还真派了个调查组常驻剧组，最终纪检的人被剧组艰苦奋斗的精神感动得一塌糊涂；《西游记》拍摄完毕，不能做任何媒体宣传；试播火遍大江南北，却不能在中央台完整播出。相比风霜雪雨，设备简陋，资金短缺，这些让杨洁导演和剧组更是步履维艰。

　　留下最真实的历史记忆。随着《西游记》的经久不衰，各种传闻、花边消息、娱乐报道也甚嚣尘上。人们更多地关注到了西游记的明星光环，或是一些不相关不真实的花边绯闻，而真正的那段拍摄历史却鲜为人知。鉴于此，一直低调的杨洁导演最终决定出版此书，来致敬当年每一个参与《西游记》拍摄的工作人员，也希望作为亲历者，为后人留下这段珍贵的历史记忆。杨洁导演说："关于这部《西游记》，关于这段拍摄的历史，虽然多年来一直有报道，但我所听到看到的还只是真相的冰山一角，太多不相干甚至颠倒是非的八卦甚嚣尘上，虽然无伤大雅，但我觉得，在我终老之前，有必要讲出一切，以告慰所有在这部戏里面辛苦付出的演职人员，也期望能够还原一段更真实的历史。我脾气很直，有一说一，这也许很吃亏，但是面对历史，我只能讲真话！感激观众朋友们多年来对这部戏的厚爱与挂念，这本书更送给你们！"为了忠实于历史，杨洁导演要求当时的出版方不能做任何删节。但这个并不过分的要求却一度遭遇阻力，最终书稿尘封多年，老人也几乎放弃了希望，直到今年，导演的一个朋友无意中在微博提到这本书的事，书稿才得以重见天日。让老人想不到的是，一时前来争抢出版权的竟然有十几家出版社！如今，得偿夙愿的杨导只有一个心愿，不是书怎么怎么大卖，而是希望每个读过这本书的人都能从当年剧组百折不挠的拼搏精神里找到人生前行的力量和勇气。①

（二）香港无线版《西游记》

香港无线版推出了多个版本的《西游记》，包括张卫健和周星驰版、陈浩民版，张卫健和周星驰都是搞笑大师。许多人都很佩服他们，能够带给观众如此多的欢乐。难怪乎，当搞笑大师与美猴王结缘，就会生发出令人意想不到的结果。二位星爷饰演的作品有着各自的特点，当然也少不了以搞笑见长的陈浩民饰演的作品。2012 年 11 月 11 日的《南方都市报》在《细数美猴王》一文中对此作了细致的分析。

（1）周星驰饰演的作品

第一，无厘头的星爷版《西游记》。周星驰是一个著名影星，兼导演、编剧、电影制作人等，尊称星爷，在世界影坛有一定知名度。《大话西游》由《月光宝盒》和《大圣娶亲》两部分组成，讲述了一个跨越时空的爱情故事。《月光宝盒》为上半部。故事缘起是，因为孙悟空伙同牛魔王欲杀害师父唐三藏，并偷走了月光宝盒，观音菩萨要除掉孙悟空（周星驰饰）。唐三藏慈悲为怀，愿自杀以换悟空重生。《大圣娶亲》故事讲述了至尊宝、紫霞仙子、牛魔王以及蜘蛛精、白骨精等人与孙悟空之间发生的故事。但许多观众包括一些学者都认为：周星驰版的《西游记》最忠实于他自己，而决不忠实于原著。他利用角色的知名度，借孙悟空的壳，套用好莱坞科幻电影的手法拍出了一部无厘头加罗曼蒂克的电影。周星驰的电影，从来就是大张旗鼓地"借桥"，古今中外，一概"拿来"，是因为他非常自信可以让借来的东西全部成为容器，装上他独家的酒。

第二，颠覆了《西游记》中的人物形象。周星驰一人分饰孙悟空与至尊宝两角，完全颠覆了孙悟空的形象。《西游记》四百多年前从吴承恩手里脱稿之后，被改编无数次，但从来没有人能想象到石头里蹦出来的孙悟空会懂得儿女情长，但周星驰就让孙悟空刻骨铭心地爱了。周星驰版孙悟空不常以猴脸出现，便于展现他细腻的表演。只有头戴金盔、踏着五色祥云的那一刻，孙悟

---

① 《南方日报》2012 年 12 月 3 日。

空才是战无不胜的原版，其余的时候，他是周星驰电影中的主要表现对象：对生活充满了种种向往、种种欲望，却又因为自己平凡而不得不饱尝无奈的小男人。

第三，商业票房成为剧本改编的重要目标。《月光宝盒》和《大圣娶亲》在香港票房不错，也使得无线萌发了拍摄电视剧《西游记》的念头。周星驰版孙悟空赶上了网络时代，摇身成为情圣，那一段"爱你一万年"的台词，本来不过是孙悟空哄骗女孩子的肉麻情话，在表达的过程中却发现这正是自己最真心的告白。后来，这段台词成为网络的爱情宝典，被网民用 20 种以上的方言重复了无数次。周星驰并凭借《西游记大结局之仙履奇缘》，获第一届"金紫荆奖"最佳男主角奖。

2. 张卫健饰演的作品

第一，"娱乐性"成了压倒一切的追求。张卫健版《西游记》是 1996 年 TVB（香港电视广播有限公司，简称 TVB）拍的，《齐天大圣孙悟空》是 2002 年港台地区与日本合拍的。因为周星驰式的"大话"效果不错，所以张卫健版的《西游记》也对原作改动得非常大胆，"娱乐性"成了压倒一切的追求，除了戏服之外，其他完全不受"古装戏"的约束。作为小说的《西游记》，人物性格单一，而且一以贯之，但 TVB 版《西游记》经过加工一番，却让角色有血有肉起来。"盘丝洞"里的蜘蛛精对孙悟空发出了"空空，我爱你！"的呼唤；师徒四人还在"女儿国"每人生下一个大胖小子，而且婆婆妈妈地比较孩子的可爱得意之处……让人看得目瞪口呆，狂笑不已。尽管遭受到不少学者的激烈批评，但想从电视机里找乐趣的广大观众却热情追看，收视率高得惊人。

第二，爱情可以征服一切。2002 年电视剧《齐天大圣孙悟空》，扮演者张卫健对孙悟空这个角色有着很重的情结，因为他，全球华人观众都认识了张卫健。《齐天大圣孙悟空》不刻意突破，仍然走戏说路线，孙悟空仍然是大众情人，在剧中主要用爱情征服妖魔鬼怪。张卫健曾说"我把我最好的一切都拿出来了"，在剧本之外加入了自己很多创意。

第三，拉近了现实与神话的距离。让观众感受到自己的情感。张卫健重新赢得香港市场之作之前，张卫健的好友吴孟达给了最好的意见，就是"无论演什么角色,要想成功,便得让观众永远猜不到你会怎样演"。张卫健在《西游记》中,把这句话实践得非常出色。张卫健版孙悟空非常俊美,而且展现着张卫健丰富的感情世界。"悟空天生聪明、好身手,无论到哪里,他都胜利,所以他自大。但他原本只是一只小石猴、孤儿仔,所以他自卑。西去取经,千辛万苦,受尽四方欺负与诱惑,其实正是现今世界的真实写照。无论是人是神还是妖,都只是一种性格的代表。唐僧自然是领导者,悟空却是典型的现代人,有自己的性格、思想;而八戒只是一个平庸的小市民,只知道娶老婆生仔,做事不多赚钱多多便最感满足。至于沙和尚,正是那些一生劳作、本本分分但却有些愚笨的人……所谓取经,现实一点看,就是取得成功,理想一点就是包括事业、爱情、精神……"1999 年,无线评选"香港三十年来印象最深刻的男角色",张卫健以孙悟空一角进入前五名。

3. 香港 TVB 推出的陈浩明版《西游记》

香港 TVB20 集电视剧《天地争霸美猴王》。故事主体由三部分构成,即《真假猴王》、《人参果》、《小雷音寺》。主要讲述同为仙石化身的六耳猕猴受奸人陷害,化身巨猴危害人间,累及悟空蒙冤,终得昭雪的故事。以孙悟空为代表的正义一方为使凡间百姓免受灾祸,置个人得失于不顾,千方百计阻止巨猴作乱,终于取得成功。以及讲述心胸狭窄的通臂猿猴妄图夺取西天取经人身份,与孙悟空斗智斗勇的故事。刻画出孙悟空在失败面前从不消沉,愈挫愈勇的性格特征,并最终依靠集体的力量战胜了敌人。在张卫健扮演过孙悟空之后,这次的美猴王由陈浩民接替,江华依旧扮唐僧,黎耀祥扮猪八戒,麦长青扮沙僧。剧中主要讲述六耳猕猴危害人间,唐僧师徒千方百计阻挠六耳猕猴作乱,最终取得成功的故事。与张卫健版的美猴王相比,陈浩民除了展示孙悟空机敏灵活和忠贞不渝外,还赋予这个形象许多独特的搞笑元素,在人物个性和动作语言的发挥上都有了全新的演绎。

《云海翻腾孙悟空》作为《齐天大圣孙悟空》的续集,由曾经演哪吒的陈浩民接棒演绎孙悟空,与唐僧(江华)、猪八戒(黎耀祥)及沙僧(麦长青),携手上西天取经。猪八戒的搞笑功夫实在很不错,各路妖精的表演也很精彩。有人说,这部片子虽然故事编得离奇了一些,但感觉更有人情味了,除了老猪以外,觉得江华演绎也比《西游记》(一)出色。盖鸣晖扮演的观音太棒了,端庄祥和还很漂亮。这部西游记是一些观众心目中最完美的版本,改编得也好,有人情味。猪八戒是演得最好的,活脱脱从小说中出来的一样,甚至更胜于小说。其次是唐僧,非常的帅、祥和、文质彬彬,这样的唐僧才是各路妖精争抢的货色嘛。这部片子跟86版《西游记》最大的区别就是团体精神与个人主义了,86版《西游记》从头到尾都是悟空在保护其他三个人,那三个人一点作用都没有,好像西经途中只靠悟空一个人就可以了,悟能、悟净完全多余,那不如只让悟空保护唐僧就可以了,何必要多几个徒弟呢? 但是这部西游记就不一样了,虽然片名是以悟空为主角,但是片子里却是四个人团结一致的,而且各有各的优缺点,而且互补。猪八戒虽然懒、怕死却冷静、聪明、学富五车,这才像曾经是个天蓬元帅嘛。很多时候都是他出谋划策的,虽然有很多都是歪点子;悟空虽然战无不胜,但是猴急、冲动;沙僧很笨很呆却很吃苦耐劳;唐僧不是一个只会让徒弟保护而毫无建树的人了,很多时候还能反过来保护徒弟,例如这部片子的最后,徒弟们全都中了蛇妖的"七情六欲石"听命于妖精了,是他把徒弟们解救出来的。这四个人,每一个人都演得很有性格,演出了角色的精髓,演活了,演绝了。

(三)著名导演张纪中版《西游记》

张纪中制片的新《西游记》主打魔幻元素,大量借鉴好莱坞特技风格,打造一部真实的《西游记》。新版的唐僧是信仰最坚定的人,美猴王表演出"功夫猴",赋予新八戒更多"猪"的特性,沙僧富有责任感和勇敢,导演张纪中一再强调,新版《西游记》要"真实"。与央视版《西游记》比较,张纪中版《西游记》,从25集到66集,故事变长、细节变丰富了,往往一个经典故事,可以用2—3集的篇幅展开叙述,细腻还原原著一百回洋洋洒洒的笔墨,导演张纪中在《目不暇接72变》(见中新网2011年7月26日)一文中对此深有体会:

(1)大闹天宫不渲染破坏行为,渲染玉帝形象。"大闹天宫那段故事,以前看觉得挺好玩的,但从现代观念看,孙悟空偷东西、捣乱、破坏,人家管你你还把人家打一顿,太过分了。我去美国谈这故事的时候,西方人觉得你让小孩学他偷东西,去捣乱,不太能接受。所以这次我们没有渲染,没有打得乱七八糟。""此外,你们可以看到我对天宫设置的不同。以往版本,玉皇大帝就一个真人,身旁其他人也跟他一样高,再打点烟雾,就成了。但我们这版,玉皇大帝不是人,他是一个无比高大、从头到尾没离开过宝座的魔幻形象。所有人都比他小,他是至高无上的,我们对他的设计,有意识创造一种天宫的威严和秩序感。"

(2) 三打白骨精不强调唐僧糊涂,强调感人地方。"三打白骨精我们没有特别强调、没做得很长。当然孙悟空也打,白骨精造型也很不错。但我们想突出一些感人的地方,如师父硬赶孙悟空走,悟空哭了,从四面八方拜师父请求不要让他走。唐僧我们也不是一味强调他的糊涂,师父其实是想孙悟空领悟,即使是妖怪,你也不能打死他,从佛教来说众生平等,让他有做人、改正的机会。小说里孙悟空是一棍把妖精打成肉酱,这可不符合环保。这些我们都做得和以往观念不一样了。"

图 5-2　20世纪60年代电影海报《孙悟空三打白骨精》,
上海天马电影制片厂出品(李建华提供)

(3) 不突出儿女情长,突出女妖人性。女妖也有人性。比如说白鼠精,她真的爱唐僧;女儿国国王也是,还私下将一石子塞给玄奘,决定放走他,她觉得唐僧去西天取经是很好的事,不应该逼他留下来成亲。我觉得这样改编没有背离原著,有表现力的地方尽量让它表现,没意思的就可以省略。女妖变人性化,处处都是明星脸。那些身姿婀娜、眼神挑逗、口口声声"这唐僧肉可真嫩啊"的女妖,在老版中经常一人分饰多角,女性面孔显得毫无区别可言。而新版大大加重女性戏份,一人只饰一角,甚至连小妖精和侍女都经过精心挑选打扮,可谓美女如云。"杨柳观音"刘涛、"女儿国国王"舒畅、"铁扇公主"胡可、"白骨精"安以轩、"白鼠精"何琢言、"黑蛛精"孟广美……处处都是明星脸。

(4)台词变逗、变现代了。老版《西游记》台词四平八稳,基本尊重原著;《大话西游》剑走偏锋,唐僧一唠叨天下闻名;新版《西游记》台词风趣,孙悟空、猪八戒也齐齐变身"唠叨王",常常将一些古今相通的社会现象、人际关系直接挑明,一些对话绝不可能出现在吴承恩执笔的时代,却很有借古讽今,影射当下职场、官场的味道,看片会上引发阵阵欢笑。师徒四人插科打诨,是纯粹为好玩、搞笑,还是别有用意? 仁者见仁,智者见智。

(5)新版突出了西域特色,《西游记》就该往西域走,出长安、走新疆、路过中亚、再往印度……如果真拉着这么一支取经小分队闯高原攀雪山地拍,难度无法想象。剧组采用的是实景+模型结合的拍摄方法,让航拍组前往新疆、甘肃、内蒙古、福建、浙江、湖南、山西、河北、陕西等省份,把所需的地形、地貌素材拍回来,与在特技棚内拍摄的画面结合在一起,从而达到实景无法完成的视觉效果。

(6)新版《西游记》也寄托了张纪中的东方哲学情怀。他认为中国人的传统世界观里缺乏自由,孙悟空的自由精神成了大家的心灵向导,希望通过这个电视剧去缩短现实与梦想的距离。张纪中还表示:"人如何战胜自我,怎么战胜自己的心魔? 如何理解和超越生死? 这些哲学命题是全世界共通的,是《西游记》的精髓也是世界文化的精髓,所以不用把中国文化和世界文化特别割裂开来,西方和东方都应该找到合适的表达方法。"

(四)浙江版《西游记》

2010年2月24日山东卫视浅析浙江版《西游记》时是这样分析的:一双

双燥热的眼睛还是紧紧地盯上了影响一代国人的 86 版《西游记》,他们发现原版《西游记》尽管很经典,但是特技早已过时。于是诸多制作者们开始了耗资上亿的翻拍大战,他们是想通过 21 世纪的特技填补人们逐年增长的欲望沟壑。有人把这种欲望的沟壑美其名曰:时尚。最先出炉的是浙江版《西游记》。在 2010 年寒假热映以来,风靡四大卫视,但也饱受争议。浙版西游记在原著的基础上加入了各种现代元素,编剧时也加入了一些全新的情节。如白骨精不再是一个作恶多端的妖怪,而是一个有情有义、为情所苦的悲情女人形象;唐僧与女儿国国王纠缠不清的暧昧情节……因与原著大有出入,而被观众所诟病。除了编剧的问题,演员的表演方式也被广大观众议论:孙悟空大量的出口成脏,表演缺乏灵性而近妖性等,都遭到大量议论。曾被戏称为"虎年第一雷"。浙版《西游记》斥资千万打造的特技效果,得到了一些认可。但也有很多人认为制作有些假,还没有原版的真实。

（五）海外异国情调版《西游记》

魔幻元素吸引眼球。2012 年 11 月 8 日《西游记两遭异国改编》一文中说,古典名著中的《西游记》,因为其魔幻元素而在全世界都广为人知,不仅我们自己曾多次翻拍,连美国和日本也对翻拍这部小说兴趣浓厚。2001 年,美国 NBC 电视台破天荒地改编并取名为 *The Monkey King*(猴王),讲述了一个美国式的拯救世界的故事。主人公尼克受观音菩萨点化,去寻找并保护吴承恩的《西游记》手稿。他大闹天宫救出了吴承恩,又和观音一起把吴承恩带到了现代。而在中国的影视作品中正经得几乎刻板的唐三藏,更以现代姿态与观音娘娘谈起了恋爱。

改头换面引发热议。2006 年 1 月在日本播出,并引起国内热烈讨论的日剧《西游记》,对原著则是另外一种改头换面改造了。剧中唐僧变成了一位靓丽的女性,身着洁白的袈裟,用哀怨的眼睛,时刻盯着她的爱徒孙悟空——这样的表演是因为剧情安排了女唐僧与孙悟空谈恋爱。此外,孙悟空变得傻乎乎,猪八戒则精瘦无比,而沙和尚则变得好色、好斗、精明冷漠。除了角色定位的变异外,日本人还在服装造型上进行了颠覆:孙悟空的"虎皮裙"被改成了"迷你裙";猪八戒的九齿钉耙缩水到了五齿;沙和尚的禅杖则变成了两把小叉。

　　爱情,是人类美好的感情,但有趣的是,中国古典名著对于爱情的描写并不是太热衷,甚至有排斥的倾向,四大名著中,明确地描写爱情的只有一部。央视《西游记》吧曾转贴了一篇文章《略谈日本文化对西游文化的侵蚀》,该文是这样分析的:在中国漫长的时空中,爱情是日本人加入《西游记》的,这未免有些证据不足,但可以肯定的是,进行这一化学过程的探索,日本人绝对要比我们早。以至于在央视《西游记》拍摄完成后很多年,在报纸上看到日本拍摄《西游记》,宫泽理惠一人分饰两角:孙悟空的初恋情人见到唐僧时竟有震惊之感。唐僧取经,是对众生的爱,孙悟空保唐僧,先是恩情,后是友情,最后变为亲情。这些感情的伟大之处,其实一点也不逊色于爱情,最高的境界也是对他人不计报酬的付出,而且比之爱情,更少了一些占有的味道。在日本人领头的爱情渗入到《西游记》活动中,我们一个个加入讴歌爱情的行程,可是对其他的感情我们讴歌了吗? 唐僧不计生死,怜悯众生苦难的心情、毅然取经的心情,孙悟空逍遥天下,与天地为友的心情,我们讴歌了吗?

二、新媒体中《西游记》文化的影响

　　回顾国产游戏背景题材种类,赫然发现除"三国"外,"西游"是被厂商引用最多的。有趣的是,"西游"产品虽在数量上不及"三国",但作品成功数量却遥遥领先于后者! 网易借周星驰电影《大话西游》的东风,赶制并推出同名2D回合制网游,这款作品作为西游类题材的开山之作,至今仍被行业内外津津乐道。受电影《大话西游》的影响,西游玩家对该部作品明显较为满意,而其后来推出的姊妹篇《梦幻西游》,更创出多项同时在线纪录。这是陈玉金等著的《水煮西游》(南京大学出版社)中的一段话。

　　《梦幻西游》是以神话题材《西游记》为背景,采用最流行的 Q 版风格打造出来的浪漫型网游,整个游戏都渗透着青春活力的气息。《太平洋游戏网》中是这样描述的:崭新的画风、风趣的对白、精密的门派平衡、引人入胜的剧情任务、优良的系统设计,全都贯穿于整个游戏之中,网易出色的研发力量,更加懂得把握玩家心理的设计理念,使得《梦幻西游》成为目前国内同时在线人数最多的超人气网游。

3D化西游,美观而深度不足。完美的《口袋西游》、腾讯的《QQ西游》,是3D化西游的代表作品。客观来看,将当时游戏市场上流行的Q萌人物移植到各自的游戏作品中,这样的尝试是国产游戏的进步,但在西游题材的深度挖掘以及3D的深度运用上,并没有达到当时欧美日韩3D网游的一般水平。

西游记再变网游! 韩动作新游《取经OL》。《取经OL》是款充满浓郁东方幻想风的3D动作RPG网游。通过游戏介绍视频可看出,该游戏与中国古典名著《西游记》息息相关。游戏目前共有4个职业,近战职业2个,分别为斗士孙悟空"红宝石"和战士牛魔王"祖母绿";而远战职业为魔法师"帕斯"和枪手喵星人"紫水晶"。其中孙悟空的武器为金箍棒,并可使用阴阳五行——风火雷水土技能;枪手喵星人在射击敌人时有对焦瞄准的设定。

动画片《西游记》。美版动画片西游记《夺宝幸运星》又名《开心西游记》;日本的动画版的西游有《记西游物语》,白泉社的《西游记》,手冢治虫原作《孙悟空大冒险》;韩国版《新编西游记》,CCTV播过的《猴王五九》,还有最出名的《最游记》等。韩国的《新编西游记》,玩滑板和双节棍的孙悟空,开着越野车的唐僧,拿火箭筒的猪八戒,老是想着挖宝藏的沙僧,还有那个暗恋悟空的老是缠着他们的小龙女。

三、民间《西游记》文化的影响

1. 民间工艺展示的猴文化

第一,民间绘画、剪纸中的猴文化。"猴"与"侯"同音。"侯"为中国古代的爵位之一。《礼·王制》中记载:"王者之禄爵,公、侯、伯、子、男,凡五等。"自此以后,五爵虽有变化,但历代都有侯爵。人们希望加官封侯,于是给"猴"增添了一种吉祥、富贵的象征意义。猴子经常出现在绘画中,中国民间木版年画中以"猴戏"为主题的占了很大比重,而以猴为题材的吉祥画亦有许多,例如:一只猴爬在枫树上挂印,其寓意是"封侯挂印";画毛猴跨一骏马而行,称之为"马上封侯";如画着一只猴子骑在另一只猴子的背("背"与"辈"同音)上,即表示"辈辈封侯";画九只猴子攀牵或坐在一棵松树中,因松树被人视为常青之木,赋予延年益寿、常青不老的吉祥寓意。而九(久)猴又可以表示长久富贵的意思。在剪纸艺术形式中,其图案上表现一只猴子屈蹲在桃树上,猴子两只手臂弯伸在耳朵两侧,宛似一对蝠形状("蝠"与"福"同音),构成"福寿双全"的画面;猴桃瑞寿,在吉祥物中,桃为五木之精,天上的神物,桃是增寿的瑞果,有长寿的寓意。猴与桃的结合,恰应了民间谚语"猴桃瑞寿",表示吉祥如意。①

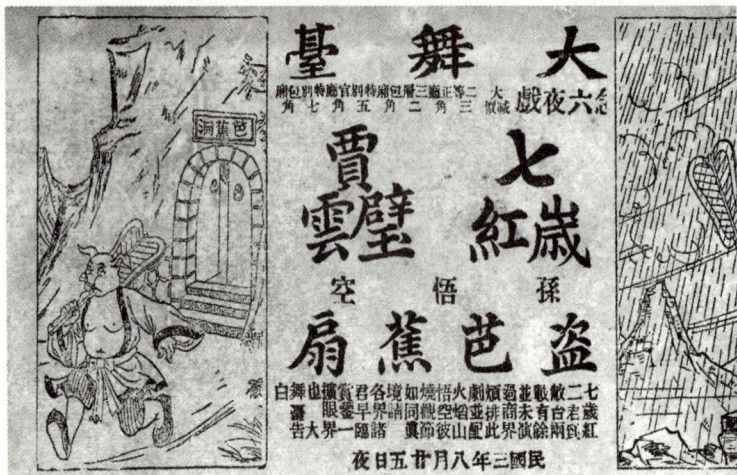

图5-3　民国时期戏单:《孙悟空盗芭蕉扇》(李建华提供)

第二,陶器与玩具中的猴文化。早在汉代,陶制玩具猴便已在民间出现。盛唐时期洛阳的黄冶已批量烧造小型三彩釉玩具"母子猴",憨态可掬的宋代禹州青釉瓷猴,现藏河南省博物院,明清时期各种彩釉瓷猴更为多见。20世纪90年代中期,在中国传统民俗节日出售的儿童玩具中,猴子玩具最多,分布地域最广。如山东高密、河北蓝田和河南淮阳、浚县的"泥塑猴"(哨子);北京地方的"蝉塑毛猴";江苏南京、南通的"绒花猴";河南镇平的"玉雕生肖猴",方城"好石猴"(谐音"好时候");陕西宝鸡,河南灵宝、浚县,山西侯马、晋

---

① 参见《先秦时的猴戏》,"百度知道"2011年6月19日。

城,甘肃千阳等地的"布制猴";贵州贵阳的"木雕猴";遍及中原各省的"剪纸猴"、"面塑猴"、"吹糖猴"、"皮影猴"(本版大图即为陕西皮影孙悟空)、"木偶猴"、"木制牵线爬杆猴"、"耍刀猴"、"风筝猴"、"棕叶编结猴"、"面具猴",乃至惟妙惟肖的现代塑料、皮毛、陶瓷玩具猴等等,数不胜数。①

2. 各地民俗中反映的猴文化

在中国的民俗文化中,猴文化占据了重要的位置。猴形象在中国民俗文化中几乎无处不在。(1)"护娃猴"。炕头上的"护娃猴"。山西、陕西、内蒙古等地的农家炕头上,常有一个用青石雕刻的小石猴(也有炕头狮),是专门用来拴六七个月刚学爬行的幼儿的。母亲将一根红绳系在石猴腿部的圆孔上,另一头拦腰拴住娃娃。据传说,猴能保佑娃娃平安,娃子长大以后精明能干。(2)"护航猴"。码头上的"护航猴"。20世纪70年代以前,三门峡、陕县一带古渡口,在木船靠岸系绳的木桩上都雕有一只神采奕奕的猴子,煞有介事地端坐在木桩的顶端,似在东张西望。老艄公解释说,孙猴子水性好,能潜入东海大闹龙宫,敬它可保驾护航,人船平安。(3)"避瘟猴"。拴马桩上的"避瘟猴"。陕西、甘肃、山西一带,特别是陕西的渭南地区,几乎村村都有拴马石桩,许多拴马桩的顶端都雕有石猴,称"避马瘟"。(4)"献寿猴"。贺寿之神"抱桃猴"。猴子与"桃"似有天生不解之缘。自然界的猕猴天性喜食桃子;《西游记》中也有孙猴子偷吃西王母蟠桃的故事。"蟠桃"在中国民俗传说中有两层意思:一曰长寿;二曰"驱邪"。宋代王安石《除夕诗》中"总把新桃换旧符",即有以桃木驱邪的意思。猴子"神通广大",还被古代的人寄予"祈雨"、"求子"等希望。总之,在人民生活中,无论炕头、墙头、码头、槽头、口头,乃至寺庙石雕、居民建筑,都有"猴先生"的位置。②

---

① 参见王红旗《神妙的生肖文化与游戏》,北京三联书店1992年版。
② 参见王红旗《神妙的生肖文化与游戏》,北京三联书店1992年版。

图5-4 山西省娄烦县花果山上建于明代正德年间的猴王庙(本书作者摄影)

3. 历代"猴戏"中展示的猴文化

"猴戏"是集中展示猴文化的一个平台。"猴戏"多取材于古典神话小说《西游记》,在中国地方戏曲中形成一个门类。据说早在唐代就有《白猿献寿》之类的猴戏,剧情为云蒙山白猿之母病重不起,白猿往孙膑桃园偷桃被捉,跪地泣告,孙膑怜动物尚知孝母,乃赠桃放白猿归山,猿母食桃后竟病愈,白猿为报恩将洞中所藏《兵书》献给孙膑,孙膑终成齐国一代名将。后来"猴戏"大量出现,如京剧《花果山》,还有《闹龙宫》、《闹地府》、《高老庄》等戏。元明杂剧中还保留有《二郎神锁齐天大圣》、《唐三藏西天取经》等剧目。清代以后,又新增《盘丝洞》、《混元盒》、《金刀阵》、《借扇》等折子戏,更加吸引观众。除京剧外,"猴戏"在豫剧、徽剧、秦腔、晋剧、河北梆子、清平戏、越调、川剧、吕剧等地方戏中也占据重要位置,是广大群众百看不厌的剧目。近年来,通过电视、戏剧等形式的中外文化交流,"猴戏"已经走向世界,"美猴王"形象成为世界著名的神话动物精灵之一。湖南湘西的苗族,保留着一种"猴儿鼓舞",群舞人数不拘,团团围在巨型鼓前,模仿猴子上树、摘桃子、滚绣球、猴拳技巧等等,舞风诙谐类似杂技。汉代民间曾流行一种名曰"沐猴与狗斗"的滑稽舞蹈。据《前汉书》载:"长卿少府檀长卿起舞为'沐(猕)猴与狗斗',坐皆大笑,檀长卿因此得罪。罪名曰:以列卿而沐猴舞,乃失礼不敬!"①

4. 当代"猴坛三杰"展示的猴文化

泥、瓷、戏这三大文化是伴随着人类的发展而产生的,是与人类劳动、生活密不可分的。泥是人类生存的根本,泥塑制品是人类最早发明的生活用具,逐渐演变成瓦器、陶器、瓷器工艺产品。戏,是远祖在劳动之余,祈求神灵,保佑平安演变而来的精神生活,遗存的傩戏就是明证。中华三猴,指的是行为艺术大家六小龄童、泥塑大师泥猴张、瓷猴名家万志军。他们三位均以塑造灵性十足的猴子的光辉形象而名动全球。艺术不分国界,他们把中华传统艺术传播到世界各地,给世界各国广大公众带去美的享受、精神的愉悦。为世界非物质文化传承奉献出自己的智慧与力量。受众最多,影响最广的是《西游记》中扮演大闹天宫孙悟空的六小龄童。河南泥猴张是位正儿八经的草根艺术大师。六小龄童是用人体形为拟猴化;泥猴张是用泥塑艺术拟人化。泥猴张泥塑的猴跑出了大坯山,跳进了中国美术馆,矗立在中央美院。泥猴张创作的众多猴子猴孙一个筋斗云翻到了美国、西班牙、东南亚各国,跃上了国际舞台。中华官窑圣地景德镇出了一位画猴的瓷艺大师万志军。1993 年创作的《猴趣》瓷盘,被国家领导人出国时作为礼品赠送外国元首,深得外国元首喜爱。2008 年北京奥运会,他精心创作了一套 12 块组合的《中华神猴喜迎奥运》的瓷板画。②

第二节　《西游记》文化足迹全国

谁不爱咱家乡好,家乡最好的还是文化。那么,《西游记》文化的传播,谁

---

① 参见王红旗《神妙的生肖文化与游戏》,北京三联书店 1992 年版。
② 参阅大中华书画的博客《中华三猴,誉满全球》,2013 年 11 月 5 日。

能说不是与全国各地此起彼伏的《西游记》文化热潮密切相关的。略略盘点一下,近几十年来,包括江苏连云港、淮安、盱眙,河南洛阳,山西娄烦,山东泰山,福建顺昌,陕西西安,新疆吐鲁番火焰山,浙江舟山,乃至于湖北随州等地,都不约而同地打起了《西游记》文化品牌。这里将江苏连云港放在第六章单独叙述,故本节只叙述其他地方。

一、《西游记》作者的故乡:江苏淮安

淮安《西游记》研究专家刘怀玉先生曾对淮安与《西游记》文化的关系作了精辟的分析。他认为,《西游记》文化的根在中国民间。淮安是百回本《西游记》作者吴承恩的故乡,这里有着丰富的《西游记》文化资源,是《西游记》文化的重要发祥地之一。刘怀玉先生分析了淮安的《西游记》文化资源。

1. 吴承恩故居与墓地

吴承恩(1504—1582),字汝忠,号射阳山人,汉族,淮安府山阳县(今江苏省淮安市楚州区)人。中国明代杰出的小说家,是四大名著之一《西游记》的作者。其故里江苏淮安市马甸乡二堡村有修葺一新的墓园,淮安市有其纪念馆。另有,由六小龄童主演的大型神话连续剧《吴承恩与西游记》于 2010 年初播出。2005 年 10 月 8 日,吴承恩纪念馆开馆。

吴承恩故居,坐落在淮安城西北的河下打铜巷最南端。吴承恩故居原屋毁于抗日战争,1982 年为纪念吴承恩逝世四百周年,迎接全国首次《西游记》学术讨论会的召开,淮安市人民政府在吴宅旧址复建了吴承恩故居。故居前一部分为生活起居区,占地面积 9875.55 平方米。吴承恩故居大门口有一横匾,上书"吴承恩故居",为原中国书法家协会主席舒同所书。

吴承恩墓位于淮安市马甸乡二堡村。墓区呈方形,范围约 2000 平方米。墓基封土直径 5 米,高 1.4 米,基前竖有 1.5 米高的墓碑,上书"荆府纪善吴公承恩之墓"。墓南建有 4 柱 3 门的牌坊,柱高 8 米,横坊书"吴承恩墓"。墓西建有四方亭,飞檐翘角,边宽 2.4 米,通高 5 米。1981 年,淮安市人民政府作出决定,为保护文化古城,推动旅游事业的发展,修复了吴承恩的墓地。寻得

吴承恩的颅骨,请中国科学院恢复了吴承恩的头像。

2.《西游记》文化展示馆

吴承恩纪念馆,位于河下古镇的打铜巷内,占地1.25万平方米,建筑面积达三千多平方米。纪念馆由明代风格的古典园林建筑群组成,馆内设纪念厅、陈设厅、民族文化展示厅、《西游记》展示厅和研究资料室,主要陈列吴承恩的生平、生活资料及文物,介绍《西游记》的创作、传播过程及研究成果等。

猴王世家艺术馆。位于淮安吴承恩故居旁边。这是淮安市与著名艺术表演家六小龄童合作的项目。这个馆里陈列着六小龄童一家数代人从事《西游记》表演活动的事迹,反映出《西游记》文化艺术的博大精深,它已渗透到人们生活的各个领域,特别是戏剧领域。

中国西游记博览馆,是一座综合应用声、光、影像等高科技手段对《西游记》进行全面溯源和演绎的大型文化主题展馆,博物馆于2010年10月正式对公众开放。中国西游记博览馆坐落在淮安市清河新区,总投资5000万元,占地5.8亩,建筑面积3203平方米。

3. 淮安地名与《西游记》

吴承恩百回本《西游记》中,唐僧西天取经,经过了和牵涉到五十多个地方。其中实有地名只有八九个,但多数与实际时代、方位不尽相同。只有一处与实际地理相合:唐僧在小雷音寺遇难时,孙悟空曾回过头来到东土不太起眼的地方盱眙请救兵。孙悟空看到盱眙山的景物是:"上边有瑞岩观、东岳宫、五显祠、龟山寺,钟韵香烟冲碧汉;又有玻璃泉、五塔峪、八仙台、杏花园,山光树色映蟾城。"这当中提及的名胜,除了五显祠以外均为实有,但并不在一处,小说中将它们弄到一起来了,从不同角度展示了淮安的地方风光。

4. 淮安方言与西游记

百回本通俗小说《西游记》中运用了大量的淮安方言,这是证明吴承恩是这部书作者的重要证据之一。这个问题在200多年以前已经被人们注意到了。乾隆年间,古文字和考古学家吴玉搢在他著的《山阳志遗》卷四中指出:书中多吾乡方言,其出淮人手无疑。一些淮安民俗文化学者举例:《西游记》第五十三回写猪八戒饮子母河水后,"……渐渐肚子大了。用手摸时,似有血团肉块,不住的骨冗骨冗乱动。……"第四十六回中,讲到唐僧坐禅时受鹿力大仙暗算时,"……他缩着头,就着衣襟擦痒。……"第五十四回中,讲到猪八戒得豪请狂食之时,"……那八戒那管好歹……一骨辣了个罄尽……"第三十二回中,猪八戒碰到银角大王一伙时说道,"怪道这么没精神呢……"第四十回中,讲到行者背红孩儿时道,"也罢,我驮着你,若要尿尿把把,须和我说",等等。

5. 淮河水怪无支祁的传说

宋元以来,无支祁的故事,在民间流传甚广,孙悟空的人物塑造已经借鉴了无支祁的形象。元代戏曲作家吴昌龄的杂剧《唐三藏西天取经》中,孙悟空自报家门时曾说"无支祁是他姊妹"。明无名氏抄本的元杂剧《二郎神锁齐天大圣杂剧》中,齐天大圣说:"吾神三人,姊妹五个。大哥哥通天大圣,吾神乃齐天大圣,姐姐是龟山水母,妹子铁色猕猴,三弟是耍耍三郎,因水淹了泗洲,损害生灵极多,被释迦如来擒拿住,锁在碧油坛中,不能翻身。"无支祁的传说在淮安一带流传很广,它被誉为"千古第一奇妖"。淮安学者认为:吴承恩正是在淮安民间对于这个神通广大的"千古第一奇妖"无支祁的传说基础上,塑造了孙悟空这个艺术形象。目前,在龟山还有一口"支祁井",这足以印证无支祁对于吴承恩创造"孙悟空"这个艺术形象的影响。

6. 淮安《西游记》文化节庆活动

2010年淮安市在楚州区隆重举行西游记文化旅游年系列活动,邀请著名演员六小龄童作为活动主要策划者。西游记文化旅游年分文化、旅游、节庆三大板块,安排了20项内容丰富的主题活动。在连续6个月的时间内,文化板块举办了首届国际《西游记》文化论坛,举行全球首部立体电视连续剧《吴承恩与〈西游记〉》首播仪式,在北京等地举办海峡两岸《西游记》文化艺术展和《西游记》创新文化座谈会,举办全国《西游记》动漫网络创作大赛和"我心中的美猴王"全国少儿绘画比赛;旅游板块推出与西游记文化相关联的河下古镇、中国漕运博物馆、淮安府衙、古城墙遗址公园、古运河风光带、勺湖等一批重点景区,世博会期间在上海举办"走进《西游记》文化摇篮"旅游推介会,同时和国内相关景点景区联合推出"《西游记》寻根之旅";节庆板块在10月举办"魅力楚州"《西游记》文化旅游节,充分挖掘地方特色传统文化,举办《西游记》人物民间艺术展示周,组织高跷、杂技、剪纸、农民画、糖人、皮影、民歌等民间艺人进行展示表演,举办《西游记》艺术灯会和淮扬美食展示周,邀请全国各大剧种来淮进行猴戏折子戏会演,中央电视台"欢乐中国行"栏目以"魅力楚州"为主题的大型文艺演出把文化旅游年活动推向高潮。

二、花果山的故事:河南宜阳与山西娄烦

宜阳花果山地处宜阳县西南部,与嵩县、洛宁毗邻,距洛阳市区 90 公里,俗名石鸡山,历史悠久,自晋唐以来就是中原地区的旅游胜地。花果山主景区 48 平方公里,主峰海拔 1831.8 米,森林覆盖率达 92.4%,区内群峰点点,林涛起伏,重岩叠嶂,山石奇特。主要景区有北部、南部、石院墙、七峪沟、大里沟、岳顶山等,景点以天然石猴、水帘洞、唐僧石、擩擩石、寒心石、登云梯、玉皇顶等较为出名。宜阳花果山之名,最早出现在北宋《太平寰宇记》。宜阳花果山的西南山腰十八罗汉峰下有一座花山庙,始建于中唐时期,里面分别供奉唐僧师徒四人和白马,庙内墙壁上有彩绘大型壁画《大唐圣僧西域取经记》,寺内有玉皇殿、老母殿、西佛殿、五祖殿、白云殿等,这些在《宜阳县志》有清楚记载。可惜的是在 20 世纪 40 年代,为了剿灭盘踞在里面的土匪,古庙被焚。不过在庙宇的遗址上发掘到清代乾隆十五年(1750 年)三月重修西佛殿的碑刻,上面记载:"斯山也,《西游记》所称齐天孙佛成圣处也,故其庙在焉。"同年九月,另有重修西佛殿碑记载:"宜邑西南百里许有花果山,即女几山也。昔有神女遗几,故名之。后因山多奇花异果,又名之曰花果山。"这两块碑至今保存完好,它交代了花果山名称的演变和由来,明确指出此处就是《西游记》"齐天孙佛成圣处"。而且《西游记》的主角唐僧的原型玄奘是洛阳人,他的出生地偃师县缑氏乡距花果山不远,两者相距 100 多公里,而且玄奘少年出家的净土寺离花果山也不远,玄奘西域取经回国后,第一次受唐太宗召见也是在洛阳,见驾完毕就到洛阳白马寺讲经。这些对于以历史真实故事为原型的《西游记》创作,不会没有影响。从山势地貌上来看,这里也极似《西

游记》里的花果山,在主峰周围有一山体,几乎全是石头,从北面看,其形状非常像一卧猴的猴头。另有一山峰叫唐僧师徒峰,距花山庙东南三公里,四大奇峰突出,按唐僧、悟空、八戒、沙僧秩序排列,从侧面看也酷似唐僧师徒四人,实在是神奇之至。在花山庙以北 400 米处,有一巨石突兀于危岩之上,因状似唐僧,当地人叫它唐僧石,在云雾缭绕之时,这块唐僧石就像身披袈裟的玄奘,正穿越云海去西天取经。花果山素来以山奇、石怪、林茂、水秀、雾美、洞幽著称,山上共有水帘洞 6 处,最有名的是花山庙东北危崖上的一个,洞高 2 米,宽 3 米,深不可测,洞内四壁光滑。花果山周围的很多地名也与《西游记》中的地名相同,如水帘洞、西佛殿、龙王洞、唐僧师徒峰、高老庄、柿树沟等。①

娄烦花果山,位于山西太原附近的娄烦县内。山顶原有建于唐代的清凉寺,毁于战乱年代。遗址旁有一座用方石砌成的古庙,当地人称"猴王庙",门前有两通刻有"东胜神洲地,悟空旧居址"的楹联石柱。庙内有孙悟空的石雕像,石雕像背后有菩提祖师的石壁线刻画像。在崇山峻岭中,旧有"水帘洞",因植被和地下水遭到了破坏。原清凉寺院内挂有一口明弘治十一年(1498年)铸的大钟,上面铸有唐僧师徒四人西天取经的故事。清康熙三十九年(1700 年)《静乐县志》载:"南乡近龙和者有花果山,取春、夏间花果满山为名。或者附之以'水帘洞',谓孙行者娄烦人。"明末清初著名学者、大思想家傅山先生所著的《傅山全书》中提到,在明代《静乐县志》中记载:"孙行者,娄烦人。"②

明代猴王庙与孙家庄。娄烦是山西省太原市所辖的一个县。2000 年 11月 6 日《太原日报》上刊登了这样一篇文章:《〈西游记〉成书有线索,孙悟空原型为娄烦秀才》。2000 年 11 月 8 日《山西日报·时尚周末》又发表题为《孙悟空的"老家"在娄烦》的文章;2000 年 10 月至 11 月《山西政协报》分四次连载《娄烦出了个"孙悟空"》。短短两个月时间,山西主要的新闻媒体开始了新闻

① 参见《〈西游记〉花果山原型在洛阳》,《人民时报》(海外版)2003 年 7 月 14 日。
② 参见搜狗百科"花果山生态旅游景区"。

造势,娄烦与西游记的关系成为山西媒体关注的一个新闻视点。归纳这三次报道,大概可以找出下述一些线索:首先,主要的文献依据,是清康熙三十九年(1700年)当地人编撰的县志中的一段文字:"花果山:南乡近龙和者有花果山,取春夏间花果满山为名也。或者附之以水帘洞,谓孙行者娄烦人……"当地的学者称这是证实花果山在娄烦县,孙行者是娄烦人明确的证据。其次是当地的传说,大意是:也不知从哪朝哪代,也有人说是唐朝,马家庄乡潘家庄村出了一个叫"孙大庆"的秀才,虽能文能善武却屡试不第,后率饥民造反,训练"人兵"及许多"猴兵",啸聚花果山,屡败官兵,后被迫受降,孙大庆在娄烦花果山清凉寺出家,法名"悟空"。再次从遗迹中列举的证据,娄烦现有花果山;花果山东端有"大圣堂村",村名源于该村曾建有孙大圣的庙宇;现有花果山清凉寺庙钟一口,此钟为明弘治年间所铸。在这口古钟上,铸有唐僧师徒四人西天取经的图像。

当年的《太原日报》为此专门加了编者按:我们喜欢就艺术创作的原型进行考证和论争,被指为原型或者说拥有原型似乎是一项荣耀。……今天,又有研究者提到了孙悟空——这个最著名的虚幻艺术形象的原型问题。我们且将该学者的论述列出以供闲谈或是争论。对其观点,我刊虽亦有保留,但对古典名著的《西游记》和艺术典型的孙悟空,作者的一个基本判断,我们是赞赏的:西游记故事在小说出现以前就以平话、戏剧等各种形式在民间不断地丰富和发展,并以不同的方式综合了一些其他故事,最后汇集成一篇丰富多彩的大故事。小说是作者在此基础上进行艺术加工和再创作完成的完整的艺术作品。

三、孙悟空的故事:甘肃安西与福建顺昌

在甘肃省安西县城东南约九十公里处的东千佛洞,有两幅画面细腻、色彩凝重、内容相似的壁画格外引人注目。壁画中,观音神态安详地端坐在金刚宝石座上,身边彩云环绕,绿水荡漾。对面的河岸上,一位头带光环的云游和尚双手合十向观音膜拜。和尚身后一位满脸长毛、两眼环形、鼻孔向前、牙

齿外露的猴形人着远行装牵马相随。敦煌学者段文杰曾多次考察过此壁画，论证了图中的猴形人即孙悟空原型。经考证，在东千佛洞和榆林窟共分布有玄奘取经图六幅。据《大慈恩寺三藏法师传》记载，玄奘唐贞观三年（629 年）八月西行取经，途经瓜州（今锁阳城），在锁阳城外的寺庙讲经说法一月有余。期间，胡人石磐陀受其教化，与识途老马帮助玄奘夜渡葫芦河，闯过玉门关，越五峰（白虎关、红柳园、马莲井、大泉、星星峡），入新疆。因当时佛教兴盛，玄奘讲法、取经及带领石磐陀西去取经的历史被人们广为流传。

图 5-5　福建顺昌县双圣庙"孙悟空兄弟"合葬神墓

福建顺昌的孙悟空兄弟墓。2005 年，考古工作者在位于顺昌县城西北部的宝山主峰上发现了一处始建于元末明初时期的"孙悟空兄弟"合葬神墓。合葬神墓位于海拔 1305 米的宝山主峰南天门后的双圣庙内。双圣庙始建于元末明初，建筑面积大约 18 平方米，早于《西游记》成书近 200 年。庙内有一座并立着两块石碑的古代合葬神墓，墓宽 2.9 米、深 1.3 米，呈八字形外撇。两块墓碑碑高均为 0.8 米。左碑上方横刻"宝峰"两个楷书小字，中间竖刻"齐天大圣"4 个楷书大字，大字下端横刻"神位"两个小字，碑文外框以浮雕如意卷草装饰；右碑竖刻"通天大圣"4 个楷书大字。福建顺昌发现的孙悟空兄弟墓与元末明初蒙古族戏剧家杨景贤撰写的《西游记》杂剧里的"通天大圣"这一形象是契合的。杨景贤《西游记》杂剧里有一段孙悟空的自白："小圣弟兄姊妹五人：大姊骊山老母、二姊巫枝祇、大兄齐天大圣、小圣通天大圣、三弟耍耍三郎。"三百多年以后,吴承恩等人依这些佛教历史传说写成中国古典名著《西游记》,玄奘及石磐陀成为著作中唐僧及孙悟空的原型。石磐陀的家乡就在锁阳城一带。时任福建南平顺昌县文管办主任王益民先生将孙悟空形象的发源地锁定在该县的宝山,他在 2004 年上半年发表的一篇论文题目就叫《孙悟空的原籍在福建宝山》。

四、山东各地的民间大圣崇拜

山东境内已知有 7 座大圣寺。据 2010 年 8 月 11 日《济南日报》报道:济南市张乙郎村大圣寺现存的"万历二十三年"的碑记,应该是目前山东省境内年代最早的有关大圣寺庙的文字记录,直接证明了该寺在明代中期之前就已存在,所以非常珍贵。其他几通碑刻也都具有非常高的研究价值,对于研究孙大圣崇拜文化在山东的出现、发展和没落有非常重要的作用,值得关注。现在除了张乙郎村这一座,在其他地方还有 5 座。俗称"猴子庙"的新泰大圣庙,位于新泰市汶南镇太平庄,该庙最早叫三义祠,创建于明万历年间,现在还存有"万历己酉(1609)夏"的石碑,清代时增加孙悟空为供奉之神,随之改称大圣庙。还有东平大圣庙,在东平县尹山庄南的花果山之巅,现存《齐天大圣庙记》碑,立石时间为清嘉庆十年(1805 年)十月。而莱芜有两座,一是大圣院,在莱芜市雪野马鞍山,又叫孙悟空庙,是石构小庙,"文革"中被砸毁,近年用原石重建,有康熙四十年(1701 年)石碑,可惜碑文漫漶,无法辨认有无"齐天大圣"字样;另一座在莱芜市牛泉镇茂盛堂村。根据这些资料,加上张乙郎村和孝直镇王柳沟村已经损毁的那一座,可以知道山东境内共有 7 座和孙大圣有关的寺庙,且距离都不太远,应该说这种民间崇拜是存在一定关联的。而且值得注意的是,在历代地方县志中大多没有这些大圣寺的详细记载,应该和孙大圣这种纯民间的神明崇拜并未得到当时的官方认可有关。

五、西游之景地:新疆火焰山与浙江舟山

火焰山位于吐鲁番盆地北缘。火焰山脉呈东西走向,长100公里。火焰山重山秃岭,寸草不生。每当盛夏,红日当空,地气蒸腾,焰云缭绕,形如飞腾的火龙,十分壮观。火焰山名扬天下,这要归功于吴承恩著的古典小说《西游记》。《西游记》中唐僧取经受阻于火焰山,孙悟空三借芭蕉扇的故事就发生在这里。火焰山是孙悟空大闹天宫时,蹬倒了太上老君的炼丹八卦炉,有几块耐火砖带着余火落到了地上化生出来的。到了孙悟空护送唐僧西天取经,山本来是烈火熊熊,孙悟空用芭蕉扇,三下扇灭了大火,冷却后才成了今天这般模样。进入火焰山腹地西洲天圣园,就能看见唐僧师徒四人西天取经的群塑。只见孙悟空腾云驾雾,肩扛芭蕉扇在前开路,唐僧气宇轩昂带着猪八戒和沙和尚,牵着白龙马,慢步徐行。唐僧取经群塑形态生动,表情逼真。群塑是1989年修造的。来此观瞻照相的中外游人接连不断,是火焰山新辟的旅游景点之一。①

"金猴奋起千钧棒,玉宇澄清万里埃。"《西游记》里孙悟空大闹东海龙宫的"定海神针"出现在舟山最大的生态保护区岑港镇马目旅游区。定海神针形状类同人们熟知的"如意金箍棒",高28米,占地面积280平方米,共分3级,钢筋混凝土结构。两端为金属质材料,体现金光闪闪的效果。中间为红色,雕有盘龙,寓意着盘龙时刻保卫着百姓,永不受自然和外敌的侵犯。神针内部空间将作为观光集散空间。游客可以通过内部的电梯到观光台,也就是定海神针金色段与红色段的分隔处。在观光台里,游客可以鸟瞰如珍珠般散落在海面上的舟山南部诸岛。与定海神针相配套的是神针广场,占地面积15000平方米,以多层错落的阶梯平台空间,构造富有海岛休闲氛围的空间。根据地形地势,工程还将分别面向定海城区、凤凰山庄、盘峙岛及东南方向设置阶梯式观海平台,建设夜景亮化工程,建设从山下连接到山顶的索道等。

---

① 参见《〈西游记〉中的火焰山位于哪里?》,《中国文学》2009年4月。

定海名字取自"海定则波宁"，"海定"表达了人民祈愿家园和平与稳定的美好愿望。定海作为海防要塞，战略地位十分重要，在历史上是我国抗击外族侵略的前沿阵地。①

六、重走唐僧西行路：陕西西安

西安与历史上玄奘取经有着极为丰富的联系。唐高祖武德元年（618年），玄奘和二哥离洛阳到长安，后又到过四川、湖北、江苏、山西，最后回到长安住崇贤坊大觉寺习《俱舍论》。唐太宗贞观三年（629年）唐僧从长安西行，历时19年，完成了到印度学习佛教的过程，又一次回到长安。并且在长安又用了19时间，翻译佛经。今天，西安大雁塔南广场的中央矗立着一尊唐玄奘西天取经的铜像。他身披袈裟，手持锡杖，气宇轩昂，目光坚定，像是行进在西天的取经路上。而身后正是他当过首任住持的皇家寺院，以及他开创的慈恩祖庭，他主持过的译经道场，他创建的大雁古塔。②

兴教寺为全国重点文物保护单位。这座建于唐朝的古刹，距今有1300多年历史。因为埋葬着玄奘灵骨，它在世界宗教界占有重要地位，是汉族地区全国重点寺院。兴教寺每年举办的护国息灾水陆法会，在全国和东南亚佛教界都享有很高声誉。③ 2012年7月，兴教寺作为佛教传播史上著名人物唐代高僧玄奘法师的舍利墓塔，因见证了玄奘法师经丝绸之路西行取经的历史事实，反映了唯认宗对东亚佛教发展的影响，同汉长安城未央宫遗址、唐长安城大明宫遗址、大雁塔、小雁塔等五处遗产点被国家文物局列入"丝绸之路中国段申遗名单"。

大雁塔之所以有名，一是因为它的建筑，二是因为它的历史。大雁塔是为了珍藏玄奘从印度带回的佛教经典修建的。大雁塔始建于唐永徽三年（652年），大雁塔初建时只有5层，高60米，是仿照西域佛塔形式建造的，充

---

① 参见《西游记里的"定海神针"》，中国频道2006年12月31日。
② 参见《玄奘与西安》，《西安晚报》2004年5月23日。
③ 参见《西安埋葬唐僧古刹或因申遗被拆》，人民网2013年4月11日。

分展示了大唐盛世的从容和大度,可以说是中国楼阁式砖塔的优秀典型。后经多次重修,如今塔高64米,共7层。这座有着1300多年历史的塔,曾经是西安古城最高的建筑,现成为西安独具风格的标志。

20世纪50年代,为了纪念玄奘这位中印文化交流的使者,中印两国合作在那烂陀修建了一座玄奘纪念堂。2006年是玄奘圆寂1342年,也是中印友好年。为了响应时任总理温家宝出访印度时,与印度政府共同确定的"2006中印友好年"的号召,通过探索玄奘大师西行求法的传奇经历,展现中华民族热爱和平、自强不息的民族精神和兼收并蓄、博大深邃的文化底蕴,促进中印两国在现代社会的进一步交流和合作,由中国人民对外友好协会、中华民族文化促进会、中国佛教协会、中国玄奘研究中心主办,深圳视尊影视制作有限公司承办,上海天娱传媒有限公司全程协办的大型活动"重走唐僧西行路"在古都西安启动。这次活动由中央电视台等海内外多家强势媒体实时传播,追踪报道,如此大规模的一流媒体资源整合力量也是史无前例的。活动主要内容:一是四地僧侣携手徒步重走玄奘路;二是"春天的祝福"大型梵呗音乐会(深圳);三是"重走唐僧西行路"启程大典;四是活动圆满法会(印度那烂陀寺);五是法音梵乐演唱会(嘉峪关、库车)。其中,历经四个月的风餐露宿,长途跋涉,"重走唐僧西行路"的两名中国僧人终于在2006年11月26日抵达西天大雷音寺——印度比哈尔邦的那烂陀寺。来自江西佛学院的明贤法师和台湾佛光山的慧在法师,于2006年11月26日抵达了那烂陀寺。两位法师参拜了玄奘纪念堂里的玄奘法师像,衷心地祈福中印两国友谊长存。随后,明贤法师和慧在法师把一尊珍贵的玄奘彩瓷像、一套中国佛教禅宗教经典《六祖坛经》、一部《大方广佛华严经普贤行愿品》黄金珍藏版,赠送印方。玄奘彩瓷像的部分原料是明贤法师带去的采自黄河壶口瀑布的水,取自黄帝陵的土,慧在法师采自日月潭的水,取自阿里山的土。印方则回赠了铜制玄奘大师像。①

随着文化品牌重要性的提升,加上名人名著文化资源的重要性,各地都

---

① 参见《重走唐僧西行路》,《北京晚报》2006年4月22日。

在打手中的文化品牌,这本身无可非议。无论是江苏连云港、淮安,还是山西
娄烦、甘肃敦煌、河南洛阳、山东泰山、陕西西安、福建顺昌、新疆火焰山、浙江
舟山等地方,通过地区之间的《西游记》文化资源的竞争,无论主观还是客观
上,大家都为西游记文化的传播作出了应有的贡献。

第三节　《西游记》文化的海外传播

中国古典小说的域外传播是一个非常重要的文化交流现象,它从一个侧
面反映了中华文化世界传播和接受的程度。其中,作为中国古典文学中一部
十分独特的作品,无论从范围、形式来看,还是从影响力来看,《西游记》都在
中国古代文化的域外传播中独树一帜。不仅海外传播时间早、译本多、影响
大,在影视、动漫改编传播方面也表现出较强的活力和领先的态势。

一、《西游记》文化海外传播的地区:东西方的差别

《西游记》故事因其神魔色彩和小说的传奇性在海外译介颇丰,至今已有
20多种语言的译本,但以节译本为多,全译本较少。《西游记》在域外的传播,
总体来说,东方的译本出现时间早,有着浓厚的佛教色彩;西方的译本出现时
间晚,相对更倾向于小说意蕴的理解。

东方:由于地域及文化背景的原因,在东方文化圈内,日本、朝鲜及东南
亚多国,对《西游记》的爱好者多,接受程度高,理解和共鸣深。因此,《西游
记》在东方世界的翻译,比西方早了100多年。早在中国唐贞观年间,日本高
僧道昭听说玄奘取经归国,即赴东土求学,在抄写经文的同时,也抄录了一些
取经故事,传入日本,在密教的佛画中就有关于西天取经故事的描述。①

1978年,日本拍摄完成可能是全球第一部《西游记》电视版。片中新奇的

---

① 参见李萍《〈西游记〉海外"变形记"》,《中国文化报》2013年1月8日。

特技、孙悟空的造型（粘毛而不是画脸谱，给后来诸多猴子造型师都指了一条新方向）、中国内地优美的风光和古建筑（剧组专程到中国取景）都曾轰动一时。在日本人心目中集美貌高贵于一身的唐三藏由女演员夏目雅子饰演。这个形象大获成功，就像六小龄童成为央视《西游记》标志一样，在日本人心目中，夏目雅子就是78年版《西游记》的代言人，唐僧的化身。她的成功，直接导致以后历届版本唐僧皆由美丽女演员饰演，并一一拿来与之比较——宫泽理惠、深津绘理——差不多每一位"唐僧"都要在挑剔的目光和唾沫中经受洗礼。①

图 5-6　日本北海道大学中文系教授、著名的《西游记》研究专家中野美代子翻译的日文版《西游记》

后来，2006 年 1 月由香取慎吾扮演孙悟空的新版《西游记》在日本富士电视台周一晚 9 点播出，首集便创下了 29.2％的收视率，并在日本掀起《西游记》热潮。多家企业请香取慎吾以悟空形象为其商品做广告；旅行社推出了澳大利亚《西游记》外景地旅游项目；日本航空公司在国内航线一架"悟空喷气机"机身绘上了香取慎吾扮演的孙悟空。②

李萍的文章对这一现象也进行了描绘："为了表现影像语言的独特魅力，国外《西游记》的影视剧版本开始改弦易辙。日版《西游记》中，师徒 4 人战胜妖魔鬼怪的艰难过程中，每到对决的关键时刻就用中国式的京剧配音来渲染气氛、鼓舞斗志。这种京剧配音或急或缓，无不与故事情节的张弛发展紧密相关，使观众随之心潮起伏，体现出文字语言无法达到的亲和力和感染力。为了表现唐僧师徒之间的伙伴情谊，三藏法师的手杖上还凭空创造出 3 个

① 参见李萍《日本 78 年版〈西游记〉》，《观察者》2013 年 10 月 30 日。
② 参见《日本之新版〈西游记〉》，新华网 2006 年 6 月 16 日。

'铃铛'。这 3 个铃铛作为一种影像道具,象征着师徒一心。每当遇到妖魔时,三藏法师带着 3 个徒弟勇敢面对,铃铛伴随着师徒们坚定的脚步发出有节奏的声音。在三藏法师去天竺之前,徒弟因为妖怪的身份不能陪同,无奈之下三藏法师即将这铃铛分赠给 3 个徒弟。"①

西方:《西游记》在世界文学史上,也是浪漫主义的杰作。《美国大百科全书》认为它是"一部具有丰富内容和光辉思想的神话小说"。《法国大百科全书》说,"全书故事的描写充满幽默和风趣,给读者以浓厚的兴味"。从 19 世纪开始,它被翻译为日、英、法、德、俄等十多种文字流行于世。

"1895 年,最早的《西游记》英语片断译文出现,是塞缪尔·I.伍德布里奇翻译的《金角龙王,皇帝游地府》。而在《西游记》的传播过程中,在英语世界甚至是海外最有影响力的《西游记》节译本,当首推著名汉学家阿瑟·韦利翻译的《猴》。一部 100 回的《西游记》经他手后,只剩下 30 回。不过,该译本的连贯性保持得较好,文笔动人流畅,基本保持了原作诙谐幽默的风格,在西方影响最大,声誉最高。"②

图 5-7　英文版《猴》1943 年印(李建华提供)

① 参见李萍《〈西游记〉海外"变形记"》,《中国文化报》2013 年 1 月 8 日。
② 参见李萍《〈西游记〉海外"变形记"》,《中国文化报》2013 年 1 月 8 日。

"美国版《西游记》中,为了使电视剧更具吸引力和时尚感,对原著的内容进行了较大改动,唐僧不再是和尚,而是一个担当着救世任务的普通美国人。剧中的妖怪也不再像原著中以传统的虫兽鬼怪为原型,而是现代社会中带有太空幻想色彩的各种怪兽,凶猛狰狞。影片中采用了很多现代特技场景来表现唐僧师徒和妖怪的打斗,以加强视觉感染力。"①

中国四大名著之一的《西游记》,曾经以不同形式被拍成电影及电视剧集,美国 NBC 电视台破天荒首次把《西游记》搬上荧幕并取名为 The Monkey King(猴王)。此剧根据《西游记》原著的经典人物,如"齐天大圣"孙悟空、沙僧、猪八戒、唐三藏及观音都会在新版本中出现,由于剧集是外国人编的,该剧幕前幕后工作人员大部分都是外国人,甚至于连猪八戒、沙僧及唐三藏都通通变做外国人。而平时六根清净的唐三藏更以现代姿态与观音娘娘勾勾搭搭,大演对手戏!至于观音一角就由主演过《安娜与国王》及《红色角落》等西方影片的白灵饰演,而混血儿罗素就化身为孙悟空。②

美国版《西游记》,大意是一个编辑,酷爱中国文化,可是在现实中他却疏远了与女友的关系。后来不知什么原因,自己掉进了秦始皇的坟里,无法回到现实的世界,于是那些兵马俑——实际上代表恶魔的领路人,告诉他,穿过一堵神秘的墙,便可以回到未来。于是乎编辑先生战战兢兢地走了过去,后面的陵墓消失了,编辑先生来到了压猴子的五指山下,天!他居然是唐僧!没有办法,编辑先生只好爬上火山顶部,推开大石封住了火山口,于是猴子得救了。于是观音降临世间,叙述主人公的使命——秦始皇(他是明朝人)残暴无比,杀尽天下所有的有独立思想的知识分子,纷纷给他们洗脑,他们只能写古书。③

而我们伟大的作家——吴承恩先生呢,是唯一不屈服的人,他用"春秋"笔法写了《西游记》,自由主义战士唐僧的任务就是拯救世间的人们,打败已经死去化为魔王的秦始皇,去寻回《西游记》的原本。于是,一个东方式的辛

---

① 参见李萍《〈西游记〉海外"变形记"》,《中国文化报》2013 年 1 月 8 日。

② 参见《美剧〈西游记〉唐僧观音激情舌吻》,中国山东网 2014 年 11 月 21 日。

③ 《谁看过美国版的〈西游记〉》,天涯社区网站 2004 年 12 月 7 日。

巴达历险记开始了……①

观音爱喝"马爹利"；唐僧变成了高大英俊的美国学者；孙悟空还是照样被压在蒸汽山山下；猪八戒减肥瘦得能看到排骨，这就是欧美版《西游记》。2009年1月，由德国和美国联合拍摄的奇幻片《美猴王》在德国某电视台播出，该片一经播出就赢得当地观众好评如潮。据该电视台一位知情人士透露，欧美版《西游记》之《美猴王》建立在中国古典四大名著之一《西游记》的故事基础上，并且特别邀请了汤姆斯·吉普森饰演重要角色，在片中他扮演研究《西游记》的专家，并且以《西游记》为论文课题获得了博士学位。在剧中，美国商人尼克奥顿接到观音菩萨的求助，探寻失传已久的吴承恩《西游记》手稿。之后被带进了中国的神话世界，和拥有神奇力量的美猴王、猪八戒、沙僧一块儿，开始了拯救世界的旅程。值得一提的是，华人女星白灵在片中饰演观音菩萨。该剧在德国播出后的反响虽好，但很多中国观众并不看好，许多中国人认为其剧情太颠覆。②

名著《西游记》在部分欧洲人眼里居然会产生这样的效果。网络上流传着这样一个故事：在瑞典一所乡村中学里，老师是这样讲述中国名著的：故事说的是一个中国的和尚去西方旅游，他骑着白马，带着一位名叫沙僧的仆人。为了打发寂寞，他还带了一只宠物猴和一头宠物猪。和尚路过许多高山大川，受到许多惊吓。据说他带的猴子本领很大，一路上替他扫除许多障碍，其实不过是一只蝎子、两只蜈蚣、五只黄鼠狼、七只蜘蛛等而已；大的动物有一头牛、两只狮子、三条狼。和尚带的宠物猪没什么作用，只是充当旅途解闷工具罢了。据说他一口气吃了四只西瓜，把和尚、猴子、佣人的一份都吃了，还说他调戏了七只蜘蛛，被蜘蛛们狠咬了一口。那个佣人却什么用也没有，整天担着一副破行李，听任摆布。和尚花了13年才到了印度，寻了 些印度佛经，像得了宝贝一样回国了。当时学生听了非常惊讶：一是想不到中国人这么热衷于冒险，二是想不到一千年前中国人就喜欢宠物猪了！不管这个故事

---

① 《谁看过美国版的〈西游记〉》，天涯社区网站2004年12月7日。

② 参见《震惊：德国版〈西游记〉》，天涯社区网站2014年4月2日。

是真的还是假的,但对于我们而言,确实有点搞笑的意味。当然,也有人认为,可能是文化背景的不同,导致认识上的差异,完全篡改了,真是令人啼笑皆非。

与《西游记》的影视传播相比较,动漫、网络传播方式与原著距离更大。李萍在文章中描述道:"这些动漫或网络作品虽然在名义或某些人物形象上仍然与《西游记》原著保持着若有若无的联系,但是实际上已经把原著抛在了一旁。动漫或网络中常常出现各种冲击视觉的场景处理,三藏驾驶着汽车从悬崖上滚落,汽车经过屡次 360°的碰撞变了形,三藏却安然无恙;师徒 4 人在摩天大楼林立的现代城市活动;情绪、话语都可以用动画表现,愤怒时眼中喷出火焰、生气时头上冒出白烟、害羞时心脏怦怦跳动,甚至连喊叫时空气的震荡波也看得见……此外,动画版《西游记》常常以现代流行音乐推进情节、抒发情感、展示环境。日本动画《西游记》第一集中,女三藏与悟空的第一次相见就是以激烈的摇滚乐作为音乐背景,适当烘托出两位主人公的对立情绪。动漫、网络亦使《西游记》所承载的义化元素得以在全球大众文化中传播,使世界上更多的人能够知道武艺高强的孙悟空,了解了唐僧、悟空、八戒、沙僧的故事。而且,网络、动漫由于虚拟程度高、信息量大,跨文化传播效果好,这种新的媒介形式虽然不能反映中国文化的实质,但激活了中国传统文化的元素,并且有效地促进了中国和其他国家、民族、地区之间的文化交流,丰富了世界文化资源。"①

二、《西游记》文化海外传播的渠道:商业化成为主角

商业化传播。"产业化传播,往往由市场起主导作用,各国把各种文化资源加工成文化产品,通过文化贸易的形式向外推广。《西游记》近年来在海外的传播大都是通过产业化传播的方式。在日本,2006 年由富士通电视台播出的连续剧《西游记》,首集便创下了 29.2%的收视率。2007 年又在暑期推出了

① 李萍:《〈西游记〉海外"变形记"》,《中国文化报》2003 年 1 月 8 日。

电影版《西游记》,并在戛纳电影节上进行宣传。在美国,2001 年由 NBC 电视台制作了 *The Monkey King*(《美猴王》),并由德国电视台在 2009 年元旦期间引进播放。好莱坞近年来推出的大片《功夫之王》、《龙珠:进化》等也出现了《西游记》的题材或人物。通过文化产品的形式推出《西游记》在海外已经形成了初步的受众基础,并取得了相当的经济收益。但是,目前《西游记》在海外传播的过程中,传播者大多不是中国本土人士而是域外人士,也就是说,在海外比较有影响的《西游记》版本不是由我国主动推出,而是由他国传播者将我国的文化资源进行改编并在本国或全世界推广。来自中国的素材和资源,经过异质文化的加工和改编,很自然地带有了不同的价值观念和文化,比如美国版的《西游记》中出现唐僧和观音谈恋爱的情节,日本版《西游记》的唐僧则是由女性扮演。最终这个带有他国价值观和文化观的影视作品被投放到世界包括中国市场。一方面,我们花钱消费本属于我们的文化资源;另一方面,我们也要承受不同文化对我们文化的误读和改写。所以,发展我们自己的文化产业,用文化产品的方式推出我们的文化资源是当务之急,也是我们必须面对的现实。在全球化的条件下,用产业化的方式推出我国的文化产品意味着必须进行内容的创新。要挖掘我们的文化资源中能够反映人类共同的情感倾向和文化需求的部分,要让我们的文化作品保持一定的开放性。只有这样,我们的产品才能被更多的人接受,才能减少其他国家对我们文化的误读。《西游记》之所以能走向世界,正是因为其内容中的宗教、英雄、传奇、丰富的想象等要素,容易为不同国家、不同民族的人们感知与理解。当然,创造并设计出具有人类共同点的文化产品,不等于忽略我们的民族文化精髓。在世界都越来越重视文化产业的今天,各国在各种表现形式或操作技巧上互通有无并不难,但唯有对本国传统文化的挖掘与表现的能力,这是其他国家的文化创作者不可能与之相比的。中国有如此深厚的文化积淀,这是一笔无尽的财富,放弃我们的文化传统无疑是舍本求末。但要对传统文化进行创新也并不容易,这需要对传统读解的深度和视野的广度,需要对文化资源扎扎实实的理解和把握能力,也需要对受众文化心理的研究能力。这些能力都非一朝一夕能成,需要舍去浮躁的'潜伏'精神。但有一点是肯定的,坚持我们的民族文化精髓，才能保持我们作品的生命力，才不至于在形式热闹的文化大潮中迷失自己。"①

进入海外市场的各种渠道。"日本的动漫作品之所以走遍世界，与日本的国际营销渠道很有关系。而日本版的《西游记》不仅卖到韩国、新加坡等多个亚洲国家，甚至欧洲、澳洲等一些国家也对该剧充满了兴趣。美国迪士尼公司的《花木兰》更是在全球赢得 3 亿美元的利润。一般国外文化产品在进入我国市场之前，都对我国市场情况有详细的调研和具体的数据。而我国文化产品进入海外市场，目前大多通过两种渠道：一种是参加国际国内的各种文化博览会，另一种是依托国外的发行或经纪公司。依托国外代理的好处是风险小，不需要揣摩市场，不需要打通各种营销渠道。但显然在经济效益上也大打折扣，主要利润都被代理公司获取了。更为不利的是通过别人去触摸市场，永远隔着一层，难以培养对市场的敏锐感。所以第一步要调研市场，即以第一手的方式去接触市场。希望从海外文化市场获得回报的文化企业不妨增加一些对海外市场调查研究的人力、物力投入，尤其是具体文化产品的个案调研，使自己对海外市场的了解不仅仅停留在定式化的语言障碍、文化差异方面，而是有更具体的、更感性的认识。政府部门也可以有意识地选择一些有代表性的个案项目，协助或资助进行海外市场调查，聚沙成塔，或积小见大。其次要在国际市场中建立自己的阵地。就是要在国外逐渐建立自己的发行渠道或经纪机构。只有建立自己的阵地，才能逐渐拓展我们在海外市场的空间。2009 年 12 月，中国港中旅集团所属天创国际演艺制作交流有限公司收购了美国第三大演艺中心密苏里州布兰森市的'白宫剧院'，驻场演出舞台剧《功夫传奇》；东上海国际文化影视集团出资收购了美国田纳西州的两家剧院，分别命名为'东上海剧院'和'宫殿剧院'，拟上演功夫剧《少林武魂》和舞剧《周璇》。这些信号让我们有理由相信，中国文化海外传播的进程即将进入加速发展阶段。"②

---

① 《中华文本库》：《重视〈西游记〉的海外传播》。
② 《中华文本库》：《重视〈西游记〉的海外传播》。

图 5-8 德文版《西游记》,
1947 年印

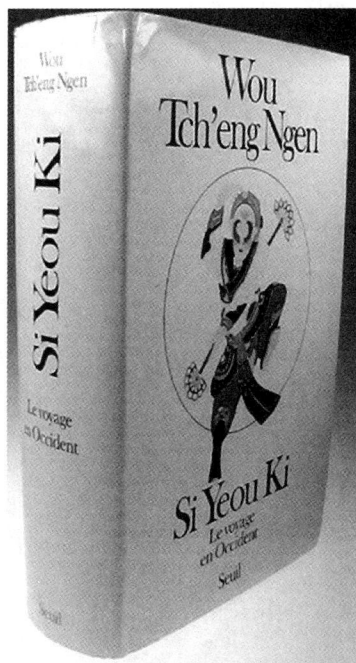

图 5-9 法文版《西游记》,
1957 年印

三、《西游记》文化海外传播的典范:央视 86 版《西游记》

央视 86 版《西游记》曾火遍东南亚。"缅甸电视台从 1994 年 11 月至
1995 年 5 月每个星期日晚上播放中国的 25 集电视连续剧《西游记》,一时轰
动了缅甸全国。在长达半年的播放期间,街头巷尾,茶余饭后,人们都在议论
着《西游记》,无论是国家领导人还是普通老百姓都赞不绝口。"①2014 年 5
月,缅甸私营电视台天网旗下的 9 频又于晚间黄金档 19 时开播 86 版《西游
记》,每天两集,以中文原声播出,配以缅甸语字幕。作为中国的四大名著之
一,《西游记》在缅甸也算是家喻户晓,86 版《西游记》对缅甸人尤其是年轻人

---

① 《电视剧〈西游记〉风靡缅甸》,《中外文化交流》1995 年第 5 期。

来说并不陌生,很多人也是看着这部电视剧长大的。因为在缅甸街头贩卖光碟的商人那里,作为经典,中国电视剧的《西游记》向来不缺货。中国电视剧,尤其是古装剧在缅甸很流行,已有赶超"韩流"的趋势。此外,不仅在缅甸,如今在整个东南亚"华流"正如火如荼,中国明星在东南亚也越来越有人气。①

当年央视版的西游记是火遍东南亚的,六小龄童的婚礼都被新加坡电视台做了直播,甚至还邀请他去新加坡举行婚礼,真正当作影视巨星对待。这是网友的评价。片中孙悟空的扮演者六小龄童也因此在东南亚有着极高的知名度。六小龄童曾在 1998 年造访河内。2014 年第二次访问越南,被越南文化、旅游和体育部授予"越南旅游中国形象大使"称号。六小龄童在河内 CHIBOOK 书店举办的《六小龄童品西游》一书的越南文版签售会,引发轰动。2010 年,越南国家主席张晋创在访华期间曾亲自为该书题词。在越南电视台播放中国电视连续剧《西游记》的那段时间里,每天从开始

图 5-10 绘本西游记,日文版明治四十三年(1910 年)葵文会出版发行(李建华提供)

播放到结束,河内市街道上的行人特别是少年儿童骤然减少,一改往常摩托车马达声轰鸣的嘈杂景象,此时的人们大多在家中或有电视机的公共场所,聚精会神地注视着电视荧屏,并不时发出一阵阵欢笑声。②

---

① 参见《缅甸播 86〈西游记〉》,长沙旅游网 2014 年 5 月 15 日。
② 参见《六小龄童将接受越南旅游大使称号》,新浪青岛 2014 年 4 月 4 日。

第六章　大圣故里觅西游
——新时期连云港与《西游记》文化

第六章　大圣故里觅西游
——新时期连云港《西游记》文化与

古典文学名著《西游记》与连云港有着千丝万缕的联系。改革开放以来。连云港不仅成为当代《西游记》文化研究的重要基地,同时成为《西游记》文化的发源地之一。《西游记》文化已经成为连云港市最靓丽的文化品牌,为连云港市提升城市知名度,发展文化旅游产业,提供了不可多得的重要机遇。

第一节　梦里寻他千百度
——新时期连云港与《西游记》文化

在中国,一谈到《西游记》,特别是谈到其中的主人公孙悟空,大家都会不约而同地想到连云港。这是因为连云港的城市形象已经紧紧与《西游记》文化联系在一起了。大家到连云港来,就是想了解这座与《西游记》相关联的城市到底有什么神奇的地方。在连云港,体现《西游记》文化的东西很多,但有较大影响的,至今仍有许多为连云港人津津乐道的事情。

一、连续多年举办《西游记》文化节,展示了西游之城的传奇与浪漫。以一部名著为背景,举办文化节,这在国内还是不多见的。从 1997 年开始,连云港市举办花果山金秋登山节,后来,逐步改为西游记文化节。然后,年复一年,至 2013 年已经连续举办了 14 届。当然,每一届的形式有不少变化,但主题始终是围绕着西游记文化来开展的。如 2001 年,唐代高僧玄奘法师顶骨舍利送往连云港仪式在南京灵谷寺举行,在《西游记》文化节期间与海内外游客"见面"。连云港市安排"唐僧"在跨越千余年之后,来到"孙猴子"的老家与"高徒"见面,为《西游记》文化节增添一抹更加传奇的色彩。2003 年,"同一首歌"唱响《西游记》文化节,中央电视台知名品牌栏目《同一首歌》演出文艺节目。2004 年,用世界儿童联欢节的思路举办西游记文化节,取得了令人振奋的效果。2005 年,西游记旅游文化节与在连云港举办世界旅游日主会场相结合。2006 年,举办西游记国际旅游文化节暨 2006 相约花果山诗词朗诵演唱会。2007 年第十届西游记文化旅游节,2010 连云港国际西游记文化节暨首届江苏沿海国际旅游节,2012 年首届东中西区域合作论坛暨西游记文化节,2013 年西游记文化节紧扣"丝绸之路经济带"这一主题。乐此不疲、连续多年的西游记文化节,对展示连云港市的城市形象,起到了十分有力的推动作用。

二、为时四年奥运会吉祥物的申报(以下简称为"申吉"),展示了西游记文化的生机与活力。通过推荐美猴王为 2008 年奥运会吉祥物,引发了全国性的"申吉"热潮。把"申吉"变成连云港市向国际国内展示自我形象的一次十分难得的机会。因此许多专家学者认为,申吉集中体现了连云港城乡人民勇于思索、敢为人先的形象。早在 2002 年 4 月,连云港市的知名学者彭云先生就撰写文章,呼吁把《美猴王推荐给奥运会》。同年 10 月,连云港市在全国首家以政府名义致函北京奥组委,推荐美猴王孙悟空为 2008 年奥运会吉祥物。这是奥运会开办 109 年以来第一次由地方政府推荐吉祥物,由此引领了四川、甘肃、青海、北京等省市参与的全国性的申吉活动。可以毫不夸张地说,连云港的申吉之举改写了奥运会吉祥物诞生的历史。同时,也创造了一个全新的汉语名词——申吉。思维活跃的连云港人在申吉过程中不断创新着方式方法,在全国第一家办起了申吉网站,发行了邮资封。2004 年春节,在人头攒动的上海豫园举办了以花果山美猴王为主题的灯展,组织全市 15 万中小学生参加"致 2008 年北京奥组委"主题书信大赛,全国闻名的"连云港雷

图6-1 2001年中国首届《西游记》文化节
暨第五届花果山登山节请柬

锋车"组历时21个月,在总长208米的巨型条幅上征集到全国30万汽车站工作人员支持孙悟空的签名。组织了社会知名人士和社会团体如高玉宝、六小龄童、《小兵张嘎》原型燕秀峰、刘胡兰弟弟刘继烈、雷锋团、中国《西游记》研究会等支持孙悟空入选奥运会的活动。推介活动从国内延伸到国外,美国、澳大利亚、新西兰等国的国际友人也伸出援助之手。全国"两会"上,连云港市的全国人大代表向大会提交了议案。市委宣传部等多个部门的领导几上京城,向中央有关部门汇报,师专一附小的孩子们为推荐吉祥物,写信给国际奥组委主席罗格。年近古稀的退休教师历时数月徒步穿越半个中国,向沿途城市新闻媒体介绍连云港人民申吉情况。电视台记者自费在澳大利亚举行单车乘骑活动,向澳洲人民宣传孙悟空。美猴王申吉邮资封发行后,广大市民积极认购,随着300多万邮资封的寄出,连云港人的申吉壮举波及全国城乡。由于港城人民的坚忍不拔,孙悟空的人气指数在吉祥物公布当天仍然名列前茅。以致在申吉尘埃落定之后,新华社以"热门方案为何落选北京奥运吉祥物"为题专稿,为孙悟空等落选作出阐释。虽然吉祥物评选结果令人感到遗憾,但连云港人注重过程,连云港的城市形象在申吉过程中已经得到了充分的张扬,美猴王——连云港的关系已经得到全国人民乃至世界人民的关注,这对连云港来说,已经达到了某种预定的目标。

三、在央视媒体大力宣传城市形象,展示了"大圣故里"的英姿与风采。CCTV 央视国际报道连云港《大圣故里》。2004 年 11 月 3 日"走遍中国"摄制组在花果山下的连云港市拍摄了一组镜头,当时,来自连云港市各中小学的几百名学生专注地描画着心中的孙悟空形象。连云港的市民们正满怀激情地参与一场竞赛,那就是力推美猴王孙悟空成为 2008 年奥运会的吉祥物。"孙悟空的老家花果山,新亚欧大陆桥东方桥头堡中国连云港"。与此相配合,市委、市政府抢抓国内外关注 2008 年北京奥运会的有利契机,在央视黄金时段品牌栏目集中开展高规格城市总体形象宣传活动。经积极筹备,连云港市投入 500 多万元,在央视一套每天早晨 7 时 20 分到 45 分《朝闻天下——媒体广场》栏目,在央视新闻频道每天早晨 6 时 20 分到 45 分、7 时 20 分到 45 分《朝闻天下——媒体广场》栏目,开展为期一年的城市总体形象宣传活动。2008 年 10 月 1 日起,以"孙悟空的老家花果山,新亚欧大陆桥东方桥头堡"为主题的连云港城市形象广告片在中央电视台《新闻三十分》播出。为进一步提升花果山景区的影响力、扩大景区的知名度,云台山风景区管委会在省旅游局的牵头指导下,加大广告宣传力度,于 5 月在中央电视台一套《朝闻天下》栏目和新闻频道并机播出花果山景区 15 秒旅游宣传片。5 月至 7 月,在旅游卫视播出 15 秒旅游宣传片。"孙悟空老家,连云港花果山欢迎您"又一次作为连云港城市名片亮相央视。2012 年,连云港在中央电视台展开城市旅游总体形象宣传,此次宣传片时长 10 秒,采用的城市旅游宣传口号是"连云连海连天下,好山好水好风光——中国连云港"、"西游记文化发源地",全方位、多角度塑造了"山海连云、西游圣境"的旅游城市形象。

四、脱颖于《西游记》文化的城市精神,展示了新时期连云港人的精气神。一个地区的人文精神总是同其文化特征相关联的。连云港市提出:在新的历史征程中,我们要大力彰扬电视连续剧《西游记》主题歌《敢问路在何方》中,所洋溢的那种"你挑着担，我牵着马"的团结协作精神、乐于奉献的勤奋敬业精神；那种"踏平坎坷成大道，斗罢艰险又出发"的攻坚克难、愈战愈奋的拼搏进取精神；那种"一番番春秋冬夏，一场场酸甜苦辣"的持之以恒、坚韧不拔的自强不息精神；那种"敢问路在何方，路在脚下"的敢于探索、勇于实践的创新创业精神。这里所反映的就是新时期连云港精神的核心内容。这些年来连云港人一直在讨论什么是新时期的连云港精神，都盼望着在连云港的发展征程中，能有一个像张家港精神一样的，能凝心聚力、催人奋进的连云港精神的出现。这一精辟概括，真让人有一种"豁然开朗"的感受。这首歌所折射出来的思想境界完全符合连云港精神的要求，连云港今天完全需要这种精神力量的支撑。连云港精神与西游精神一脉相承、异曲同工。连云港人与西游记文化、与西游精神具有一种天然的联系。作为连云港人，得感谢吴承恩先生，是他给连云港人留下了一笔宝贵的物质和精神财富。作为物质财富来说，把连云港的花果山水帘洞作为《西游记》中孙悟空的老家，使花果山与孙悟空一样扬名天下；作为精神财富来说，西游记文化既然是连云港的城市名片，西游精神理所当然是连云港人取之不尽、用之不竭的精神动力。连云港精神还与西游精神异曲同工。西游记主题歌，不仅是对唐僧师徒西天取经精神的高度概括，而且从某个侧面来说，是对中华民族精神的高度概括。这个主题歌在国内具有极高的知名度，不管男女老少，只要听到这个歌子，都会知道这是西游记中的歌曲。借助于西游记主题歌这个载体，连云港精神恰似"好风凭借力，送我上青云"，就会在众多的城市精神的讨论中脱颖而出。连云港的崛起振兴需要彰扬西游精神。西游精神是正处于崛起腾飞中的连云港人迫切需要的一种精神状态。特别需要全市人民发展团结协作的精神、奋勇拼搏的精神、自强不息的精神、敢于探索的精神，实际上这就是连云港人在崛起振兴的过程中应该体现出的昂扬向上、自强不息的精神风貌。从某种意义上来说，连云港精神就是西游精神的传承、延续。当前连云港具备了彰扬西游精神的天时、地利、人和等各种条件，"敢问路在何方"，路就在脚下。

五、蓬勃兴起的《西游记》文化理论研究，展示了西游研究成果的深厚积淀。多次举办西游记研讨会。理论研究是学术研究的灵魂与核心，理论研究是一项十分艰苦细致的工作,因为它要从纷繁复杂的社会现象中梳理出逻辑关系,从中挖掘出有真正有意义有价值的内容,《西游记》文化的理论研究也是这样。在这个方面,连云港人可以说为《西游记》文化的发展作出了重要的贡献,最突出的是召开了多种形式的理论研讨会。据不完全统计,改革开放以来,围绕《西游记》这部名著,全国各地大概共举办了20多场学术研讨会,其中在连云港这个地方举办的就达一半,也就是占了"半壁江山"。1982年在连云港与淮安举办的全国首届"《西游记》学术研讨会",拉开了全国《西游记》研讨的序幕,引领了各地新时期的《西游记》文化研究。这次研讨会由连云港市、淮安县与江苏省社科联联合举办。研讨会的主要成果之一,就是参加会议的一百多名专家学者一致认为,连云港的花果山就是《西游记》中花果山的原型。然后是1993年、1999年与2002年,在连云港市分别举办了全国第四届、第五届、第六届《西游记》学术研讨会。这三次研讨会,分别围绕《西游记》的作者、原型、主题、人物、版本、文学以及与中外传统文化之关系进行了深入探索,取得了许多重要的成果。后来,由于全国性《西游记》研讨会的序列排号不统一,进入新世纪以来的许多《西游记》学术研讨会则不以第几届来称呼。自2006年开始,淮海工学院则在《西游记》文化的研究方面作出了许多贡献。2006年"中国·连云港西游记文化国际学术研讨会",2008年西游记文化国际学术研讨会,2009年西游记学术研讨会均在淮海工学院举办。进入新世纪第二个十年,连云港市主办方先是结合灌南县二郎神主题公园的建成,举办了2010中国灌南西游记二郎神文化学术研讨会;结合《西游记》文化产业发展的新特点,举办了2012年西游记文化发展论坛;结合连云港研究专家李洪甫先生的《最新整理本西游记》出版,举办了2013年的研讨会。这些场次的研讨会,从总体上来说,是《西游记》文化研究的盛会,是《西游记》研究专家的聚会,奠定了连云港在全国《西游记》研究方面的地位。32年来,在连云港举办的《西游记》学术研讨会,其中一个重要的贡献是,研究了连云港与《西游记》的关系,也就是孙悟空老家与连云港的关系。1982的全国首届《西游记》学术研讨,与会的一百多位来自全国各地专家学者们一致认为,连云港的花果山就是《西游记》中花果山的原型。专家学者们还就连云港与《西游记》的关系方面作了许多研究,包括连云港的民间传说、民俗方言与《西游记》的关系,连云港的自然风景、历史遗留的地名与《西游记》的关系等诸多方面。

六、非物质文化遗产的保护,展示了西游文化的传承与发展。"花果山的传说"作为民间文学,2009 年 6 月入选第二批省级非物质文化遗产名录,从 2013 年 8 月起正式申报国家第四批非物质文化遗产名录。花果山传说是流传于江苏省连云港市云台山(今统称花果山)及周边地区的诸多民间传说,其中石猴出世的传说、猴嘴石的传说、石猴锁龙传说、金箍狼牙石传说、猪头石的传说、十八盘传说、三元传说、水帘洞传说、七十二洞传说、石猴乌龙潭捉妖传说、拐杖柏传说、南天门传说等在民间以口头形式代代相传,既富于生活气息,又离奇动人。三千年前《禹贡》的相关载述,是花果山传说孕育、产生的原始依照。《山海经》《水经注》及唐诗宋词及其他史料,说明花果山传说一直在延续。随着时间的推移,花果山传说日渐丰富,又经过当地百姓和墨客骚人一代代的完善、传承,形成了现在广为流传的花果山系列传说。花果山传说与连云港地区的风土人情相结合,凸现强烈的地域特色。传说中的石猴具备了人和神的特征,反映了古代花果山人对自然的认识和征服自然的愿望。花果山传说用了大量连云港民间说唱的方言口语的精华,有利于人们深刻理解乡土文化,突出了较强的文学价值和民俗价值。

七、琳琅满目的西游记文化陈列,展示了西游文化的渊源与风采。西游记文化是连云港的品牌文化,也是连云港最显著的文化特征。为了更好地弘扬西游记文化,连云港市社科联、市博物馆于 2007 年初,联合打造了具有连云港地方文化特色的展览——《西游记文化》陈列。《西游记文化》陈列内容分为:千年源流归大海、吴承恩的海州情怀、石头里蹦出一个孙悟空、《西游记》艺术品展示四大部分。展览通过对玄奘西行、吴承恩的家世、《西游记》成书背景、吴承恩与连云港、《西游记》与花果山等相关资料的论述,以图片和实物相结合的形式进行了翔实描绘与展示,充分阐述了西游记文化的渊源及影响,展示了吴承恩与连云港、《西游记》与花果山的历史渊源和密切关系。《西游记文化》陈列,展出了《西游记》古籍版本 100 余册、《西游记》现代版本 600 余册、《西游记》连环画 260 本、《西游记》电话磁卡 120 张、《西游记》烟标 220

张、《西游记》邮票 100 余张、《西游记》宣传画 70 余幅,另有《西游记》工艺品及其他相关展品 100 余件。展馆内还设有电影版《西游记》视频播放,《西游记》动画片投影播放,并专设观众互动阅览区,设置开放式书架供观众自由阅读书籍。此外,目前国内实证资料丰富的花果山实证陈列馆于 2011 年在花果山景区的清风顶正式开馆。馆内大量的珍贵资料向游客证实了港城的花果山才是正宗的吴承恩笔下的花果山。展馆由三个分展馆组成,分别为孙悟空馆、唐三藏馆和吴承恩馆。各展馆内分别陈列大量珍贵的古版本《西游记》、石刻、铁器、瓷器、佛经和《西游记》相关的文物,庭院内则陈列着《西游记》和花果山的明清碑廊,等等。除了这些散发着历史气味的珍贵物证外,馆内还为游客准备了各种融合现代科技的声光动画多媒体展示仪器和《西游记》文化知识闯关游戏。在花果山脚下、大圣湖畔,还有一个完全由民间西游记文化爱好者组织、建立的西游记文化研究中心,不仅收集了 12000 余件与西游记有关的收藏品,对游客、市民免费开放,还出版研究刊物,致力于西游记文化的研究。

图 6-2 2010 年连云港·国际西游记文化(旅游)节
"西游记文化书画展"

八、美猴王作为特色产品的商标,展示了西游文化的蓬勃活力。对"猴"品牌最重视的,可能就是江苏连云港市了,因为该市利用古典名著《西游记》,大打品牌文化策略,目前已成功注册了"花果山"、"猴王"、"齐天大圣"、"猴娃"、"猴乡"、"孙悟空诞生地"、"猴文化之都"等30个商标。作为孙悟空老家的连云港多年来大做猴文化的文章。连云港美猴王酒业有限公司采用樱桃极品——"中国红"酿造的系列酒,是国内外樱桃酿酒的首创,荣获国家发明专利、国家级星火项目。高雅尊贵、酒体金红、果香浓郁、营养丰富,经特有工艺,酒中浓聚了大量活性物质、维生素群、矿物质及微量元素。铁硒是等量葡萄酒的29倍,山楂酒的8倍。常饮樱桃酒有促进睡眠、健脑养心、软化血管、降脂排毒、强肾补血、抗衰老、去疲劳、美容养颜之功效。美猴王樱桃酒被世界卫生组织推荐为健康饮品,产品畅销国内十几个省市,并远销日本、美国、新加坡、南非等地。连云港不仅是美猴王酒,也有猴香红茶。原机关干部张义香退休后来到海州区花果山乡小村花山顶做有机茶园,注册成立连云港市绿祥茶叶种植合作社,开发荒山千亩建立茶叶基地。茶社通过一年多的研制成功"猴乡红茶",也是我市首家研制成功生产的商家,填补我市生产红茶的空白。泡出的茶汤红亮剔透,入口品茗,先是茶叶的青涩,而后舌中变得润滑,入喉则清甜,令人回味无穷。猴乡红茶曾经参加中国上海茶叶博览会。

九、民间西游记文化的普及,展示了西游文化在连云港的根基。手书《西游记》与《西游记》剪纸。连云港市书法家协会主席张耀山,甚至花两年时间,手抄了一部《西游记》。为了配合连云港市奥运申吉活动,2002年,张耀山萌生手书《西游记》的想法,经过精心准备,他闭门谢客,远离尘嚣,殚精竭虑书写《西游记》,用了近两年时间,书写百万之字,终于取得成功。该手书一书两函十册,以较完善的明代世得堂刊本为底本,采用宣纸印刷、锦绫封面、手工线装等传统工艺,具有浓厚的古线装书籍之韵味,并体现了连云港是《西游记》文化发源地的特点。在书写上,该手书的书体改变了清代馆阁体的基本形式,以楷书加魏碑之气韵,糅合了书者自己独具一格的行楷,章法严谨,墨香扑面,古朴典雅,令人回味。2003年张耀山同志历时半年时间完成手书《西游记》,国内主要媒体都作了详细报道。受央视四频道邀请,做客《欢聚一堂》,向世界宣传连云港,推介花果山。2004 年 8 月,由江苏省连云港市书法家协会主席张耀山创作的《张耀山手书西游记》正式出版。该书以明代世德堂刊本为底本,采用行楷书写而成。全书共分 10 册,由中国线装书局出版,首版 500 套。此外,美轮美奂的《西游记》文化剪纸。孙洪香是灌南县实验中学美术教师,毕业于南京师范大学,系中化民族文化促进会剪纸艺术委员会会员,连云港市特色文化标兵。孙洪香老师从小痴迷于《西游记》,对其中的故事情节、人物烂熟于心。自从研究上剪纸以后,她觉得《西游记》作为连云港值得骄傲的文化品牌,应该得到发扬光大,同时剪纸作为中国特有的传统民俗艺术,也应该得到继承和创新。从 2004 年起,她开始创作《西游记》剪纸组画,创作《西游记》剪纸组图。《西游记》剪纸组图单幅为 40cm×30cm。从猴王出世、拜师学艺、龙宫得宝、大闹天宫,到皈依佛门保唐僧西天取经历经九九八十一难取得真经归来,共计 430 余幅作品。每幅既可独立成画,又可以以连环画的形式展现,更好地突出名著《西游记》的独特魅力。

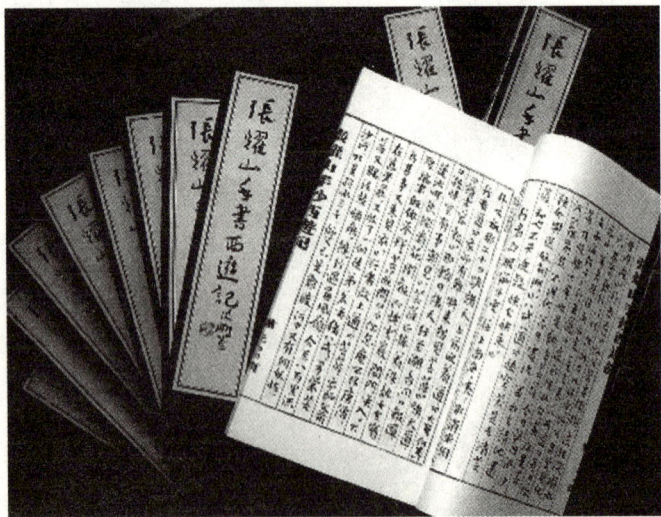

图 6-3　张耀山手书西游记

第二节　寻梦西游看旅游

——《西游记》文化助推连云港旅游事业发展

　　《西游记》文化具有多方面的内涵,它对连云港发展的贡献不仅表现在城市形象等方面,受益最直接的还是城市旅游。到连云港来旅游,最吸引游客的还是花果山,游客们最想了解美猴王"老家"花果山是一个什么样子,包括花果山旅游资源的保护与开发,大家还想了解《西游记》文化是如何助推连云港旅游事业发展的。

图 6-4　年画《孙悟空花果山练兵》,杨艾湘作,
湖南美术出版社 1988 年版

一、最美还是花果山

"一部西游未出此山半步，三藏东传并非小说所言"，这是镇江金山寺已故的方丈梦初为连云港花果山海宁禅寺题写的对联。如果不研究佛理，对其中的禅意境界可能是难以理解的。古典名著《西游记》中的花果山究竟是一座什么样的山，这样引人注目。要想寻求答案，"解铃还须系铃人"，我们还是从古典名著《西游记》这本书中寻求。实际上，古典名著《西游记》中前九回，在描述主人公孙悟空的老家时，对花果山作了多方面的描述。

图6-5　连云港花果山山名石刻，由时任全国人大常委会副委员长程思远题字（张晓辉提供）

1. 花果山是一座生态花果山。西游记中的生态花果山是个什么模样？作者吴承恩明明白白地告诉我们，它是大自然的杰作，没有一点人工的痕迹，它"丹崖怪石，削壁奇峰。峰头时听锦鸡鸣，石窟每观龙出入。林中有寿鹿仙狐，树上有灵禽玄鹤。瑶草奇花不谢，青松翠柏长春。仙桃常结果，修竹每留云。一条涧壑藤萝密，四面原堤草色新"（《西游记》第一回）。这一段描述，语言不多,但内容丰富。首先是静态的描述,花果山上的石头,丹崖,怪石,削壁,奇峰,四组八个字,丹崖与怪石相配(神奇),削壁与奇峰并存(伟岸),形容花果山的自然山貌。另外是,草与花,松与柏,还有桃与竹,再有涧与堤。其次,动态的描述,不仅有山峰上的锦鸡、石窟中的龙,而且有树林中的鹿与狐、空中飞的禽与鹤,它们共同构成了一座惟妙惟肖的令人神往的生态花果山。连云港的花果山就是这样的花果山的原型。

　　2. 花果山是猴子们的乐园。花果山是孙悟空的"老家",理所当然的是猴子们的乐园。那么,我们且看《西游记》中是如何描述猴子们在花果山上玩耍的? 但见:那猴在山中,却会行走跳跃,食草木,饮涧泉,采山花,觅树果;夜宿石崖之下,朝游峰洞之中。一朝天气炎热,与群猴避暑,都在松阴之下玩耍。你看它一个个:跳树攀枝,采花觅果;抛弹子,邷么儿;跑沙窝,砌宝塔;赶蜻蜓,扑八蜡;参老天,拜菩萨;扯葛藤,编草帏;捉虱子,咬又掐;理毛衣,剔指甲;挨的挨,擦的擦;推的推,压的压;扯的扯,拉的拉,青松林下任它顽,绿水涧边随洗濯。这些既活泼可爱又顽皮的生灵,相信是非常讨人喜爱的。连云港的花果山上现在也有许多这样可爱的猴子。

图6-6　连云港花果山"神"字石刻。怀素草书,为世界上最大的单体汉字,
1996年被载入吉尼斯世界纪录(张晓辉提供)

3. 花果山上的水帘洞是洞天福地。水帘洞是花果山上的标志性建筑。从外面看水帘洞："一派白虹起,千寻雪浪飞;海风吹不断,江月照还依。冷气分青嶂,余流润翠微;潺湲名瀑布,真似挂帘帷。水帘洞里面:翠藓堆蓝,白云浮玉,光摇片片烟霞。虚窗静室,滑凳板生花。乳窟龙珠倚挂,萦回满地奇葩。锅灶傍崖存火迹,樽罍靠案见肴渣。石座石床真可爱,石盆石碗更堪夸。又见那一竿两竿修竹,三点五点梅花。几树青松常带雨,浑然象个人家。"水帘洞中的水,"这水乃是桥下冲贯石窍,倒挂下来遮闭门户的。桥边有花有树,乃是一座石房。房内有石锅、石灶、石碗、石盆、石床、石凳。中间一块石碣上,镌着'花果山福地,水帘洞洞天'。这里边:刮风有处躲,下雨好存身。霜雪全无惧,雷声永不闻。烟霞常照耀,祥瑞每蒸熏。松竹年年秀,奇花日日新"。这可是真正对应了洞天福地的称谓。连云港花果山上的水帘洞是一个呈八字形的天然石洞,它是几亿年前山体运动形成的。当阳光照在水帘洞前水帘上形成的彩虹时,真的能体会到"一派白虹起"的含义。

4. 花果山中的野珍是猴子们的美食。且看《西游记》中描述的猴子们的美食:春采百花为饮食,夏寻诸果作生涯。秋收芋栗延时节,冬觅黄精度岁华。当得知大王孙悟空要去学艺,众猴子们商量,要越岭登山,广寻些果品,大设筵宴送大王也。于是众猴果去采仙桃,摘异果,刨山药,劚黄精,芝兰香蕙,瑶草奇花,般般件件,整整齐齐,摆开石凳石桌,排列仙酒仙肴。这场猴子宴会上的食物:金丸珠弹,红绽黄肥。金丸珠弹腊樱桃,色真甘美;红绽黄肥熟梅子,味果香酸。鲜龙眼,肉甜皮薄;火荔枝,核小囊红。林檎碧实连枝献,枇杷缃苞带叶擎。兔头梨子鸡心枣,消渴除烦更解酲。香桃烂杏,美甘甘似玉液琼浆;脆李杨梅,酸荫荫如脂酸膏酪。红囊黑子熟西瓜,四瓣黄皮大柿子。石榴裂破,丹砂粒现火晶珠;芋栗剖开,坚硬肉团金玛瑙。胡桃银杏可传茶,椰子葡萄能做酒。榛松榧柰满盘盛,桔蔗柑橙盈案摆。熟煨山药,烂煮黄精,捣碎茯苓并薏苡,石锅微火漫炊羹。最后评论是:人间纵有珍馐味,怎比山猴乐更宁。可以告诉朋友们的是,《西游记》中描述的猴子宴中的山珍美味,在今天连云港的花果山上大都能让您满足口福。

5. 孙悟空重修花果山就是在保护自然。《西游记》中写孙悟空被唐僧赶

图6-7　连云港花果山水帘洞(张晓辉提供)

回花果山,做了一面旗,上写着"重修花果山复整水帘洞"。这面旗帜用今天的话说,就是孙悟空重建花果山的指导思想。且看孙悟空带领猴子们是如何重修花果山的:它们用甘霖仙水,把山洗青了。前栽榆柳,后种松楠,桃李枣梅,无所不备,逍遥自在,乐业安居。整修过的花果山是个什么样子呢?但见那:"青如削翠,高似摩云。周围有虎踞龙盘,四面多猿啼鹤唳。朝出云封山顶,暮观日挂林间。流水潺潺鸣玉佩,涧泉滴滴奏瑶琴。山前有崖峰峭壁,山后有花木农华。上连玉女洗头盆,下接天河分派水。乾坤结秀赛蓬莱,清浊育成真洞府。丹青妙笔画时难,仙子天机描不就。玲珑怪石石玲珑,玲珑结彩岭头峰。日影动千条紫艳,瑞气摇万道红霞。洞天福地人间有,遍山新树与新花。"八戒看了说,果然是天下第一名山。猴子们的做法,也是我们今天保护利用花果山旅游资源应该重视的原则,说到底,就是学习孙悟空,建设一座生态花果山。连云港的花果山也将是"四季好花常开、八节鲜果不绝"的人间仙境。

二、花果山旅游资源的保护与开发

从自然景观的角度看,现在的花果山可以说是有花有果,绿化覆盖率逐年提高,整洁卫生的环境更是有口皆碑。但由于缺少奇松、巨崖、云海,无法与黄山、庐山比肩。另外一个不足是花果山景区的西游记文化氛围还不够浓,在游客心目中有分量的人文景观还不够多。因此必须加强花果山旅游资源的保护与开发利用。

1. 花果山旅游资源的保护开发利用围绕"神"字做文章。连云港的花果山虽然是江苏第一高峰,但与安徽的黄山、山东的泰山、河南的云台山等比较,还是小巫见大巫。但山不在高,有仙则灵。连云港花果山的仙就是《西游记》,就是美猴王的老家。因此,花果山的保护开发利用要围绕"神"字做文章,具体来说,第一突出《西游记》中的神话故事:注重表现《西游记》中神话色彩和宗教渊源。第二突出神韵:花果山能带给人一种精神韵致,能使人触发灵感。第三突出神通:表现出来到花果山,就能给人一种无所不能的力量,神通广大,大显神通。第四突出神奇:美猴王的"老家"花果山是一个非常神奇的地方,会令人产生许多遐想与憧憬。总之,就是要突出花果山与《西游记》的内在联系。花果山的各种人文资源与古典名著《西游记》之间有许多的内在联系,如花果山的三元宫中立有三元大帝的塑像,因为三元大帝的传说与《西游记》中唐僧的身世有关。又如花果山上的团圆宫,大殿内所供塑像为唐僧弟兄四个,即唐僧加"三元",唐僧的父亲陈光蕊、母亲殷氏二人像位于上首,宫名取唐僧"合家团圆"之意。现在这里的情况发生了很多的变化,如何加强花果山与西游记的内在联系确实是值得我们认真研究的课题。

2. 以现有的花果山为核心区,建设好大花果山景区。大花果山的概念由来已久。一般来说,大花果山景区包括花果山景区、花果山街道、云台街道、南云台林场,约118平方公里,这个区域有玉女峰、大圣湖、孔雀沟、渔湾、太白涧、云龙涧等旅游景点,且云台街道、南云台林场有着大面积的发展空间和丰富的发展资源。建设大花果山景区最主要的任务是加快打造西游文化品牌,具体来说,以创建国家5A级景区为目标,整合花果山、渔湾、孔雀沟等景区资源,形成"登名山、观奇石、赏瀑布、游峡谷、品名著"的旅游产品体系,使花果山景区成为推动全市旅游业加快发展的强劲引擎。为了促进大花果山一体化建设,必须加强花果山景区与山南几个景区的联动。首先是实现花果山、孔雀沟、渔湾三大景区交通的畅通,以花果山景区为主体,分别向孔雀沟、渔湾景区铺设车行道、游步道,开发水景观、布置景观小品,增添可游览性,实现景区间景观的和谐过渡。其次是花果山景区通过对景区道路交通、服务设施的整修、旅游项目的建设开发,打造景区精品一日游线路,提升景区知名度。花果山景区作为全市旅游的拳头景区,将统筹规划、整体开发,致力于提升西游记文化旅游层次。

3. 搞好花果山的自然景点建设。经历漫长的地质演化,花果山区域内形成了许多形态各异的地质遗迹自然景观。2014年1月,国家地质公园评审委员会召开了第七批国家地质公园资格评审会,花果山国家地质公园正式被授予国家地质公园建设资格。游览花果山如同再读《西游记》,其最大乐趣在于领略这变化无穷的人间石趣。花果山上的自然景点其最大特点就是这些大自然的鬼斧神工造就的奇石,有的像人,有的似仙,栩栩如生,姿态各异。搞好花果山的自然景点建设,首先,是保护好这大自然鬼斧神工的恩赐。《西游记》中唐僧师徒在这里都能找到原型。例如各类"猴石",其中最突出的就是一座名为猴嘴山头上的猴石了,它面朝西北,尖嘴猴腮,活像一只蹲着的小猴,也是花果山上的标志性石猴。又如"沙僧石",位于朝阳镇沙河口,有一块巨石突兀而起,它西侧面宽9.7米、高12米;北侧面宽12米、高有13米;如何从西北方向看去,巨石酷似沙和尚挑担向山上飞奔。再如"八戒石",站在花果山多宝佛塔向北望,可看见一尊天然的猪八戒头像,八戒石是由一组巨石组成,我们可以看到老猪头戴僧帽,身穿袈裟,拱嘴向东,双眼眯缝,大耳掩腮,好像睡着了。虽然它成自天然,但神形逼肖,栩栩如生。还有唐僧崖,在花果山海宁禅寺东南方,东秃龙沟的东崖陡壁上,有一处纹理复杂多彩的陡崖,可见唐僧和孙悟空师徒俩立在崖上,形象逼真,栩栩如生。他们面南而立,整体高约数十米,由天然岩石经风化而成。唐僧两耳垂肩,慧眉浓黑,佛眼微闭,背稍弓,好像正在肃目修行。右旁一天然石猴,好像伸头在唐僧耳旁低语,告诉师傅,前面深山密林中有妖精。这四组石头造型将唐僧师徒的人物性格展现得惟妙惟肖。更令人称奇的是,孙猴子的胎胞"娲遗石"和像"金箍棒"的"定海神针石"以及"石鼓"等,其造型乃至尺寸与《西游记》中描述的几乎一模一样。其次,是将花果山上的各类天然洞穴保护好、利用好。在花果山的各类天然洞穴中,极富神奇色彩的当数水帘洞。水帘洞的名声大概与《西游记》是齐名的。如果说花果山是孙悟空的老家,那么水帘洞则是孙悟空的居室了。洞口瀑布悬遮,穿过飞流而下的水帘,循迹幽深洞穴,如入"东海龙宫"。除了水帘要进一步扩大艺术效果,还要与西游记中的水帘洞的布置要求相适应。里面要有群猴的场景。此外,要把花果山上的七十二洞保护好、利用好,以此来增加花果山的仙气。花果山上大小洞穴数百个,当地人统称七十二洞。大洞小洞,奇洞怪洞,洞连洞洞套洞,洞洞藏妖,个个作怪。花果山上的七十二洞主要有:朝阳洞、二仙洞、法龙洞、万佛洞、狐妖洞、华严洞、虫妖洞、石佛洞、莲花洞、盘丝洞、蛟魔洞、啸云洞、崩猴将军洞、马猴元帅洞等。大部分的妖魔鬼怪都在山洞中。每个山洞中都要设计一个妖魔在里面。可在洞内设置灯光,利用激光原理,制造出神奇的效应。再次,要将花果山上与《西游记》故事紧密相连的景点,如老君堂、盘龙松、仙人桥、南天门、拐杖柏、唐僧家世碑、团圆宫、照海亭、懒汉石、美人松、天然碑、一线天、九龙桥、玉女峰等保护利用好。此外,现在花果山上要大量栽种花果,让花果山成为名副其实的花果山。在旅游线两侧增加果树的栽植,建立观光果园带。

4. 加强花果山的人文景点建设。人文景点是花果山的突出标志,加强花果山的人文景点建设,一是以花果山为依托,建设《西游记》中的神话世界。如"东胜神洲傲来国",可以现有的自然景观为主,按照《西游记》中"国近大海,海中有一仙山"的傲来国的描写,设置景物,让游客领略傲来国的奥妙。又如在紧邻花果山的部位,构建营造《西游记》中描述的"天上仙界",包括玉皇宫、瑶池、南天门、兜率宫、蟠桃园、弼马温宫街、齐天府等。在相邻花果山的前云、中云、朝阳、南云台一带,有选择地将《西游记》故事中有名的国、山、洞、河、村(庄)予以布点。连云区可搞以海珍品展览为内容的东海龙宫,可在海清寺院内建陈子春(唐僧父)遗冢,东海羽山可以建与孙悟空人物渊源有关的禹王庙(淮河河妖无支邪,被大禹降伏)等。二是山门的《猴王开操》戏。每天花果山一开山门,首先让游客先欣赏地方戏《猴王开操》半个小时。然后,再进山门。此戏已经有作者进行了设计,经过专家的修改、审定,再由花果山武术学校的孩子们集体演出。三是建设好高老庄。高老庄是西游记中猪八戒做女婿的地方。猪八戒背媳妇是一个家喻户晓的故事,其中不乏乐趣,特别是对青年人来说,更是具有吸引力。可以利用花果山上现有村庄,现有的山村中的女子,穿上与高老庄相适应的服饰,扮成媳妇,与游客互动。四是将《西游记》中的诗词歌赋恰到好处地雕刻在花果山相适应的岩石上:如水帘洞附近,"一派白虹起,千寻雪浪飞。"在水帘洞中还可以按照西游记中的写法,"中间一块石碣上,镌着'花果山福地,水帘洞洞天'"。玉女峰的人文景点开发,如文化项目表演:上界仙境,蟠桃会,天庭大典,大闹天宫等。还可在花果山进山道路上根据《西游记》的情节辟建千米岩画长廊。在山脊上按照《西游记》中的主要情节设计人文景点。在水帘洞中摆上"西游记宴"。让游客在花果山中吃上西游记宴,也是游花果山的一大快事。在山顶玉女峰上可办蟠桃盛会,开辟"王母娘娘蟠桃园",举行"王母娘娘蟠桃会"等。

三、《西游记》文化助推连云港的旅游事业

旅游,很大程度上就是"注意力经济"。连云港有山有水,旅游资源在江苏省独树一帜。西游记文化作为连云港市的城市形象,是吸引各方游客"注意力"的最有效的途径,给连云港市的旅游事业及旅游产业注入了新的活力和生机。

1. 推动了连云港市进入中国优秀旅游城市的行列。中国优秀旅游城市的创建是1998年开始的,其主要条件是依据《创建中国优秀旅游城市工作管理暂行办法》和《中国优秀旅游城市检查标准》,由国家旅游局验收组对创优

城市检查验收,并达到"中国优秀旅游城市"标准的要求。创建"中国优秀旅游城市",是对城市诸多功能的检验与完善。具体验收标准涉及 20 个大类、近 200 个小项内容,包括城市的旅游经济发展水平、旅游产业定位与规模、旅游业投入和专项政策支持、旅游业发展的主导机制、旅游业的管理体系、旅游行业精神文明建设、生态自然环境、现代旅游功能、旅游教育和培训、旅游交通、旅游区(点)的开发与管理、旅游促销与产品开发、旅游住宿设施、旅行社、旅游餐饮、旅游购物、旅游文化娱乐、旅游厕所、旅游市场秩序、旅游安全与保险等,涵盖了城市的交通、通信、城建、环保、园林、绿化、市容、环卫、商贸、文化、教育等多方面因素,基本包含了整个城市的形象。在创建中国优秀旅游城市的过程中,连云港市以《西游记》文化旅游为主线,推动全市其他旅游景点及旅游设施建设。《西游记》文化旅游为连云港市进入中国优秀旅游城市行列作出了重要贡献。

2. 推动了一大批连云港旅游品牌的创建。一是连续多年的西游记文化节庆活动形成了品牌。每年的《西游记》文化节期间,大量的旅客从四面八方纷至沓来,给连云港旅游带来了大量的人气,连云港市大小宾馆的入住率都达到了空前水平。二是连云港市围绕《西游记》这个文化品牌,不断用新颖的创意吸引公众的"眼球"。在昆明国际旅游博览会期间,主办单位根据网上点击率评全国十佳旅游城市并授予金钥匙,连云港市拿到了江苏省唯一一把金钥匙。三是连云港市 A 级景区建设也是旅游品牌。以花果山创建高等级景区为引领,目前花果山景区已经通过国家旅游局 5A 级景区资源价值评审;全市已经拥有国家 A 级景区 46 家,其中 4A 级景区 12 家,全国工农业旅游示范点 12 家;省级旅游度假区 1 家;省特色景观旅游名乡镇村 4 家;省星级乡村旅游区(点)41 家;星级旅游饭店 44 家,其中五星级 2 家、四星级 7 家。

3. 推动了连云港以山海为特色的旅游事业发展。突出山海文化,念好"山海经"是《西游记》文化的重要内容。连云港有山有海,市区内就有名山大海,这一点在东部沿海更是独树一帜,全市的山海风光在江苏全省也是独一无二。因此,山和海,无疑是连云港旅游定位的重中之重,登花果山,游大海是游客到连云港旅游的首选项目。连云港致力于打造海洋文化休闲娱乐特

图 6-8 "毛公碑",位于连云港花果山上。将毛泽东在 20 世纪 50 年代说过"孙猴子的老家在新海连市云台山",用集字的方法重组而成

色基地,主要包括连岛风情旅游度假区为代表的独特自然景观、以港口为代表的海港文化旅游、利用港口与岛屿遥相呼应、特色鲜明、渔民集中聚居、海洋文化资源丰富的有利条件,沿岛港向纵深延展、扩大规模、深度策划、精心打造具有东方色彩、古典韵味的"岛港海洋文化片区",大力发展与海洋休闲观光娱乐基地相互配套的海洋风情休闲娱乐和海洋文化特色旅游项目,构建海洋文化休闲娱乐发展基地。

4. 推动了连云港旅游产业的发展。一是推动了连云港旅游产业的发展。江苏第一条海上国际客运航线——连云港至韩国仁川航线开通,连云港和韩国旅游合作更加紧密。近年来,全市游客接待量中,境外游客中韩国游客占了近 20%的比例,发展前景十分广阔。全市旅游市场生机勃勃,旅游业主要指标年均增长 20%以上。特别是夏季,来自武汉、郑州、襄樊、焦作等地的旅游专列几乎每个周末都有;从太原到连云港的列车,开成了"旅游热线",几乎趟趟满载。二是推动了与《西游记》相关的文化产品的开发。连云港市紧紧围绕《西游记》,策划编制了一批具有明显"猴文化"品位的商标,并报国家商标局正式受理。目前已成功注册有"花果山"、"猴王"、"齐天大圣"、"猴娃"、

"猴乡"、"孙悟空诞生地"、"猴文化之都"等 30 个商标。围绕西游记文化,以当地特产水晶制作的旅游工艺品等一大批旅游产品的相继开发,不仅带来了财源,还创造了大量的就业机会,吸聚了工业、商业投资的人气。连云港还在营销对象上下工夫,利用西游记这一天然的优质动漫题材,大胆引进动漫创作公司,制作以西游记众多人物为原型的动画片。由连云港酷歌动漫技术有限公司,以发源于连云港花果山的"西游记"为主题,创作了奇幻历险类题材的大型百集动画片《亚欧大陆历险记》。

第三节　逐梦西游正逢时
——打造新时期的《西游记》文化之城

还在 2010 年,连云港市组织各方面的专家学者制定了《西游记文化发展实施方案》(以下简称《方案》)。《方案》对《西游记》文化发展的方针、目标、理论研究、资源保护、产品开发、形象塑造、组织机构及保障措施等方面作了具体的构思。这是新时期以来,国内第一个以一座城市为载体,以一本名著为主题,实施的名著文化综合开发方案。

一、制定了《西游记》文化发展的方针与目标

作为连云港文化品牌形象的《西游记》文化,《方案》提出,要紧紧围绕连云港市建设国际性海滨城市、现代化的港口工业城市、山海相拥的知名旅游城市的定位目标,整合各种与《西游记》有关联的学术研究、历史文化、民俗风情、自然景观等各种资源,充分利用各行政事业单位、学术科研机构、大专院校、社会名流以及海内外研究《西游记》的学术专家、收藏爱好者的力量,把连云港市建设成为世界《西游记》文化的研究基地、承载基地和形象基地。

在《西游记》文化的发展过程中,连云港市特别强调注重把握"四项原则"。这"四项原则"有几个突出的亮点:一是明确了《西游记》文化在连云港

所有文化元素中的核心地位。《方案》提出坚持把《西游记》文化作为城市的核心文化元素，在城市的文化定位、文化建设和城市的一系列设施上均将《西游记》作为核心文化元素。二是明确了《西游记》文化资源保护与开发并重的原则，是在保护基础上的开发，并且对《西游记》文化研究保护与宣传并重的原则。要集中国内外的有关专家学者，扶持本地专家学者，加强对《西游记》文化的研究。同时，对与《西游记》有关联的遗址、景点等要采取有效措施加以认真保护。利用一切媒体把《西游记》作为城市的文化形象进行大力宣传。三是明确了《西游记》文化元素在连云港发展文化产业中地位。《方案》提出坚持《西游记》文化元素作为推动连云港文化产业的引领地位。大力发展以《西游记》为主题的系列产业，形成《西游记》文化的产业链条，引导和带动连云港市文化产业发展壮大。四是明确了《西游记》文化发展多部门联动，齐抓共管的格局。要求充分发挥宣传、文化、广电、社科、旅游、规划、建设、城管以及在连大中专院校等诸多部门的力量，对《西游记》文化进行综合研究、保护和开发，形成一定的声势。连云港市为此制定了《西游记》文化发展的目标。构建一套完整的《西游记》文化发展体系，在国内外塑造连云港的《西游记》文化形象，形成以《西游记》为主线，穿插景点旅游、文艺表演、动漫园区、主题公园、旅游产品、影视作品等内容的《西游记》文化产业链。形成与建设国际性海滨城市和山海相拥的优秀旅游城市相适应的《西游记》旅游文化及《西游记》文化产业。

　　《方案》中提出了连云港市《西游记》文化发展的目标，共包含六项内容：一是成立全国性的《西游记》文化研究组织，吸收国内外知名学者参与，形成中国《西游记》文化研究中心。二是编辑、整理、出版一批《西游记》文化研究成果。在国内外公开发行，编译《西游记》与连云港关系的书籍，以英、日、韩等语种出版发行。三是筹建完成《西游记》文化博物馆。全面展示《西游记》研究和文化艺术的各种收藏、成果。四是做大做强以《西游记》为主题的文化旅游业。打造以《西游记》为内容的旅游晚会，形成有影响的文化品牌。开发以《西游记》为内容的各种旅游纪念品。筹建《西游记》主题公园，结合《西游记》中神奇浪漫的故事与现代游乐设施，打造大型的现代游乐主题公园。五是打造《西游记》动漫产业园。形成较大规模的《西游记》动漫及其衍生产品的生产和加工基地。六是打造以《西游记》为主题的大型现代魔幻剧。在国内外巡回演出，产生较大影响。这六大目标是一个整体，它的实施将真正使《西游记》文化成为连云港的文化品牌。

二、加强《西游记》文化的理论研究

理论研究是文化发展的根基。《方案》提出，作为连云港市文化品牌的《西游记》文化，要加强对其理念的深入研究。以连云港地方专家学者为基础，以连云港地方高校为依托，成立《西游记》文化研究所，聘请国内一流专家学者加盟研究。定期召开以《西游记》文化为主题内容的学术研讨会、学术交流会和学术报告会。在地方高校学报上开辟《西游记》文化研究专栏，逐步扩大《西游记》文化的影响，提高其研究的档次，定期出版研究专辑。

《方案》制定的《西游记》文化理论研究共包含七项内容：一是举办《西游记》文化论坛。以《西游记》文化为主体内容，由市委宣传部和市社科联牵头，与驻连大专院校联合，每两年举办一次《西游记》文化论坛。二是出版《西游记》文化研究专辑。每年公开出版一至两辑《西游记》文化研究专辑，汇编一个阶段内的有关研究成果。三是编印《西游记》文化类书籍。编印文学作品、旅游指南等。制作声像类制品。四是建设《西游记》文化网站。增加网络覆盖面，迅速扩大《西游记》文化影响力。五是建设《西游记》文化陈列馆。陈列与《西游记》有关的实物，如书画、工艺品、摄影、邮票、剪纸、刻石等，让人们在《西游记》文化中得到熏陶。举办大型《西游记》文化交流展。六是开展《西游记》文化艺术民间活动。民间艺术活动是丰富多彩的，如工鼓锣、五大宫调、童子戏等，体现与《西游记》文化相关联的特色。七是举办中国—印度文化交流展。与印度开展各种形式的文化交流活动，如佛教的互访、重走西游路的展览活动、摄影活动等。这七个方面的内容非常丰富，它的实施将推进连云港的《西游记》文化的研究基地建设方面再上新台阶。

三、加大《西游记》文化资源的保护力度

连云港有着丰富的《西游记》文化资源。《方案》提出,要加大对《西游记》文化资源的保护力度。对与《西游记》有关联的自然景点要进行全面调查,列出《西游记》文化资源保护名录,制定专门措施加以保护。对散落在民间的《西游记》文化的收藏品要加大征集力度,对国内有关《西游记》文化的各种收藏品可采取征购、租借的办法进行收集。不定期地举办各种主题的《西游记》文化展览活动。

《方案》提出,连云港的《西游记》文化资源保护共包含三项内容:一是做好非物质文化遗产保护工作。通过采访、录音、录像等手段,充分挖掘和整理所有能搜集到的《西游记》资料,归档保存,以备研究整理。通过选定主题,构建总体框架,丰富内容,将有特色的《西游记》文化以新颖面目展现在世人面前。二是举办《西游记》绘画、书法、摄影、石刻、剪纸、集邮、风筝等民间工艺品系列展。三是加强对于《西游记》有关联的商标域名等的保护。对与《西游记》有关联的商标名称、公司名称、网络域名等进行全面摸底,已注册的可采取收买的方式,未注册的可采取提前注册的方式,加大对与《西游记》相关联的名称的保护。

四、设计开发《西游记》文化产品

《西游记》文化产品的设计与开发,是连云港极具创意性的、极具发展前景的事业,也是《西游记》文化产业发展的核心要素。《方案》提出,要加大对与《西游记》文化内容相关联的文化产品的开发力度,设计制作以《西游记》为内容的旅游纪念品、工艺礼品和文化用品。设计与《西游记》相关联的各种设计图标,广泛运用于各行业的商标或花纹图案。制作《西游记》动漫或其衍生品。邀请国内一流编导,排练《横空出世美猴王》主题旅游晚会,定期举办国际《西游记》文化节。在花果山周边地区建设《西游记》主题公园。

　　《方案》对《西游记》文化产品开发内容作了细致的划分,共包括十项:一是成立《西游记》文化系列产品开发研究中心。包括旅游产品、数字艺术研发、游戏创意等。进一步充实连云港西游文化产业项目库,编制《西游记》文化产业项目推介招商手册,为开展文化产业招商引资创造条件,打好基础。二是建设《西游记》主题公园。以花果山为轴心,以南云台山为主体,囊括74个山峰,组建《西游记》主题公园,园中划分为四大板块,即以花果山景点为主体的浏览区,以渔湾、东磊一线的大山坳为度假区,以猴嘴山头为娱乐区,以朝阳至云中涧为果园观光区。使之成为连云港市城市公园,以此拉动、带动周边景点的开发与发展,使得连云港市旅游规模大、功能全、有品位、上档次。三是建设《西游记》文化动漫创意园。聚集动漫产业人才,以《西游记》开发为中心,为连云港市动漫产业形成规模搭建平台,以弥补花果山景区静之有余、动之不足的不利布局。四是举办国际《西游记》文化节。主题为西游文化故里,定位为城市节日。使之变成连云港市最重要的活动,固定的民间文化节日。活动期间,在全市范围内举办各种文化活动和商品贸易博览会,通过文化展演、主题论坛、项目推介、产品交易、成果展览,办成一次全方位、大容量、多功能、高起点的文化产业盛会。五是举办花果山旅游商品博览会。举办旅游商品博览会,促进地方旅游商品的研发,打出花果山品牌,使连云港市旅游商品更有《西游记》文化特色。六是编排《横空出世美猴王》旅游文艺晚会剧目。精心制作《横空出世美猴王》力争在全国各地巡回演出。七是举办《西游记》动漫产业真人秀大赛。动漫产品已引起越来越多人群的喜爱,两年举办一次真人秀大赛,以保持这一产品的延续性。八是举办《西游记》人物形象评选。《西游记》中人物造型评选,形象代言人评选。九是举办《西游记》文化网络征集活动。通过网络征集活动,发现更多与《西游记》相关联的人、物、景,使得《西游记》文化丰富多彩。十是举办花果山《西游记》武术节。以《西游记》武术文化研究会的平台,搞好《西游记》武术大赛和擂台大赛。这些琳琅满目的发展项目,相信定会使连云港的《西游记》舞台上百花争艳,前程似锦。

五、塑造《西游记》城市文化形象

　　《西游记》文化作为连云港的城市形象，决不能满足于"天生丽质难自弃"，还要在更高的层次上不断创新，塑造与新时期"东方桥头堡"相适应的城市文化形象。《方案》提出，要通过城市建设和城市外宣，大力塑造连云港的《西游记》文化形象，形成浓厚的《西游记》文化氛围。在城市建设中加大对《西游记》文化的彰显力度。在国家级 4A 景区的花果山景区全力打造与《西游记》相关联的景点。在城市门户如车站、码头、机场以及市内广场、桥梁，装点与《西游记》相关内容的各种设计、雕塑、浮雕等。编写、印刷不同类型的《西游记》文化宣传资料或书籍资料，放置在市各大宾馆免费发放。在国内外有影响的媒体，如报纸、杂志、广播、电视、网络等，介绍连云港与《西游记》相关联的内容。

　　《方案》对《西游记》文化形象塑造共提出了七项内容：一是建成世界知名的花果生态城。设计和设施"花卉果树下山进城，南北花卉果树引进计划"，用果树花卉绿化美化市区道路，在市区重点区域建设各具特色的花卉园和果树林，用花卉果树美化、绿化住宅及公共场所。二是建设佛教与道教融合的宗教场所。在后云台山顶峰的大桅尖兴建中国东方佛教圣地。将位于前云台山南麓的城隍庙延福观扩建成中国东方道教圣地。另外，扩建新建一批道教庙观和佛教寺庙。三是创编《西游记》大型舞台剧出国巡回演出。以《西游记》内容为主题，创编大型舞台剧，赴世界各国巡回演出。扩大《西游记》文化的影响。四是举办《西游记》戏曲社区演出。每年要保证《西游记》戏曲进每个社区两次。五是举办《西游记》灯谜会大赛。每年春节、正月十五举办《西游记》灯谜大赛，推动民间《西游记》文化活动。六是创办花果山武术学院。定位为弘扬《西游记》武术文化精神。在花果山下的大学城内建立一所花果山武术学院，打出《西游记》文化品牌，争取与少林寺武术文化媲美。七是打造《西游记》饮食文化。全力打造《西游记》文化特色餐饮。定位为以"明"为主，以"清"为辅，既显高雅又显华贵，使其在同行业中彰显西游个性。开发西游菜谱,如板浦的汪恕有滴醋,灌云的豆丹罐头,新浦的山楂酒,花果山的板栗制品、葛根粉,各种海产品等。完全有理由相信,这七项内容的实施,将使连云港的《西游记》文化形象品位更加高雅、风格更加突出、内容更加实在。

六、加强《西游记》文化建设的组织与保障措施

组织保障是连云港的《西游记》文化实施方案落到实处的最重要保证。《方案》提出,为了加强对《西游记》文化建设的领导和组织力度,成立连云港市《西游记》文化建设领导小组,市有关部门参与,全面指导和促进《西游记》文化产业发展工作、协调工作。《西游记》文化建设组织机构主要包括:《西游记》国际文化节办公室,《西游记》文化研究会及研究中心,《西游记》书画院,《西游记》文化产业开发公司,《西游记》艺术歌舞团等。

《方案》提出了《西游记》文化发展的保障措施,主要有:一是制定统一规划,分步实施。制定出台《西游记》文化发展规划,按照规划要求,由市《西游记》文化建设领导小组负责督促实施。二是政府相关部门协调合作。(1)实施知识产权保护战略,促进文化产业开发。(2)文化、文物与旅游部门紧密合作,通过旅游部门推广文博旅游产品和文艺演出活动。同时,文化、文物部门对旅游团体给予价格优惠以吸引游客。(3)强化细规编制,形成《西游记》文化环境氛围。在城市总体规划指导下,对直接关系到城市形象和城市景观的,按照《西游记》文化规划进行景观设计。(4)建立健全产业评估指标体系,以便对文化产业进行科学的评价,为制定发展目标、发展重点、政策措施等提供科学依据。三是加大对《西游记》文化建设的支持力度。依据有关文化产业发展的政策规定,进一步完善对《西游记》文化建设的财政投入政策、投资融资政策、税收政策、土地等相关政策。逐步建立多元化的投融资机制,形成政府投入和社会投入相结合,建立多渠道,多元化的文化投入机制,多渠道筹集《西游记》文化开发建设资金。四是加快建立优秀人才培养教育和奖励计划工程。对西游记研究和西游记文化推广有突出贡献的文化人才要给予专门奖励。同时,着力培养、吸引和用好一批复合型文化人才以及在国内外具

有广泛影响的《西游记》文化名人，大力推动连云港市文化事业和文化产业快速发展。

　　我们完全有理由相信，《西游记》文化实施方案的落实，将推动连云港的《西游记》文化事业迈出新的步伐，迈上新的台阶。一座集西游文化诸多要素的西游之城将会以崭新的面目出现在世人的面前。

后记

　　为深入贯彻落实党的十八大和十八届三中、四中、五中全会精神,习近平总书记系列重要讲话精神,特别是视察江苏重要讲话精神,推动江苏文化建设迈上新台阶,由省社科联牵头,各省辖市社科联组织联系相关专家学者,历时近两年,编撰《江苏地方文化名片丛书》。丛书以省辖市为单位,共分13卷,每卷重点推出该市一张具有代表性的文化名片,全面阐述其历史起源、发展沿革、主要内容和当代价值等,对于传承江苏地方文化精粹,打造江苏地方文化品牌,塑造江苏地方文化形象,具有积极的推动作用。

　　省委常委、宣传部部长王燕文高度重视丛书的编撰工作,担任丛书编委会主任,给予关心指导,并专门作序。省委宣传部副部长双传学,省社科联党组书记、常务副主席刘德海,党组副书记、副主席汪兴国,党组成员、副主席徐之顺担任编委会副主任。各市市委常委、宣传部部长和省委宣传部理论处处长李扬担任编委会委员。刘德海担任丛书主编,全面负责丛书编撰统筹工作,汪兴国、徐之顺担任丛书副主编,分别审阅部分书稿。省社科联研究室原主任崔建军担任丛书执行主编,具体负责框架提纲拟定和统稿工作。陈书录、安宇、王健、徐宗文、徐毅、朱存明、章俊弟、尹楚兵、纪玲妹、许建中、胡晓明、付涤修、常康参与丛书统稿。省社科联研究室副主任刘西忠,工作人员朱建波、李启旺、孙煜、陈朝斌、刘双双等在丛书编撰中做了大量工作。

　　《连云港西游记文化》卷由中共连云港市委常委、宣传部部长滕雯担任主编并作序,周一云、张建民担任副主编。连云港市社科联组织专家编撰,张建民具体编写。书中图片除特别注明外,均由连云港市收藏家协会副会长李建华提供。

　　省新闻出版广电局、各市委宣传部、市社科联对丛书的编辑出版工作给予了大力支持。值此,谨向各有关部门、专家学者和南京大学出版社表示衷心的感谢! 由于时间较紧,编撰工作难免疏漏,恳请批评指正。

2015 年 12 月